Monika Wogrolly — Die Menschenfresserin

Monika Wogrolly

Die Menschenfresserin

Roman

Deuticke

Für meinen Sohn Lukas; meine Weggefährtinnen Burgi,
Christine, Conny, Eva, Heidi, Ilona, Sabine, Sigrid.
Mit Dank an Rezka und Franz vom Werkraumtheater Graz;
Linda und Martina vom Verlag Deuticke in Wien; für sein
fachliches Feedback an Hans. H. Hiebel von der Universität Graz.
In außerordentlicher Dankbarkeit für Siegfried Gruber
von der Agentur Top Ten in Graz, der diese Publikation
maßgeblich und unnachahmlich betreute.
Und für mein Geheimnis.

I
Rosas Geschichte

Der Pakt mit dem Teufel

Unvermittelt bricht der Himmel auf. Wasser strömt heraus, zieht alles mit sich und schwemmt es bis ans Ende der Geschichte.

Die Luft nimmt den Geruch des Regens an. Das Wasser peitscht mich und andere unter die Kolonnaden der Oper zurück. Während sich zwei heftig zu küssen beginnen, werden Straßen und Plätze überflutet. Der Mann hat seinen Oberkörper entblößt; das nasse Hemd schmiegt sich wie ein schlafendes Kind mit lang ausgestreckten Ärmeln an seine Schultern, während sie ihn mit den Unterarmen reibt. Wann ich entstanden bin, hat man mir eingeschärft, doch halte ich alles für den Zufall eines Kaiserschnitts, irgendwann Anfang der siebziger Jahre, als die Mode geschmacklos war.

Der junge Mann nimmt sie an der Hand. Er bietet ihr an, mit ihm durch den Regen zu laufen. Sein Kopf geht vor und zurück, ihre Nasenspitzen stoßen zusammen, sein Mund sucht ihren Mund, und vor und zurück geht ihr etwas tiefer sitzender Kopf. In wenigen Minuten wird er sie einladen, bei ihm Tee zu trinken. Und ich werde das Ergebnis dieser Teestunde sein.

Die Menschen in Texas hocken vor ihren Fernsehgeräten und schließen sich enger zusammen, während der Regen an die Fensterscheiben schlägt und die Geschichte der Rosa gezeigt wird. Das Ende der Geschichte, wo es liegt, kann niemand sagen, vielleicht auf der Schwelle zum Anfang.

Die Rosa erzählt den Anfang ihrer Geschichte.

Die Geschichte hat keinen Anfang.

Als kleines Mädchen bin ich bei verschlossener Badezimmertür in der Wanne gelegen und habe Wirtsfrau gespielt, die in schaumgekrönten Kannen Bier ausgeschenkt hat. Ich habe mir zu einem Kinnbart verholfen und war ein Mann. Der Schaum auf der Wasseroberfläche hat keinen Durchblick gestattet. Ich habe, im heißen Wasser liegend, oft voll Verlangen und Furcht zu einem schwarzen Loch in der Decke aufgeblickt. Ich habe auf eine Weise dorthingeblickt, wie man trotz eines Verbotes wohinschaut, wo man nicht hinschauen sollte. Immer wieder schaute ich hin und lenkte den Blick rasch zur Seite, hin und wieder seitwärts, hin, seitwärts, hin, seitwärts, hin. Und so habe ich mit dem Teufel, der aus dem Loch in der Decke schaute, das in den Dachboden führte, Kontakt aufgenommen. Der Teufel hat mir mit dem großen Lochauge entgegengestarrt und mir angeboten, daß ich zu ihm hinaufkommen könnte. Und manchmal war ich knapp davor gewesen, mich darauf einzulassen und meine Familie zu verlassen und mich ganz dem Teufel anzuvertrauen. Ich habe mir das sozusagen meine Kindheit hindurch als Schlupfloch offengehalten, eines Tages zum Teufel durch das Loch hinaufzufahren. Ich habe mir vorgestellt, daß es allein durch die Kraft und Magie des Teufels möglich wäre, mich aus dem Badewasser hinaus und durch die Luft bis zum Loch und weiter durchs Loch in den Dachboden zu befördern. Und wenn meine Mutter mit Unterstützung meines Bruders mit dem Schraubenzieher aus Vaters Werkzeugkasten wieder einmal die Badezimmertür aufgeschraubt hatte, um mir den Kopf zu waschen, habe ich, während sie mir schimpfend den

Kopf eingeschäumt und mit zu heißem Wasser aus meinem Bierschaumkrug abgespült hat, an nichts anderes gedacht als meinen geheimen Ausweg. Und sooft ich den Kopf zurückneigen mußte, um die Seife und das Wasser nicht in die Augen zu kriegen, habe ich mich dem Loch geöffnet und an meine Befreiung geglaubt. Und zum Geschimpfe meiner Mutter und zum Gelächter meines dahinterstehenden und meinen heranreifenden Körper betrachtenden Bruders habe ich mich durch das Loch verflüchtigt. Und zurück blieb nur der Leib, den sie einseifen und verhöhnen konnten, aber mich erreichten sie nicht, auch Vater nicht, indem er immer wegsah und zur Seite sah, wenn ich sein Gesichtsfeld querte, auch sein Wegsehen konnte mir nichts tun, denn der Teufel hatte mich an seine warme und pelzige Brust genommen und hielt mich dort still, wärmte und nährte mich, denn aus seinen Schweißdrüsen sind Milch und Honig geflossen. So habe ich die Gefahr entschärfen und meine Eltern und meinen Bruder von mir fernhalten können, so haben mich ihre fortwährend auf mich abgefeuerten Giftpfeile, Verwünschungen, Verhöhnungen und wohlplazierten Beschuldigungen verfehlt, so habe ich das Allerschlimmste vorgezogen gegenüber dem lauwarmen Schlimmen, die absolute Hitze gegenüber der schleichenden Hitze, das absolute Inferno gegenüber dem langgezogenen Dahinschwinden meiner selbst. Ich habe mir diese Menschen und Bauern aus Sagen zum Vorbild genommen, die in letzter Verzweiflung mit dem Teufel einen Pakt eingehen und ihm ihre Seele verkaufen. Dann sind sie zu Lebzeiten reich, und wenn sie ihm am Ende wieder auf dem Feld begegnen, wo der Pakt geschlossen wurde, finden sie einen Weg, um ihn zu täuschen. Den Weg der Reue. So will ich das schlimmste aufsässigste sinnloseste und abscheulichste Verbrechen aller Zeiten im Namen des Teufels begehen und danach Reue zeigen und die Geschichte verlassen.

Ich glaube an nichts. Seit der Teufel mich an seine Seite gezogen hat, an einem unsichtbaren Seil in den Dachboden hinauf, glaube ich an nichts. Wenn auf Glauben die Rede kommt, werde ich verstummen. Es war warm an des Teufels Brust, sein Brusthaar scheuerte an meiner Haut, seine rauhe Zunge leckte mir über die Ober- und Unterarme, Ober- und Unterschenkel, und ich habe für ihn all die folgenden Jahre willig die Beine geöffnet. In vielerlei Gestalt hat er sich zwischen meine Beine vertieft und ist in Form von Zungen und Fingern und länglichen Instrumenten und so weiter tief, tief, tief in mich eingedrungen und hat mich vielleicht zerstört. Aber bis ans Innerste ist noch niemand gekommen, keiner derer, die den Teufel spielten. Keiner von denen, die das Teufelsspiel spielten, wußte, daß er zum Mitspieler geworden war, doch schon wenn er sich auf mich einließ, spielte er mit. Und egal, wer es war, jeder war sofort der Teufel. Auf Götter und Heilige war ich nicht eingespielt. Ich hatte es meine Kindheit hindurch nur mit dem Teufel persönlich zu tun gehabt. Nur mit dem Leibhaftigen wußte ich umzugehen, also verwandelten sich alle automatisch in ihn, weil ich sonst nicht mit ihnen umgehen hätte können. Nur so kam es zu zwischenmenschlichem Verkehr, zu Liebe, zu Beziehungen, wenn mir einer den Teufel machte. Nur wer das macht, der ist gut. Er war der einzige in meiner Kindheit, dem ich vertraut habe. Ich habe gebetet zum schwarzen Loch. In der Badewanne liegend, habe ich gebetet, daß er mich zu sich hochziehen und vor der Mutter und dem Bruder und ihrem Eindringen mit dem Schraubenzieher retten sollte. Ich habe zu ihm gebetet, daß er mich befruchten und dann durch das Loch, an einem unsichtbaren Seil, wieder zurück in die Badewanne lassen sollte. Er sollte dann zusehen, wie sie über mich herfielen und mich zerhackten, zerfleischten, zerrissen und meine Fetzen und Reste wegschleuderten. Wie sie mich fraßen und zersetzten. Ich habe die Phantasie in mir entwickelt, die Frau oder Tochter des Teufels zu sein. Ich wollte ein Kind von ihm haben, das dann ich gewesen wäre, mich verdoppeln, Mutter und Bruder zeigen, seht, wir sind zu zweit, wir vermehren uns, ihr könnt uns nichts anhaben. Der Teufel und ich waren böse gewesen, also vertraue ich allem Bösen und fürchte das Gute. Mutter, Bruder, Vater, alle waren gut. Nur mein Vater wurde manchmal verdammt, konnte sich aber, indem er Entschuldigungsbriefe schrieb, immer wieder retten. Mich konnte nur der Teufel retten. Pascha sagte, daß er der Teufel sei. Mich nannte er manchmal Hexe. Ich glaubte, daß er wie meine Mutter war, an anderen Tagen erschien er mir wie mein Bruder. Und irgendwann sah ich, daß er nicht der Teufel war. Das machte mich am meisten erschrocken.

Der Küchenvorhang

Ich trinke mein Fläschchen. Meine Beine und Füße stecken im Vorhang hinter dem Küchenfenster, rot, schwarz und weiß bedruckt, mit schwarzgesichtigen Mädchen in langen Reihen, alle gleich, die ich für Ebenbilder der schwarzen Köchin aus dem Kinderlied halte.

Ist die schwarze Köchin da? – Nein, nein, nein! Dreimal muß sie ummarschieren, das vierte Mal den Kopf verlieren, das fünfte Mal muß sagen: Du bist schön und du bist schön und du die Allerschönste!

Sauge am warmen Nuckel des Fläschchens wie an einer Brust. Fühle das warme, anfangs fast heiße Fläschchen in den Händen. Mein Ausblick ist der Vorhang, rot, schwarz und weiß bedruckt, mit schwarzen Mädchen; die Figuren halten sich an den Händen und starren mich mit weißen Augenschlitzen an, vorwurfsvoll nicht, nein, auch nicht fragend, leer, bleiern, wie eine stillende Frau, die mich haßt. Ich schaue dorthin, und nuckelnd hasse ich sie zurück und lasse sie ummarschieren im Kreis der Kinder aus dem Kindergarten und lasse sie den Kopf verlieren, und ich, ich, ich bin die Schönste. Kann kommen, wer will, hier auf der Eckbank bin ich es. Obwohl die Hälfte der Eckbank, die größere Hälfte der Eckbank meinem Bruder gehört, und ganz peinlich bis zum Übergang aus Plastik zwischen den kunststoffbespannten Teilen ist die Bank aufgeteilt. Und nur beim Fläschchentrinken darf ich sie benutzen, denn da sitze ich ja nicht aufrecht, sondern bin rücklings ausgestreckt unter den weißen Augenschlitzen des Vorhangs. Das Kautschuk-Himmeltau-Gemisch des Fläschchensaugers beruhigt mich, doch treten meine Füße beständig gegen den Vorhang, bis die Stimme meiner Mutter es unterbricht, *hör doch auf zu treten, hör doch auf.*

Mutters Püree

Wie die Eßgestörten, die bei Pascha in Behandlung sind, sich nur von weißem Reis oder einem Pfefferminzbonbon am Tag ernähren, bevorzuge ich seit meiner Kindheit zwei Gerichte, die ich mir fast täglich zuführe: Das eine ist Tomatensoße; das andere ist Kartoffelbrei. Zweiteres hieß in der Kindheit Püree.

Heute gibt es Püree, sagte meine Mutter. Ich habe immer zu wenig Püree bekommen, das hole ich jetzt nach. Liebevoll schäle ich die Kartoffeln und zerstampfe sie, das heißt, genaugenommen erdrücke ich sie mit einer Gabel und füge Milch hinzu und verrühre das entstandene Gemisch, vorher habe ich etwas Margarine zugegeben.

Niemand kann mich jetzt daran hindern, wenn ich es für gut halte, mich nur noch von diesem Kartoffelbrei zu ernähren und dabei ein Gefühl zu haben, als hätte ich meine Mutter ausgetrickst.

Denn sie war immer die Köchin, ihr gehörte das Küchenreich, ich durfte nur Besteck abtrocknen. Werden andere Kinder eigens von ihren Eltern dazu angehalten, im Haushalt mitzuhelfen, fühlte sich meine Mutter durch mich immer nur gestört und schimpfte mit mir, wenn ich ihr zur Hand gehen wollte, verscheuchte mich und wies mich ab. Sie sagte Worte wie *geh spielen* und *das brauche ich jetzt nicht* oder, viel schlimmer: Ich kann *dich* jetzt nicht brauchen. Während ich nachdenklich Püree in mich hineinschaufle, bin ich befriedigt; mit jeder Gabel Püree mehr schaufle ich die Wunden zu. Ich habe Ketchup aufs Püree gespritzt. Manchmal bringt sie in mikrowellenfestem Geschirr die Gerichte von früher für meinen Jungen. Sie stellt mir das Mikrowellengeschirr in meine Küche, und ich wäre verführt, sie wegzuschicken mit Worten wie *geh spielen, ich kann dich jetzt nicht brauchen*. Aber ich bin nicht so und will sie nicht verstören, weil dadurch alles noch schlimmer werden würde. Und ich weiß, daß es sie befriedigt, wenn sie in der Gewißheit zu Bett gehen kann, daß mein Junge etwas Anständiges im Magen hat. Denn bis heute gilt nur ihr Püree und gilt nur ihre Tomatensoße, und daß auch ich Püree zu machen verstehe, gilt dagegen nichts. Mit dem Ketchup statt Tomatensoße habe ich mich für immer aus allem, was Küche heißt, selbst verbannt und mich für immer als seriose Küchenkraft und Köchin disqualifiziert.

Ich öffne das mikrofeste Geschirr und pralle zurück vor dem entsetzlichen Gestank. Ein schwerer Gestank, der sich in der ganzen Wohnung ausbreitet, der Gestank meiner Kindheit.

Ich werde meinem Jungen nicht von meiner Kindheit zu essen geben, ich werde ihn nicht von meiner Kindheit ernähren, mit meiner Kindheit will sie uns füttern, gemeingefährlich wie sie ist, und ich werde doch noch ein Wörtchen mit ihr reden und zu ihr sagen, *ich kann dich hier nicht brauchen, Mutter, geh.* Ich werde sie zum Spielen schicken wie sie mich, ich werde sie zur Bestecklade verbannen, und sie wird schon stolz darauf sein, scharfe Messer abwischen zu dürfen, wie ich es war; weil mir sonst nichts erlaubt war und weil mir nichts anvertraut wurde, war ich in meiner Not schon stolz auf das Vertrauen, das man jemandem schenkt, wenn man ihn sein Besteck, seine Messer abtrocknen läßt. Als Kind habe ich mir eingebildet, daß es ein großes Vertrauen sei, denn der an die Bestecklade Verbannte konnte in seiner Wut darüber, nichts anderes machen zu dürfen als nur Besteck abzutrocknen, jederzeit zustechen. Ein Messer am Griff packen, ob abgetrocknet oder nicht, und mit dem abgetrockneten oder noch nassen Messer seiner Mutter in den Rücken stechen, weil sie ihn zum Besteckabtrocknen verdammte, wo er viel lieber gekocht, geputzt, gestaubsaugt hätte. Aber das waren Tätigkeiten, die dem Besteckrockner nicht zustanden, er mußte sich mit seiner Rolle zufriedengeben und machte aus seiner Not eine Tugend. Meine Großmutter hatte mir den Tip gegeben, das Besteck vor dem Abtrocknen nochmals kalt abzuspülen und in noch nassem Zustand abzutrocknen. Das erzeugte einen herrlichen Glanz. Also wusch ich es kalt ab, das gesamte Besteck, wobei ich meiner Mutter meist im Weg gestanden bin, *was machst du schon wieder* oder: *oh nein, nicht wieder naß machen, abtrocknen sollst du es* oder, noch schlimmer: *geh spielen, ich mach das schneller*, aber wenn sie nicht da war oder nicht rechtzeitig zur Stelle war, um mich daran zu hindern, gelang es mir, das Besteck perfekt zum Glänzen zu bringen. Niemand verlor je ein Wort darüber, geschweige denn bin ich gelobt worden, schon gar nicht wegen des glänzenden Bestecks. Umgekehrt hatte ich dankbar zu sein, wenn ich ein wenig in der Küche sein durfte.

Ich esse täglich eine große Portion Kartoffelbrei und sage nicht Püree, nur wenn ich es laut sage. Aber innerlich zu mir sage ich anders. Was ich sage, ist kein bestimmtes Wort. Es kann jedes Wort sein, auch das Wort Püree. Aber es ist anders gemeint, wenn ich es innerlich sage. Mutter drängt mich nicht weg, wenn ich es anders sage. Für sie ist kein Platz in dem Wort, wie kein Platz für mich in ihrer Küche war.

Rosa Engelchen

Mag sein, daß ich nicht Luzifer bin und auch kein verstoßener Engel. Doch sie nennen mich *Engelchen*, Mutter und Großmutter, wenn ich auf der Sitzfläche des Stuhls stehen muß und am hellichten Tag ausgezogen werde. Mit flinken sicheren Griffen schälen sie mich aus den Kleidern und verwandeln mich im rosaroten Pyjama in ihr *rosa Engelchen*. Und während ich heule, weil ich am hellichten Tag im Bett liegen soll, singen sie. Sie lachen über mich und singen: *unser rosa Engelchen*, anstatt mir zu erklären, warum ich ins Bett muß. Von außen dichten sie mir Krankheiten an, und der herbeigerufene Kinderarzt erscheint mir als Richter, der das von ihnen gefällte Urteil offiziell verhängt. Ich muß im Bett schmoren, darf nur für den Kinderarzt die Decke lüften. Ich werde im Bett verschmachten und meine Beine nicht spüren. Ich muß so lange still liegen, oft über eine Woche lang, bis ich nicht mehr gehen kann. Ich muß, sobald ich fieberfrei bin, von neuem das Gehen lernen, einmal, zweimal, dreimal um den Tisch herum. Sie werden mich vorher nicht aufstehen lassen und den Deckengurt befestigen, den sie *Klappe* nennen, mit einem Verschluß aus kaltem Metall. Nur wenn ich muß, wird der Deckengurt gelockert, krieche ich heraus und taumle zum Nachttopf. Es wird brennen und mir heiß aus dem Nachttopf zwischen die Schenkel steigen. Ich werde in dem scharfen Geruch aus Urin und Desinfektionslösung ins Bett zurückkehren und angegurtet werden, als bestünde Schleudergefahr. Ich werde die kühlen Gesichter der am Fußende des Bettes gereihten Puppen berühren und lecken, ich werde mein rotes Pferd heranholen und lecken, und meine brennende Stirn wird für Sekundenbruchteile abkühlen. Ich werde Zwieback essen, ganze Packungen, und im Bett gegen mich selbst Würfelspiele spielen und auf Tonbandkassetten Geschichten erzählen. Ich werde ein Buch mit dem Titel *Zwerg Schnüffelchen* lesen und mich daran freuen, daß der Zwerg ständig ausreißt und entkommt. Ich werde Mordpläne schmieden und mir vorstellen, der Tee, den die Großmutter mir bringt, wäre vergiftet. Und ich werde erst mich den Tee trinken und sterben lassen, aber dann mit ihnen Platz tauschen und Mutter und Großmutter den Gifttrunk reichen. Der Gedanke an Mord wird mich meine Kindheit hindurch begleiten. Später, viel später wird mich bei Pascha der Gedanke an Mord retten. Nach einer Übung, bei der ich mich kniend nach hinten geneigt und mit den Fingern die Fersen berührt haben werde, dem *Yogarad*, werde ich mich dazu entschließen.

Weibchen, Weibchen

Den Geschmack der Kekse nie verwunden, Mutters Händegeschmack, der mich abgab an lebenslanges Verlangen nach Vater, den es nicht gab. Vater stand nicht auf dem Programm, Vater war nur ein Wort. Das verheißungsvollste meiner Kindheit. Immer habe ich nach meinem Vater gelechzt, jahrein, jahraus habe ich auf ihn gewartet. Ich sehe ihn jeden Tag, doch scheint er mich nicht wahrzunehmen, wie an einer Fremden streicht er an mir vorbei, und mir bleibt der Geruch, der dahinschwindet, und später, viel später werden es die Mäntel seiner Arbeitskollegen und Schulkameraden sein, in die ich mich vertiefe. Das Gesicht stecke ich hinein, die Hände bohre ich in ihre Manteltaschen und suche nach Vater. Meine Finger ertasten Geldstücke, abgerissene Knöpfe, Körnchen, Schlüssel, Zahnstocher, Kaugummipackungen.

Ich blicke Vater entgegen, wenn er kommt, und ich schaue ihm nach, der verschwindet. Wenn er mich erblickt, verliert sein Gesicht den lebhaften Ausdruck. Sein Blick wird enttäuscht. Ich habe versagt, weil ich eine Tochter bin, weil ich Mutter eifersüchtig mache. Mein Vater will beweisen, daß er mich nicht braucht. Mein Vater, der nach meiner Geburt ins Tagebuch der Mutter schrieb, *wir haben ein Mädchen bekommen*. Mein Vater bekam dreieinhalb Seiten zur Verfügung gestellt, um seinen Gefühlen Ausdruck zu verleihen, *ein Töchterchen, Mädchen, ich bin Vater eines Mädchens geworden*. Als hätte er ewig darauf gewartet, endlich mein Vater zu sein, nehmen sich die großen rechtsgeneigten und vermutlich sehr schnell und in höchster Verzückung hingeschriebenen Wörter meines Vaters aus. Er war in einem Freudenrausch, als er das Tagebuch der Mutter benutzen durfte, über dreieinhalb Seiten. Mutters Schrift ist dagegen klein, rund und sachlich.

Das Tagebuch ist noch im Wochenbett begonnen worden. Auf der ersten Seite des Tagebuchs steht, wieviel ich bei der Geburt wiege und daß mir meine Haut zu groß ist und ich wohl noch hineinwachsen muß. Meine Mutter hat mir die Nase zugehalten, lese ich.

Mein Ohr ist umgebogen. Sie werden es mir mit Heftpflaster an den Kopf kleben, damit es anliegt. Ich habe ein Teufelsohr, bin ein Teufelsbraten, sauge meine arme Mutter aus, die sich im Wochenbett nach ihrem allerliebsten dreijährigen Sohn sehnt, der ausgesperrt ist, weil sich das Weib jetzt breitmacht. *Weibchen, unser Weibchen*, schreibt sie. Später, Jahre später, wenn ich pubertieren werde, wird sie mir an den Kopf schleudern, *ein Weibchen bist du*. Weibchensein ist etwas Schlechtes und heißt soviel wie hinter Männern her sein, männernärrisch sein. Im Gegensatz dazu steht die Kategorie Mutterschaft. Zu dieser Spezies zählten sich meine Mutter und zeitlebens meine Großmutter von Mutterseite. Ich brülle kaum. Wenn sie mir die Nase zugehalten hat, um ihre Brust freizubekommen, werde ich wohl um Luft gerungen haben. Sie hat es auf der allerersten Seite, gleich nach der Bemerkung über mein Ohr angegeben, *gierig ist das kleine Biest*. Und mich zu stillen wäre schmerzhaft.

Mein Bruder hat mich, als ich siebzehn Monate alt war, die Treppe hinuntergestoßen, ich weiß es genau, aber erzählt haben mir alle, ich sei von selbst gefallen. Ich habe danach nicht gesprochen, und meine Mutter hat mit einem Hirnschaden gerechnet.

Mit anderthalb Jahren erst habe ich das Laufen gelernt. Sie machten sich deshalb schon Sorgen. Auf Vaters Super-8-Filmen krabble ich auf allen vieren. Ich sehe aus wie ein Junge, nur am Schädeldach wächst Haar. Ich habe eine Rotznase und wässerige Augen. Auf den Tonfilmen hört man mich piepsen, japsen, nach Luft schnappen. *Weibchen, Weibchen*, hört man es locken. Dann hört man den Applaus, wenn ich mich halbwegs aufrichte. Einmal habe ich ihnen den Gefallen getan und bin durch den Korridor gelaufen. Vater konnte es filmen, es war der rechte Augenblick. Ich bewege mich wie ein Astronaut auf dem Mond. Bei ausgestreckten Armen tapse ich schlafwandlerisch und wegen der Windelhose breitbeinig auf ihn zu. Kurz vor dem Ziel sacke ich in mich zusammen. Applaus. Ich werde statt eines Zimmers den Korridor für mich haben. Mein Bruder wird erst ein Durchgangszimmer, und wenn diese ausgezogen sein wird, das Zimmer der Großmutter haben. Und ich werde vom Korridor in das Durchgangszimmer aufsteigen. Bis dahin werde ich, solange ich nur den Korridor und einen Wandschrank im Korridor für mich habe, mit meiner Mutter in der Nacht ein Zimmer teilen. Wir werden einen gemeinsamen Nachttopf haben. In ihm vermischen sich unsere Körperflüssigkeiten und Gerüche. Manchmal ziehe ich den Deckel herunter, nur um das Menstruationsblut zu sehen oder zu beobachten, wie es sich mit meinem Harn vermischt. Vater hat sein Zimmer am anderen Ende der Wohnung. Dort ist es kühler als bei uns, bei uns ist es stickig, weil Mutter Angst vor Erkältungen hat, während Vater es in der Wärme nicht aushält. Deshalb schlafen sie nicht zusammen, erklären sie uns, weil Vater soviel lüftet. Einmal im Sommer schlief er auf einem Liegestuhl auf dem Balkon, als sie noch ein gemeinsames Zimmer hatten und Mutter ihn nicht lüften ließ. Dann kam ein Gewitter, doch Vater blieb trotzig, wo er war. Er ist anschließend krank geworden und schrieb einen reumütigen Brief an meine Mutter. Als ich sechzehn war, starb ein Richterehepaar aus unserem Mehrparteienhaus hinaus, und wir übernahmen die Wohnung. Vater zog als erstes ein, dann folgte ich. Mutter und Bruder blieben im dritten Stock, in der Kindheitswohnung. Mein Herz hat gelacht, und ich war voller Erwartung, als ich nach unten ziehen durfte. Auf einmal nannte ich ein riesiges Zimmer einer Altbauwohnung mein eigen, während der Bruder ein viel kleineres mit einer niedrigen Decke hatte. Die Wohnung im dritten Stock war erst nach dem Krieg, im Stil der Endsechzigerzeit, zugebaut worden. Mein Vater hatte eine Doppeltür, die gepolstert war, und war die ganze Zeit dahinter eingemauert. Das Zimmer hielt ihn versteckt, und wenn man es betrat, fühlte man sich wie auf einem fremden Planeten. Der Planet wurde von meinem Vater regiert.

Er fragt mich, was ich will. Er schreibt in sein Wanderbuch, was er am Wochenende erlebt hat. Mutter begleitet ihn nicht, und wir dürfen ihn auch nicht begleiten. Mutter und Großmutter sagen über ihn, daß er verantwortungslos und unberechenbar sei. Man kann ihm nicht vertrauen. Zur Strafe, weil Vater einen üblen Charakter hat, besteigt er ganz allein seine Berge. Ab und zu sehen wir einen Film. Man sieht vor allem Stein und Gewächse, ab und zu, wenn er die Kamera einem Fremden in die Hand gedrückt hat, ist er selbst schief im Bild.

Vater heizt ein

Ich wohne bei meinem Vater und warte, daß er kommt. Und er kommt jeden Morgen, bevor ich ins Gymnasium muß. Wortlos betritt er mein Zimmer und macht sich am Kachelofen zu schaffen. Ich beneide den verdammten Kachelofen. Vater kniet sich vor ihm hin und schleudert Kohlenstücke hinein. So reißt er mich jahrelang im Winter aus dem Schlaf. So sehe ich, wenn ich die Augen öffne, auf die gebückte Gestalt. Mit fünfzehn beginne ich, mit Männern zu schlafen. Es tut weh. Es muß sein. Ich muß Vater zeigen, was andere mit mir tun, daß sie sich ganz auf mich einlassen. Sie finden etwas an mir. *Schau, was sie an mir finden.* Das beeindruckt ihn nicht. Im Gegenteil, er verachtet mich noch mehr. Als ich nach der Rückkehr vom Jungscharlager berichte, entjungfert worden zu sein, schießen ihm Tränen in die Augen. Ich wollte lieber sterben, als weiter von Vater mißachtet werden. Ich kann es nicht ertragen, Tür an Tür mit dem geliebten Menschen, nichts von ihm zu haben!

Nur wenn Freundinnen da sind, wagt er sich zu mir herein, und sonst nur zum Einheizen des Ofens. Wenn Freundinnen da sind, lächelt mein Vater beim Eintreten und hält sich länger bei uns auf. Er macht ihnen Komplimente, flirtet mit ihnen, und wenn sie gegangen sind, schwärmt er mir von ihnen vor. Jede ist ihm lieber als ich, auch die dicksten und unansehnlichsten Mädchen, und nur mit dicken und unansehnlichen befreunde ich mich. Alle sind sie besser. Oder können etwas, das Vater hinreißend findet, nähen, stricken, kochen, und was ich sonst nicht kann. Ich kann es von Natur aus nicht, laut Vater und Mutter, und wenn ich es lernen wollte, läßt meine Mutter mich nicht und sagt, daß es ohne mich schneller und besser geht, ich soll mich um meinen Kram kümmern, mich nicht einmischen und wichtig machen. Wenn der Vater mich einmal lobt, hat er ein schlechtes Gewissen und nimmt sofort zurück, was er gesagt hat, damit ich nicht übermütig werde. Ich soll mich nicht in Sicherheit wiegen. Vater relativiert sofort, was ihm herausgerutscht ist. Vater flüchtet sich in seinen rustikal ausgestatteten Bunker. Kitschig, sagt meine Mutter zu Vaters Welt, und daß er ein unvernünftiges Kind ist, dem man alles ansagen muß, befinden Mutter und Großmutter. Und Vater, anstatt sich zu wehren, stimmt in allem zu. Mutter schreibt ihm auf, was er zu tun hat, und er macht Haken unter jeden erledigten Posten. Am Ende weist er die abgehakte Erledigungsliste vor und erntet Lob oder Schelte. So lebt er dahin, ohne mich je zu berühren, ohne mir in den Jahren in der gemeinsamen Wohnung je anders begegnet zu sein als mürrisch knurrend.

Wie siehst du denn aus? Was hast du schon wieder? Was willst du? Was suchst du hier? fragt er mich, und als ich nicht in die Sonntagsmesse will, prügelt er mich zur Kirche. Mit brennenden Wangen und pochenden Schläfen sitze ich neben ihm in der Kirchenbank. Von der Seite und voll Haß betrachte ich ihn, wie er frömmelt. Wie einen Gegenstand klopft er mich mit Fäusten zurecht. Später, viel später wird er sich entschuldigen, einmal sogar weinen. Er habe die Nerven verloren, weil ich ihn gereizt hätte bis aufs Blut, ich möge ihm verzeihen. Das wird auch Pascha sagen und alle, die mich schlagen werden.

Es springt der kleine Fritz allein

Pascha hatte das Bilderbuch von *Hatschi Bratschis Luftballon* in seine Muttersprache übersetzt. Ich kenne dieses Bilderbuch. Es ist ziemlich groß und hart und rechteckig. Eigentlich ist es nicht sehr dick, sondern dünn. Gern blättere ich darin. Ich mag seine Farben. Das Bilderbuch strahlt mich an. Es glänzt außen. Der blaue Himmel und der rote Luftballon und der rotangezogene Zauberer aus dem Morgenland glänzen. Ich wußte nicht, was das Morgenland ist. Ich blättere im Hatschi Bratschi. Ich habe die erste Doppelseite vor mir. Rechts ist Schrift, die ich nicht lesen kann. Die Buchstaben sind Insektenbeine, von sehr kleinen Insekten, Ameisenbeine oder Fliegenkacke. Auf der linken Seite läuft der Fritz mit einem Trachtenhut, in Lederhose, vor seiner Mutter davon. Die Mutter hat es ihm verboten, aber der Fritz will nicht auf sie hören. Nur ein Strich ist die Mutter vor dem kleinwinzigen Haus, denn der Fritz ist schon sehr weit entfernt von ihr und dem Zuhause, und er springt mit weit hinaufgezogenem Knie auf der Wiese umher. Daß sich Fritz der Gefahr nähert und vom bösen Hatschi Bratschi gefangen werden wird, weiß er noch nicht. Er lacht übers ganze rosa Gesicht und zeigt seine Zähne. Die Mutter hat beide Arme hochgerissen. Warum eilt sie dem Fritz nicht nach?

Ich kann den Text auswendig, man braucht ihn mir nicht vorzulesen. Ich habe alles gespeichert, denn ich sehe mir die Geschichte vom Fritz wohl zum hundertsten Mal an. *Es springt der kleine Fritz allein auf grüner Flur im Sonnenschein. Die Mutter spricht* – Was die Mutter sagt, will mir nicht einfallen.

Ich halte, obwohl die Mutter auf den nächsten Seiten recht hat, zu Fritz. Ich blättere rasch um und sehe mit Verzücken, wie der dicke Hatschi Bratschi sich im Ballonkorb dem ahnungslosen blonden Fritz nähert. Er wirft den Anker aus und erfaßt damit den Fritz und zieht ihn zu sich hoch. Wie habe ich den Fritz beneidet, als der Hatschi Bratschi ihn entführte! So hätte mich der Teufel aus der Badewanne holen sollen, und jedesmal, wenn ich im heißen Wasser lag, fixierte ich das Loch in der Decke, das in den Dachboden ging, wo ich die Hölle vermutete.

Der Fritz ist gefangen worden. Er ist seinem Erzfeind ganz nah. Sie fahren im Ballonkorb. Aber da, schon auf der folgenden Doppelseite, geschieht das Unglaubliche: Der Fritz kann den Zauberer aus dem Ballonkorb werfen. Der Zauberer hängt mit seinen nach oben gekrümmten Morgenland-Pantoffeln am Korbrand, dann stürzt er in die Tiefe eines Brunnens, umstehende Leute prallen erschrocken zurück. Ob er tot ist?

Ich bin ein wenig enttäuscht, jedesmal bin ich an der Stelle im Bilderbuch anfangs enttäuscht gewesen, weil der Hatschi Bratschi so schnell aus der Geschichte hinaus muß. Ich hätte gern erfahren, wie es weitergegangen wäre, wenn der Hatschi Bratschi mit dem Fritz weitergeflogen wäre. War er vielleicht ein Menschenfresser, der Kinder einfing, um sie zu verspeisen? Daß es Kinderschänder gibt, wußte ich damals noch nicht, umso mehr bedauerte ich, nicht zu erfahren, was er mit dem Fritz schließlich angestellt hätte. Für etwas mußte es doch gut gewesen sein, ihn gefangen genommen zu haben.

Der Fritz fliegt allein weiter. Was andere Kinder am meisten interessiert, überblättere ich gehetzt. Daß der Fritz allein vom Nordpol bis zum Südpol und durch Afrika fliegt, ist mir einerlei. Ich will den Schrecken, und der ist mit dem Hatschi Bratschi verschwunden.

Ich suche nach einem Ersatzschrecken. Und schon habe ich ihn; die Hexe Kniesebein will sich des Fritzchens annehmen. Die Hexe Kniesebein ist ein gefundenes Fressen! Ich mag sie sofort, sie ist bitterböse, äußerst häßlich und giftig noch dazu. Ihr kann man vertrauen, wie man dem Teufel im Dachboden vertrauen kann. Erst hängen noch ein paar böse Affen am Ballonkorb, um den Fritz aus dem Gleichgewicht und zur Landung zu bringen, aber er kann sich dagegen behaupten und wirft ihnen Kokosnüsse auf den Kopf. Später, viel später wird mir jemand sagen, daß die Affen in der ursprünglichen Fassung des Buches Schwarze und Menschenfresser gewesen seien. Das sei dann gemildert worden, um in den Kindern kein Feindbild zu erzeugen. Mit Genuß betrachte ich die

Attacken der Hexe auf den Ballonkorb des Fritz. Ich halte zu der Hexe, aber sie wird verlieren. Arme, alte, einsame Frau! Keiner liebt dich! Du warst nicht immer böse, irgend etwas hat dich böse gemacht! In Wirklichkeit bist du eine wunderschöne Prinzessin, und der Fritz könnte dir einen Dienst erweisen, indem er sich zu dir herabläßt und an dich glaubt!

Glauben schenken, wird Pascha mich beschwören.

Ich bin wie die Hexe Kniesebein, meine Mutter sagt, ich lüge, sooft ich den Mund aufmache. Die Hexe und ich schließen Freundschaft, bevor sie ein tragisches Schicksal ereilt.

Der Fritz ist hartherzig und läßt sie, die sich am Ballonkorb festgekrallt hat, gerade über einem qualmenden Fabriksschlot abstürzen, indem er ihr mit dem Ankerhaken auf die Finger schlägt. Die Hexe schreit noch: *Feuerjo! Hussa, hussa, trollolo!*, ehe sie den unbarmherzigen Feuertod findet.

Was andere kleine Leser befriedigt, wenn es der bösen Hexe schlimm ergangen ist, versetzt mich in Empörung. *Böser, böser Fritz, was du der armen Hexe angetan hast*, sage ich und klopfe mit der flachen Hand auf die Zeichnung des triumphierenden Fritz im Ballonkorb. Daß er ein Mörder war, ist mir noch nicht bewußt gewesen.

Auf den nächsten Seiten geht es so fort, der Fritz bewältigt einfach jede Prüfung, ob es nun über dem Polarmeer oder in der Hitze der Wüste ist. Ich überblättere diese Seiten und vertiefe mich in die vorletzte Doppelseite. Auf der letzten Doppelseite sitzen Kinder aller Nationen und Rassen um eine lange Tafel und speisen, was ihnen von Dienern aufgetragen wird. Das kümmert mich nicht. Der vorletzten Doppelseite, auf der sie noch alle verzweifelt sind und mit erschrockenen Gesichtern auf die Ankunft des bösen Zauberers warten, widme ich meine Aufmerksamkeit. Ich sehe mir die Gesichter einzeln an. Auch ich bin eines der verschleppten Kinder. Und Hatschi Bratschi ist ein böser Vater, dem seine Kinder aber wichtig sind, so wichtig, daß er sie einfängt und verschleppt. Wie gern würde ich eingefangen und verschleppt werden! Aber er fängt mich nicht, ich bin ihm wohl nichts wert. Nachdem ich das Bilderbuch zugeschlagen habe, beginne ich von neuem. Es springt der kleine Fritz allein auf grüner Flur im Sonnenschein. Alles beginnt ganz harmlos.

Die Glocke meines Bruders

Einmal ruft mich meine Mutter zu sich und meinem Bruder. Mein Bruder steht mit hinuntergelassener Hose vor seinem Bett. Ich kenne diesen Anblick, denn wenn Mutter ihn bestraft, pflegt sie ihm die Hose hinunterzuziehen, ihn unter den Arm zu klemmen und mit der flachen Hand auf den Hintern zu schlagen. Mehr, mehr, ruft mein verrückter Bruder. Er ruft es so lange, bis sie aufhört. Er verlangt hartnäckig nach Schlägen, bis sie ganz davon abläßt und ihn statt dessen in sein Zimmer sperrt.

Als Kind halte ich für wahrscheinlich, daß es an der Glocke zwischen den Beinen meines Bruders liegt, warum Mutter ihm die Hose hinunterzieht und ihn auf den Hintern schlägt. Ich denke, sie will wohl das Ding zwischen seinen Beinen zum Baumeln bringen. Es schwingt lustig hin und her. Später wird der Bruder an dem Ding operiert. In der Zeit bis zur Operation pinkelt er in jede Ecke der Wohnung und wird dafür bestraft. Oft höre ich ihn nach mehr verlangen, oft seufzt meine Mutter verzweifelt auf.

Es ist die Zeit, in der ich noch nicht bestraft werde. Ich werde noch nicht als verlogen bezeichnet und sehe zu, wenn der Bruder bestraft wird. Ich drücke mich am Türstock herum und beneide den Bruder um soviel Aufmerksamkeit. Mir zieht sie nicht die Hose herunter. Später wird sie mich mit dem Kochlöffel schlagen. Und später, viel später wird mich Pascha mit Gürteln und Kleiderbügeln schlagen, auch mit der flachen Hand, und immer auf den Hintern, am Ende der Geschichte dann überallhin.

Meine Mutter fragt meinen Bruder, ob *sie* es anfassen dürfe. Mit *sie* bin ich gemeint. *Sie*, wird auch mein Bruder sagen, als hätte ich keinen Namen, und wird das s zischen und mich damit zur Weißglut bringen. Später, viel später wird Pascha behaupten, daß Sklavinnen kein Recht auf Namen haben. Sie haben keine Identität und sind namenlos. Wie nenne ich dich heute, wird Pascha überlegen. Ich darf den Penis meines Bruders berühren, ihn streicheln. Später wird er mich auffordern, ihn zu küssen, und ich werde es tun, im Gefühl, etwas wie einen Hamster mit den Lippen zu berühren. Und viel später wird es Pascha sein, der mich auffordert, *meinen Herrn* zu küssen. Denn sein Schwanz sei mein Herr, dem ich dienen müsse. Ich werde den beschnittenen Schwanz Paschas, wie einst den beschnittenen Schwanz meines Bruders, mit den Lippen berühren und mich davor ekeln. Ich werde den vertrauten Geruch einatmen und mich davor ekeln. Und Mutter wird sich bei meinem Bruder dafür bedanken, daß er sich das Streicheln gefallen lasse.

Mutters Kochlöffel

Wenn sich Mutter mit mir nicht zu helfen weiß, öffnet sie die Bestecklade. Seitlich der Plastikfächer mit Messern, Gabeln und Löffeln sind die größeren Messer, Tortenschaufeln und Kochlöffel. Mutter öffnet die Bestecklade, um mir zu drohen. Wenn ich nicht nachgebe, nimmt sie einen hölzernen Kochlöffel heraus und schwenkt ihn durch die Luft. Manchmal klopft sie sich selbst damit auf die Handfläche. Ich weiß, was als nächstes kommt. Gelingt es mir nicht, sie zu bremsen und rechtzeitig zufriedenzustellen, nähert sie sich der Küchenbank, auf der ich mein Fläschchen trank und mit den Beinen im Küchenvorhang spielte. *Ist die schwarze Köchin da? Ja! Ja! Ja! Da ist sie ja, da ist sie ja,* brüllen die Kinder im Kindergarten, und ich begreife nicht, warum Schwester Merita alle anderen bestraft und mich verschont. Das Verschontwerden kommt einer Nichtbeachtung gleich. Darum sehne ich mich nach Gleichrangigkeit mit den anderen Kindern. Warum muß ich nie auf dem Heizgitter knien und werde nie von Schwester Merita gezüchtigt? Mutter wird mich mit dem Kochlöffel schlagen. Sie lasse ihn auf mir tanzen, sagt sie. Warum sie, um mich zu schlagen, ein Instrument benutzt, meinen Bruder aber mit bloßen Händen schlägt, kann ich nicht verstehen. Der Kochlöffel macht Abdrücke auf der Haut. Meine Oberschenkel sind rot. Mutter klopft sich in Rage und kann nicht mehr aufhören. Überall, wo sie mich erwischen kann, klopft sie mich, wie später, viel später Pascha von der Garderobe seiner Praxis Kleiderbügel holen wird, um mich damit zu bestrafen. Es ist dasselbe Gefühl wie unter Mutters Geklopfe, wenn er mich klopft, denn er schlägt mich nicht fest, sondern klopft bloß. Sie formen mich zurecht, Mutter und Pascha. Ich ziehe mich auf die Küchenbank zurück und stelle die Knie auf, um mich zu schützen. Sie kommt nur bis an die Taille, dorthin, wo der Saum der Unterwäsche ist, aber weiter hinauf kann sie nicht dringen. Später wird mich Pascha auf den Hintern schlagen. Es wird mich dafür entschädigen, als Kind von Mutter nie auf den Hintern geschlagen worden zu sein. Einmal macht mir mein Bruder weis, mich durch eine Hornhaut gegen Schläge schützen zu können. Er verbringt einen Nachmittag damit, mir mit dem Märchenbuch auf den Hintern zu schlagen. Am Ende lacht er mich aus, wenn von einer Hornhaut noch immer nichts zu merken ist.

Um Mutter die Kochlöffeltänze auszutreiben, schenke ich ihr zu Weihnachten einen Kochlöffel. Ich überreiche ihr das Paket. Sie öffnet es und ist erstaunt über den prächtigen gelben

Kochlöffel aus Kunststoff. Er kommt zu den anderen in die Lade. In einigen psychotherapeutischen Schulen ist es ein methodischer Ansatz, Angstpatienten mit ihrer Angst zu konfrontieren. Man überflutet sie geradezu. Ziel ist die Desensibilisierung, die Auflösung der Anfälligkeit für den jeweiligen Auslöser der Angst. Jemand mit einer Spinnenphobie würde in diesem Sinn mit einer Vogelspinne zusammengeführt werden, jemand mit Klaustrophobie müßte es in Aufzügen und Tunneln aushalten, und ein Agoraphobiker müßte über weite Plätze gehen. Mein Versuch scheitert, Mutter die Waffe in die Hand zu spielen, um es ihr abzugewöhnen. Sie klopft mir auch mit dem neuen Kochlöffel auf die Schenkel. Später, viel später koste ich das Gefühl des Grauens, wenn Pascha unmittelbar nach einer Züchtigung verlangt, daß ich mich bei ihm anschmiege. Eine Geborgenheit, die ich von Mutter her kenne, bringt mich zum Zerfall.

Manchmal, wenn ich mich weigere, dunkelblaue Wollstrumpfhosen anzuziehen, die mir das Gefühl geben, als fräßen sie sich durch die Haut meiner Beine, wird Mutter die Bestecklade öffnen, abwarten, zuschlagen. Später, viel später gibt Pascha mir eine Chance, ehe er zur Garderobe geht. In der Zeit kann ich die von ihm verlangten Worte nachsprechen. Unterlasse ich es und mißachte seinen Befehl, ihm zu sagen, daß ich ihm als Sklavin restlos gehöre, wird er einen Kleiderbügel holen.

Das rote Pferd

Mit fünf Jahren habe ich noch kein Zimmer. Meine Spielsachen sind im Einbaukasten, der im Vorzimmer steht. Mindestens einmal am Tag kündigt Mutter mir an, daß es nicht so bleiben kann. *Du wirst den Schrank ausräumen müssen, wenn die Handwerker kommen*, sagt sie zu mir. Ich weiß nicht, ob sie mir mit Handwerkern oder Malern drohte. Ich erschaudere bei der Vorstellung, daß meine Ordnung zusammenbricht. Wenn die Handwerker unangekündigt hereinbrechen, bricht meine Ordnung zusammen. Wozu ich den Einbaukasten ausräumen sollte, ist mir bis heute nicht klar. Ich weiß nur, daß ich in dem Bewußtsein am Vorzimmerkasten gestanden bin, daß jederzeit die Tür aufgehen, Handwerker kommen und meine Ordnung zunichte machen könnten. So ist meine Ordnung ständig bedroht. Ich kann nicht ruhig und gelassen am Vorzimmerkasten stehen. Ich muß denen Platz machen, die sich durch die geöffneten Kastentüren gestört fühlen, muß die Kastentüren schließen und beiseite treten, bis sie vorbeigegangen sind, und wenn sie mehrmals hintereinander vorbeigehen, muß ich sie gewähren lassen und muß ständig bereit sein, vom Kasten wegzutreten.

Ganz unten, im größten Fach, sind meine Pferde: Das rote Pferd mit den gelben Rädern sieht wie ein im Zorn erstarrtes Feuerroß aus, finde ich und schwinge mich selten darauf. Meist begnüge ich mich damit, es im untersten Fach unterzubringen. Aber wie das übrige Spielzeug in den Fächern weiter oben kann sich das rote Pferd nicht sicher sein, daß es so bleibt. Denn jederzeit kann der Fall eintreten, daß ich es aus der Ordnung herausreißen muß, wenn Handwerker kommen. Immer wenn meine Mutter mich spielen sieht und wenn ich Spielzeug einordne, dazu singend, sagt sie im Vorbeigehen, ob ich wohl weiß, daß es nicht so bleiben kann.

Später, viel später wird Pascha und werden vor ihm andere zu mir sagen, daß ich nicht zu glauben brauche, daß es so bleibt. *Du brauchst nicht zu glauben*, wird Pascha sagen, und: *Glaube ja nicht …* Ich soll nicht übermütig werden, es soll mir nicht zu Kopf steigen, wenn man mich lobt. Früher hat mich mein Vater gelobt. Mutter ist jedesmal dazwischengefahren. *Du hältst ihr die Stange*, hat sie gebrüllt. *Die Stange halten*, was bedeutet das überhaupt; ich habe mir mit fünf meinen Vater mit einer langen Fahnenstange vorgestellt, die aussah wie ein Maibaum, ohne zu begreifen, was damit gemeint war. Und etwas später dann habe ich mir meinen Vater beim Onanieren vorgestellt, wie er sich selbst *die Stange hielt*.

Einmal erzählte mir mein Bruder, daß er Vater gefragt habe, ob er sich selbst befriedige. Mein Bruder sagte, Vater habe es zugegeben. Meine Mutter, die davon erfuhr, brachte Vater dazu, sich bei uns dafür zu entschuldigen und zu versprechen, es komme nie wieder vor. Er wird es nie wieder machen, hat meine Mutter gesagt. Nie mehr wird man das schicksalträchtige Handtuch auf seinem Bett finden. Seit ich davon gehört hatte, daß Vater Handtücher benutzte, halte ich in jedem Zimmer Ausschau nach Handtüchern, Papiertaschentüchern und Küchenrollen, und habe ich etwas dergleichen erspäht, halte ich den Bewohner des entsprechenden Zimmers für einen, der es sich selbst besorgt.

Mein Vater gelobte seiner Frau und uns Kindern, es nicht mehr zu tun. Wie konnte er es nur seinem geschwätzigen Sohn erzählen?

Ich stehe am Vorzimmerschrank, besteige nicht mein rotes Pferd, sondern gleite mit beiden Handflächen über seine rauhe Oberfläche. So glatt das rote Pferd aussieht, ist es doch rauh. Man würde es nicht für möglich halten, wenn man sich nicht selbst davon überzeugte, wie rauh es sich anfühlt! Ich nehme die Zunge zuhilfe. Es schmeckt nach rotem Pferd. Das kleine schwarze Pferd, das ein richtiges Fell hat und ein Lederhalfter, blickt mich traurig an.

Die Wohnungstür springt auf, ein starker Luftzug fegt mit Mutter herein, die lautstark Schlüsselbund und Einkaufstaschen fortwirft. Immer wenn sie kommt, wird es laut. Sie flitzt durch die Räume, und ich muß oft fünfmal hintereinander die Kastentüren öffnen und schließen. Mutter ist in

Eile. Sie muß gleich wieder fort. Sie wird mich mitnehmen. *Komm*, sagt sie zu mir: *Zieh dich an, wir gehen*. Ich bin mitten im Spiel. Ich lecke mein rotes Pferd, und Mutter sieht nicht, daß ich jetzt noch nicht aufhören mag, das Pferd würde sich verlassen fühlen. Aber ich gebe nach und lasse mich anziehen, da ich schon froh darüber bin, daß es nicht die Handwerker oder Maler sind, die mich unterbrochen haben. *Herrichten*, sagt sie dazu und kleidet mich mit dem goldgelben Mäntelchen an, das die Großmutter gekauft hat und in dem ich wie eine Puppe aussehe; Goldknöpfchen für Goldknöpfchen schließt sie das Mäntelchen über meiner Brust, und ich bin *gut eingepackt*, wie sie und ihre Mutter dazu sagen, *da steckst du jetzt aber gut drin*, sagen sie zufrieden und klatschen begeistert in die Hände.

Später, viel später wird Pascha mir von einem Stahlkragen sprechen und von einem Korsett, das mich umschließen und mir *einen Rahmen* geben solle. *Das brauchst du zu deiner Entfaltung*, wird Pascha sagen, und: *Je enger das Korsett und der Kragen, umso freier wirst du dich fühlen*. Am Ende stülpt Mutter mir die dunkelblaue Wollmütze über; ich hasse sie, weil sie kratzt. Es ist, als ob Milliarden von Läusen auf meiner Kopfhaut säßen, die Wollfäden stechen wie Nadeln, und später, viel später wird mir meine dunkelblaue Wollmütze einfallen, wenn die Chirurgin Karla auf der Intensivstation bei Patienten ein Nadel-EEG macht, um den Hirntod festzustellen.

Die blaue Wollmütze wird durch luftmaschengehäkelte Bänder unterm Kinn zusammengehalten. Sie liegt an den Ohren an, daß ich kaum etwas höre. Besonders in geheizten Räumen frißt sie sich in mich hinein. *Laß die Haube oben*, mahnt meine Mutter, als ich daran zu zerren beginne. Ich habe die Bänder am Kinn schon ausgedehnt und bis in den Mund gezogen, sie mit Speichel aufgeweicht. Mutter und Großmutter haben sie wieder in Form gebracht. Ein Psychologe, den sie auf Anraten einer Lehrerin für mich bemühen werden, wird Jahre später sagen, daß man mir einen Ziegelstein auf den Kopf legen müsse, um mich am Wachsen zu hindern. Diese Bemerkung wird mich verletzen. Ich werde mich mit dem Ziegelstein auf dem Kopf vor mir sehen und dieses Bild als demütigend erfahren. Ich werde den spöttischen Psychologen verachten und meiden, wann immer er mir begegnen wird. Wenn seine Frau an Krebs gestorben sein wird, werde ich es ihm vergönnen. Später, viel später werden es Psychologen sein, die ich demütigen werde, und die meisten von ihnen werden körperlich kleiner sein als ich.

Mutter nimmt mich an der Hand. *Laß deine Haube oben*, sagt sie mürrisch, *es ist kalt*. Draußen kann ich kaum mit ihr Schritt halten. Die eiskalte Luft beißt mich in die Wangen. Wie groß ist doch Mutter, und wie schnell eilt sie mir, immer einige Schritte, voraus. Keine Ahnung, wohin wir gehen. Später, viel später werde ich Männern folgen, ohne zu wissen, wohin, als ob es mich nichts anginge, Hauptsache, ich darf mit. Wir treffen Bekannte meiner Mutter, sie bleibt kurz stehen, die Leute stehen einander zugewandt auf dem Gehsteig und bestätigen Mutter wieder einmal, wie schlecht sie aussieht; *zum Abbrechen dürr*, sagen sie, *blaß bist du*, werden sie später zu mir sagen, zu Mutter dann nicht, die dick sein wird. Nachdem man ihr mit Mitte dreißig die Gebärmutter entfernen wird, wird sie aussehen wie im fünften Monat schwanger. Meine dürre blasse Mutter steigt mit mir in die überheizte Straßenbahn. Jetzt fühlt sie sich anscheinend besser und ist etwas freundlicher; ich habe noch immer den Roten-Pferd-Geschmack im Mund und zupfe mir dunkelblaue Wollfasern von der Zunge. Hier drinnen beißt die Haube wieder stärker, und ich will sie abnehmen.

Neinnein, Weibilein, sagt meine Mutter und hat mich auf ihren knochigen Schoß gezogen. Die Straßenbahn wackelt. Keine Ahnung, wo wir hinfahren. Wir fahren bis zur Endhaltestelle. Alles aussteigen, tönt es aus Lautsprechern. *Schau, ein Hund*, sagt meine Mutter, der *Waldi*, behauptet sie, obwohl es ganz und gar nicht ihr Dackelhund Waldi ist, der da über die Trittstufen springt. Waldi, der Dackelhund meiner Mutter, ist in den Besitz meines Großonkels übergegangen und wird im Alter von neunzehn Jahren in einem Wald nahe Istanbul, in eine türkische Decke eingewickelt, begraben werden. Ich werde davon erfahren und losheulen, während ich auf einem Frisierschemel sitze und die Großmutter neben mir mit Haarlaft eingesprüht wird. Ich werde die Augen zupressen und erst losheulen, wenn die Großmutter fertig eingesprüht sein wird. Meine Mutter zieht mich am Arm. Keuchend steigt sie mit mir mehrere Treppen hinauf. Wir kommen an vielen gleichaussehenden Gebäuden vorbei, die wir kommentarlos hinnehmen, meine Ohren glühen, die Wolle scheuert, ich presse die Augen zu, die Kälte ist hier noch ärger. Später, viel später wird es mich immer wieder zu diesen Gebäuden hinziehen und werde ich mich mit der Chirurgin Karla in dem höchsten Gebäude treffen. Meine Mutter betritt mit mir eines der gleichaussehenden Gebäude. Sie spricht jetzt kein Wort, sagt nicht mehr, *laß die Haube oben*. Ich habe mir Luft gemacht, kann wieder atmen. Später, viel später wird am Ende der Geschichte, nach der verheerenden Nacht in Fredericksburg, im Eisenbahncoupé Balthasar Glück, der hinzugekommene Fahrgast und Notarzt zu mir sagen: *atme, atme*. Im Coupé noch nicht, vierzehn Tage später, wenn ich erstmals auf Besuch in seiner beinah leeren Wohnung sein werde.

In einem großen Zimmer wird sich nur eine billige, aber schmucke Couch befinden, an der gegenüberliegenden Wandseite eine hohe Glasvitrine mit zahlreichen angeblich einzigartigen Parfumflakons in allen Farben und Formen – so eine Vitrine wird Pascha für seine Fredericksburger Villa vergebens gesucht haben – und im Zentrum des Raumes, am

Fußboden, eine wahrscheinlich tönerne Schüssel und so eine Art Klöppel, der schräg über dem Schüsselrand liegt, wie für ein schamanistisches Ritual. Und Balthasar Glück wird ein kleines Beutelchen ausleeren und mir die für den Schamanismus unentbehrlichen Elemente erklären. In seinen kleinen gepolsterten und völlig trockenen Händen – im Badezimmer wird eine Ärztemusterlotion für trockene und empfindliche Haut auf der Waschmaschine stehen – wird er abwechselnd einen Muschelsplitter (für das Element Wasser), einen Metallstift (keine Ahnung für was), einen Rehknochen (von einem sehr jungen Reh) und einen getrockneten Eidechsenkopf haben. Und außerdem einen Vogelschädel dazutun, vor dem ich, wie vor dem Eidechsenkopf, erschaudern werde. Meinen Kopf kriegst du nicht, werde ich, eine Stunde später, im Bett des Schamanen flüstern, und er wird mir von Engeln sprechen, und ich werde ihm kein Wort glauben. Mutter hat gar nicht bemerkt, daß ich die Wollhaube heruntergenommen habe, es ist ihr anscheinend egal, und wir eilen eine letzte schmale Treppe hoch, hier riecht es nach Ammoniak, und vom anderen Ende des Ganges kommt eine weiße Gestalt auf uns zu. Die Gestalt ist eine Nonne, eine geistliche Krankenschwester, sie heißt Schwester Gertrud, und in zwanzig Jahren werde ich sie wiedersehen und es genießen, auf die Naht ihres Schwesternschleiers, durch welche dieser zusammengehalten ist, hinabzublicken. Jetzt muß ich noch zu ihr aufblicken; sie unterhält sich mit meiner Mutter, ich verstehe kein Wort, und plötzlich dreht sich meine Mutter um und geht. Im Vergleich zu ihrem weißen Nonnenkostüm, das frischgewaschen duftet, sind ihre Hände blutrot. Ich weiche vor diesen nach mir haschenden Händen zurück, werfe mich auf den Boden und plärre aus Leibeskräften. Ich rufe nach ihr, die gegangen ist, verdrehe den Kopf und kann sie noch um die Ecke huschen sehen.

Die Schwester Gertrud knotet ihre Arme um mich, ich

beiße und heule und brülle: *Fleischhackerhände*; daß sie mich damit nicht anfassen soll, mit ihren blutigen Händen. Aber sie kümmert sich nicht darum und schleift mich durch den Gang und noch ein Stück weiter, bis vor eine Tür. Die Tür zur Hölle. Hinter dieser weißgemalten Tür ist das vorläufige Ende meiner Geschichte. Hinter der Tür hat mein Herz zu schlagen aufgehört. Hinter der Tür war Gott und hat mich ausgelacht.

Sie zerren zu viert an mir und können mich kaum bändigen. Sie gurten mich fest. *Mutter*; das Wort steckt mir im Hals. Hier gilt es nichts mehr, hier ist niemand, der darauf hört. Das Wort gehört zu einer Fremdsprache, niemand will es hören. Alle sind weiß gekleidet, wie später, viel später Pascha als Psychiater und Karla als Chirurgin weiß gekleidet sein werden. Und auch der Notarzt und Schamane Balthasar Glück wird zumindest früher lange Zeit hindurch weiß gekleidet gewesen sein. Ich werde miterleben, wie Pascha die weiße Uniform ablegen und mir gegenüber normal angezogen, meist sogar schwarz, oder mit zu weiten Jogginghosen, die am Gesäß hinunterhängen, oder nackt sein wird; ebenso wie Karla sich aus ihrem sterilen grünen oder hellblauen Gewand schälen wird. Das ausgezogene Gewand wird in einem Haufen neben dem Bett liegen.

Ich bekomme ein Sieb aufs Gesicht gedrückt, ich ersticke. Zähle, so weit du kannst, sagen sie zu mir, und vorher haben sie gesagt, ich *dürfe* auf dem hohen Stuhl sitzen, als ob es eine Ehre wäre, geschlachtet zu werden. Später, viel später werde ich fortwährend in diese Gebäude zurückkehren, um sie dann jedesmal ungeschoren zu verlassen. Niemand wird mich mehr dort festhalten, und ich werde zusehen, wie andere auf Paschas geschlossener Station in Gitterbetten und sogenannten Netzbetten geschlossen gehalten und festgeschnallt werden. Ich werde nicht mehr zu den Opfern zählen.

Ich werde zurückkehren, um mich davon zu überzeugen, daß sie mich nicht mehr festhalten können. Ich schreie, versuche das Sieb vom Gesicht wegzukriegen, sie drücken es fester an, ich sterbe.

Ich erwache in einem Krankenbett. Ich weiß nicht, warum ich hier bin. Geschäftig eilt eine ältere Krankenschwester mit einem gerollten Haarknödel ein und aus, sie trägt dicke Brillengläser und ist mürrisch. Später wird sie mich ein böses Kind nennen und sagen, daß sie froh sei, zu ihren Enkeln nach Hause zu können. Ein böses Kind, weil ich sie abgelehnt haben werde. Ich werde sie Sau genannt haben. Die einzige, die mich nach dem Ausflug in die Hölle anfassen darf, ist eine Frau im Nebenbett. Ich bin nicht auf der Kinderstation gewesen, werde ich später erfahren, sondern, keine Ahnung, warum, bei den Erwachsenen. Die blonde Frau neben mir hat Schleifen in allen Farben für meinen Teddy. Sie ist übrigens die einzige, der ich noch vertrauen kann. Mutter, die im Türrahmen erscheint, kann ich nicht mehr vertrauen. Ob Vater gekommen ist, kann ich nicht sagen, ob er mir zu diesem Zeitpunkt noch *die Stange hielt*. Mutter hat sich nicht einmal geschämt. Ich habe aufgebrüllt, als bei ihrem Besuch mein Bett verschoben wurde und ich kurze Zeit nicht zur Tür sehen konnte. Sie kam nicht herein, lange Zeit ist sie nur in der Tür gestanden, als traute sie sich nicht. Beim Schlucken hat es mir weh getan. Mutter ist eine Hexe. Sie nimmt mich wieder nach Hause mit.

Als ich ins Vorzimmer komme, riecht es nach frischer Malerfarbe. Mein Kasten ist ausgeräumt, das Spielzeug auf Schränke der Wohnung verteilt, das rote Pferd steht auf der Terrasse im Freien. Ich renne zu ihm hin, lecke daran, es schmeckt nicht mehr wie früher. Ich streichle es; es ist glatt geworden.

Der Bruder

Mein älterer Bruder verspottet mich, sagte die Rosa zu ihrem Yogalehrer.

Wir stehen mit einem Maßband vor dem großen Spiegel im Vorzimmer. Hinter uns ist mein Vorzimmerkasten, in dem jetzt Schulunterlagen meiner Mutter sind; die Mutter ist Religionslehrerin. Mein Bruder und ich sind allein. Alle Fenster der Wohnung sind offen, kühle Luft zieht durch die Räume, ich habe Angst. Ich weiß nicht, was der Bruder vorhat, weiß nur, daß ich hier stehen soll. Er legt mir das Maßband ins Gesicht. Von sich hat er bereits Maß genommen. Er will mir beweisen, daß meine Nase größer ist als seine. Er lacht, als sie zwar nicht größer, aber breiter ist. Ich hätte eine Negernase, sagt er und will, daß ich Negerlippen mache. Ich stülpe die Unterlippe heraus und schiebe anstelle der Oberlippe die Zunge hervor, so daß der Eindruck wulstiger Lippen entsteht. Ich weiß, daß mein Bruder diesen Anblick abscheulich findet, daß er mich meistens schlägt und bespuckt, wenn ich so aussehe, aber wenn ich es nicht tue, mich sträube, ist es noch schlimmer. Später, viel später werde ich gegenüber Pascha folgsam sein, um das noch Schlimmere zu verhindern. Ich diene meinem älteren Bruder, wenn die Eltern weg sind, gehorche ihm aufs Wort, tue alles, um vor ihm zu bestehen. Er läßt diesmal Gnade walten und begnügt sich damit, mir grinsend seinen Pantoffel an den Kopf zu schleudern, und als ich aufheule und den Negermund einziehe, brüllt er mich an. Schimpfwörter folgen: *Weib, Kuh* und irgendwelche schlimmen Eigenschaftswörter, wie später, viel später bei Pascha *Hure, Nazihure, Dreckskübel*. Ich bin diese Worte und Beschimpfungen gewöhnt, und doch werden sie in mich eindringen und mich innen verkohlen. Ich werde meinen Bruder anlächeln und versöhnt sein, um es nicht schlimmer zu machen. Denn ich weiß nicht, was noch kommt. Er hat das

Maßband zurück in den Nähkorb getan. Ich muß den Nähkorb an seinen Platz in die Küchenkommode stellen. Ich sehe die glänzende Schere im geflochtenen Korb und werde später, viel später daran denken, ihm die Schere aus dem Nähkorb zwischen die Rippen zu jagen und so der Geschichte zu entkommen.

Wir spielen Gespensterschloß, im Treppenhaus, weil es dort so schön hallt, unsere Stimmen ein Echo haben. Wenn ich von der Volksschule heimkomme und, aus Furcht vor einem auf den Dächern der Umgebung postierten Scharfschützen, im Zickzack gelaufen bin, singe ich im Treppenhaus Lieder von Mutters christlichen Schallplatten nach. In meinem Bruder stiften die Schallplatten die Idee, später Priester zu werden. Viel später wird er erklären, geglaubt zu haben, Priester wären fahrende Sänger, die mit ihren Gitarren zu den Menschen gingen. Mein Bruder will Spukhaus spielen. Ich bin eine verirrte Forschersfrau, die ihren Mann sucht. Statt ihres Mannes, den mein Bruder gibt, stößt sie auf Leichen und Geister. Es sind Mordopfer, lebende Tote. Meiner Freundin Irmtraud, die manchmal mitspielt, wird angst und bange. Mich beruhigen die grausamen Funde. Viel schlimmer ist für mich das Umherirren durchs Treppenhaus, wenn meine Stimme hallt und ich das Tonbandgerät umgehängt trage. Einmal werden wir eine Straßenumfrage veranstalten, mein Bruder und ich. Wir werden Passanten ansprechen und ihnen zwei Fragen stellen. Den Bruder wird interessieren, ob sie die Popgruppe Abba kennen, und ich frage, ob sie Tiere mögen und womöglich ein Haustier haben. Nach der Straßenumfrage nimmt uns der Vater das Tonband ab und verweist uns an Mutter, die uns für immer verbietet, mit Fremden zu reden. Mutter macht mir weis, daß fremde Menschen gefährlich seien. Man wisse nicht, woran man bei ihnen sei. Ich gehe mit der Idee durchs Leben, jeder Mann sei ein potentieller Vergewaltiger, und nehme einen großen Abstand zu parkenden Autolenkern, die mich in ihren Wagen ziehen und entführen könnten; gleichzeitig wünsche ich mir, entführt zu werden. Auch der auf den Dächern postierte Schütze soll mich manchmal treffen. Ich will, daß meine Eltern meinetwegen leiden und zerbrechen, wie ich mir später, viel später, nach dem Ende der Geschichte in Fredericksburg, wünschen werde, daß Pascha ohne mich krepiert.

Das Weib

Später, viel später, nach der Matura, wird mein Bruder einschlägige Videos raubkopieren und mit Videokassetten nachts von Puff zu Puff ziehen. Einmal wird er mir sagen, alles wegen unserer Eltern zu machen, um es ihnen zu zeigen. Um es ihnen zu zeigen, wird er wegen Menschenhandels vorbestraft werden, allerdings nur als unbedeutender Komplize eines gerissenen Freundes. Zu diesem wird er mich nach dem Tod meines Ehemannes Klaus mitnehmen. In der Trauerphase werde ich in meinen alten Gehorsam gegenüber dem Bruder zurückfallen und mir raubkopierte Pornos ansehen. Meine Mutter wird mich ertappen, wie ich am Fernsehschirm riesige Penisse betrachte. Mein Bruder wird auch private Videos einspielen, von russischen Callgirls, die vor dem Hochzeitsfoto unserer Eltern strippen. Wie später Pascha, ringt mein Bruder mir als Kind den Schwur ab, *nie einen anderen zu haben*. Ich erinnere mich an einen Sommer mit einer kleinen blassen Göre aus Deutschland, die er mir vorzieht. Ich werde Frauke später, viel später in Paschas Frau übertrumpfen und werde meinen Bruder in Pascha zurückerobern und mich am Ende der Geschichte von ihm trennen. Werden es bei Pascha Sklavinnen mit Stahlkrägen sein, die er verkaufen, verleihen und erniedrigen wird, beschränken sich die Wünsche meines Bruders darauf, ausführlich geschildert zu kriegen, wie seine Volksschullehrerin einen Luftballon zerstört. Erst werde ich: *kaputtsitzen*, später: *zu Tode reiten* sagen. Auch die Kleidung der Volksschullehrerin, die wir *Weib* nennen, ändert sich, in Abhängigkeit zur sexuellen Entwicklung meines Bruders. Auf die Kleidung des Zerstörers, der anfangs meist die Volksschullehrerin und später mein Bruder selbst sein wird, legt er größten Wert, denn nur wenn die Kleidung den Vorstellungen meines Bruders entspricht, läßt er meine Geschichte gelten. Es sind lange sogenannte *Tschepperröcke,* übersät von Knöpfen, die ein schepperndes Geräusch erzeugen, und weiße Latexmäntel, die bei jeder Bewegung ihres Trägers knirschen. Es sind die Wörter, die ihn erregen, Wörter wie *knirschend* oder *Knopf*. Später, viel später wird es ein Wort wie das englische Wort *panties* sein, durch das Pascha erregt werden wird.

Cosy 1 bis 6

Der Bruder will Aufzug spielen. Ich muß in den Hof gehen und darauf warten, daß er unsere Stoffelefanten namens Cosy 1 bis 6 in einem Eimer hinunterläßt. Der Eimer schwingt bedrohlich hin und her, und es kann sein, daß ein Cosyelefant herausplumpst und sich den Kopf anschlägt. Mein Bruder macht von oben Schmerzgeschrei. Ich muß mich richtig postieren, um den Eimer aus der Luft zu fangen. Alle sechs Cosyelefanten nennen mich ihre Mami. Meine sind etwas schäbiger als die meines Bruders, der älteste wurde mehrmals geflickt und hat seither eine steife Unterlippe, mit der er im Ärger über mein Gesicht schleift. Mein Bruder nennt es mit quietschender Elefantenstimme: *schneiden.* Aber die Cosys können nur in der I-Sprache reden, was heißt, daß alle Vokale durch I ersetzt werden, also brüllt mein ältester Cosyelefant furchterregend: *schnitten,* bevor er mir mit der klebstoffverhärteten Unterlippe übers Gesicht schleift. Jeder einzelne Elefant hat seine Eigenheiten, und wenn ich sie nicht in ihrem Aufzugseimer aus der Luft fange, bestrafen sie mich. Sie sind kleine Quälgeister und verstehen sich auf die Kunst der Folter. Jeder hat seine spezielle Tortur. Sie hacken mit ihren Köpfen voll auf mich ein, daß mir die Nase brennt, stoßen mir ihre durch die Fäuste meines Bruders verstärkten Beine in den Bauch, spucken mit brüderlichem Speichel oder ohrfeigen mich, wenn ich nicht gehorcht habe. Ist es besonders schlimm, schreiten sie zu Erpressungsmaßnahmen. Sie drohen mit Selbstmord und ziehen an ihrem Rüssel und fallen tot um. Der Bruder verstärkt noch den Eindruck des Todes, indem er die gemordeten Cosys in einem unsichtbaren Sarg senkrecht auf- und abfahren läßt, als würden sie in ein Grab gelassen; dazu macht er Trauermusik. Ich heule dann meist und beschwöre ihn, sie wieder auferstehen zu lassen, was erst geschieht, wenn ich seinem Befehl gehorche. Das Gondelspiel ist dem Aufzugspiel sehr ähnlich, nur daß wir Mutters Wäschekorb benutzen. Eine lange Schnur wird zwischen dem Terrassengeländer und einem Zaunpfosten am hintersten Ende des Gartens befestigt. An der Plastikschnur gleitet der Wäschekorb mit unseren Stofftieren auf und ab. Aufwärts wird er mit einer am Wäschekorbrand befestigten Schnur gezogen, abwärts läuft er von selbst. Die Kinder aus den Nachbarsgärten beobachten fassungslos den Aufwand, mit dem wir unsere Spiele betreiben. Daß ich der Sklave meines Bruders bin, werde ich erst viel später begreifen. Einmal heißt mich mein Bruder, den Kaninchenkäfig, um ihn nicht so weit über die Treppen hinunterzutragen, kurzerhand von der Terrasse in den Hof zu werfen. Als die Eltern zurückkommen, sitze ich, das Kaninchen im Schoß, neben dem verbeulten Käfig. Mein Vater nennt mich dumm und schimpft mit mir wegen meines guten Glaubens. Ich soll mich nicht vom Bruder anstiften lassen, sagen sie zu mir. Ich tue alles, um meinen Bruder zufriedenzustellen. Er läßt sonst seine Wut an mir aus, und er ist immer wütend. Er sagt, daß für mich keine Erbmasse übriggeblieben sei, ich eine behinderte Mißgeburt sei, was man schon an meiner Handschrift und den breiteren Nasenlöchern merke. *Meine Nase ist wohlgeformt*, sagt der Bruder, *und deine ist stumpf und negrid, sagt auch unsere Großtante.* Die Aussage der Großtante hat mehr Gewicht als Behauptungen meines Bruders. Ich heule und wehre mich gegen das Urteil, daß ich ein Zombie bin. Ich selbst finde niemanden, der mich verteidigen könnte und dem Bruder die Meinung sagt. Nicht einmal meine Mutter steht hinter mir, sie ist überzeugt, daß ich verlogen bin und den Bruder hysterisch verpetze. Du schreist, daß er dich umbringt, sagt sie, dabei hat er dich noch nicht einmal angefaßt. Erst wenn die Mutter gegangen ist, trifft mich der an seiner Fußspitze schwingende Pantoffel.

Mein älterer Bruder sieht gut aus und wird später fett werden und noch immer Turnhose und T-Shirt wie mit sechzehn tragen. Er ist der Schatz unserer Großmutter, die später ihn, und nicht mich, in ihrem Testament berücksichtigen wird. Mein Bruder könne nicht lügen, heißt es. Er darf ministrieren, ich nicht, er gilt vor den geistlichen Bekannten meiner Mutter als Junge mehr als ich. Meine Mutter erzählt allen, daß er später Priester wird. Ich werde in die Mutterrolle gepreßt, soll mich für Puppen und Cosyelefanten restlos aufgeben und werde von Mutter und Großmutter bereits im Kindergartenalter als mütterlich gehandelt. *Sie ist ja so mütterlich, jetzt schon*, behaupten sie überall. Und wirklich kann ich das Puppenspiel und die damit verbundene Mutterschaft aus Identitätsgründen bis zum vierzehnten Lebensjahr nicht aufgeben und spiele, daß ich Mutter bin, bis meine Barbiepuppen die Spielregeln ändern und ständig Männer betrügen. So wie ich früh meine Puppen mißhandle – ich ziehe mich mit ihnen dazu aufs Klo zurück, schlage und trete auf sie ein, reiße sie an den Haaren, schlage sie tot, um sie danach zärtlich zu versöhnen –, werden mich später, viel später Männer küssen und fallenlassen. Ich habe nichts anderes kennengelernt als den Wechsel, das Auf und Ab der Gefühle, wobei eines das andere bedingt. Erst nach den Abgründen der Hölle kommt Glück.

Ich werde an diesem Glauben festhalten und in Pascha dem Teufel huldigen, damit er mich nicht umbringt. Ich werde mich hingeben, um das noch Schlimmere zu vermeiden. Einmal bemale ich die Gesichter meiner Puppen, ermorde sie, die Susi und Veronika heißen und mich mit ihren Bedürfnissen quälen. Denn mein Alltag als Kind besteht aus Pflichten, und ich bin von Gewissensbissen geplagt, wenn ich meine Puppen nicht gefüttert, gebadet, sie wieder gefüttert und spazierengeführt habe. Und dann noch die Stoffelefanten mit ihren Forderungen! Während der bei meinem Bruder aufbewahrte Elefant im Regal steht, wäre das in meinem Fall ein Verbrechen: Ich habe kaum Platz in meinem Bett, und entdeckt mein Bruder, daß ein Cosyelefant herausgefallen oder nicht zugedeckt ist, muß ich dafür büßen, den erkrankten oder toten Elefanten pflegen, mich aufopfern. Später gelingt es mir, den Cosyelefanten in einem gepolsterten Koffer ein Lager zu bereiten und meinen Bruder damit einigermaßen zufriedenzustellen. Noch mit vierzehn bin ich mit drei Elefanten im Rucksack auf dem Fahrrad unterwegs, und die Rüssel ragen oben heraus, damit sie atmen können.

Mutter und Großmutter ist es wichtig, uns Kinder regelmäßig für ganz bestimmte Zeitspannen *auszulüften*. Wir gehen an die frische Luft, heißt es, und erst später, viel später, wenn sie mit meinem Jungen so verfahren werden, wird mir auffallen, daß es auf die Minute genau eine volle Stunde sein muß, die sie durch den Wald spazieren, denn neunundfünfzig Minuten würden ihnen ein Unbehagen erzeugen.

Sie ist ja so mütterlich, verkünden sie über mich. Und ich merke noch nicht, wie ich es hasse, mütterlich zu sein, und füge mich der mir aufgestülpten Rolle, wie später, viel später bei Pascha, der mir sagen wird, ich sei nur dazu geboren, ihm zu dienen, und daß es meine Erfüllung sei. Ich werde in den mir aufgebürdeten Rollen keinen Blick mehr dafür haben, was ich eigentlich bin, und schon damit zufrieden sein, daß man mich nicht beschimpft. Als ich einmal in einer verschmutzten Latzhose aus der Schloßruine gegenüber unserem Wohnhaus zurückkehre, erregen sich Mutter und Großmutter und strafen mich, indem sie tagelang die Köpfe schütteln und fassungslos tun. Ich mache von da an alles heimlich. Nur noch heimlich darf ich sein. Und ich lüge, sooft ich den Mund aufmache. Ich hasse den Bruder und füge mich ihm, den ich für seine Macht bewundere, und später wird es Pascha sein, den ich hassen und bewundern werde. Am Ende der Geschichte in Fredericksburg wird das Ende der Macht sein. Mein Bruder wird zu diesem Zeitpunkt in der Gewalt meiner Mutter sein und sich noch immer nicht von ihr gelöst haben. Mit sechsunddreißig wird er wie ein Junge aussehen und sich an seinen hypochondrischen Krankheiten aufrechthalten. Mein Bruder wird die Geschichte nie verlassen.

Herr und Meister

Manchmal, wenn die Eltern weg sind, befiehlt mir mein Bruder, mich mit verbundenen Augen vor der Tür zu postieren. Später, viel später wird Pascha mir in seiner Praxis die Augen verbinden und mich befingern und schlagen. Mein Bruder zielt mit Pfeilpistolen auf mich. Er verspricht mir achtzugeben und trifft mich auf Schultern, Hals und im Gesicht. Ich kneife unter dem Halstuch, das nach unserer Großmutter duftet, die Augen zu und hoffe, daß jemand kommt und das Spiel beendet. Meinem Bruder fallen Variationsmöglichkeiten ein. Er will Ballrollen spielen. Ballrollen geht so: Jeder hockt an einem Ende des Korridors, in dem ich meine filmisch dokumentierten ersten Schritte machte. Es ist noch derselbe grüne etwas abgewetzte Spannteppich, über den jetzt kleine Gummibälle rollen. Wenn ich die Lust verliere, weil der Bruder die Bälle nicht rollt, sondern hüpfen läßt, und das mit solcher Wucht, daß sie mich oft im Gesicht treffen, verlegt er sich darauf, mich an der Tür zu beschießen. Ich stehe mit ausgebreiteten Armen an die Tür gepreßt und blicke starr den fliegenden Gummibällen entgegen, die neben und unter mir abprallen und in einem Durcheinander auf mich einprasseln. Oft habe ich Glück, und sie prallen alle ab und keiner trifft mich. Manchmal ziehe ich umsonst den Kopf ein. Dieses Spiel ähnelt den Wutanfällen meines Bruders im Keller des Ferienhauses in Kärnten. Nach dem Tischtennisspiel kann er es meist nicht lassen und schleudert Ball und Schläger nach meinem Kopf. So wird mich später, viel später Pascha aus geringstem Anlaß mißhandeln, weil ihm meine Stimmlage oder Miene nicht gefällt, ich ihm *fordernd* und *verwöhnt* erscheine.

Mein Bruder nennt sich *Meister* und bezeichnet sein Zimmer als *Prunkraum* und meines als *Rumpelkammer* und *Durchgangsraum*. Er unterstreicht es, indem er Dreck aus seinem Zimmer in meines schnepft und mich als seine Putzfrau bezeichnet. Später, viel später wird Pascha sich *Herr* und *Meister* nennen und von mir erwarten, daß ich nach der schrecklichen Nacht in Fredericksburg seine Villa von Joghurt und Scherben säubere. Und ich werde, wie früher bei meinem Bruder, fügsam sein, um so der Geschichte zu entkommen. Ich werde täuschen und betrügen, damit sie mich nicht aus meinem Versteck hervorholen und köpfen können. Mein Versteck ist die Geschichte, in der ich bin. Meine wahre Geschichte bleibt mein Geheimnis.

Mit siebzehn werde ich mir die Haut aufschneiden, damit meine Geschichte atmen kann. Ich werde Pascha die Narben zeigen. Er wird es genießen, mit den Fingern über die Furchen in meinen Unterarmen zu gleiten. Ich werde damit aufhören und davon phantasieren, Paschas Kopf und die Köpfe anderer Männer auf eine Kette zu fädeln und mir umzuhängen, anstelle des Stahlkragens, von dem Pascha phantasiert. Jemand wird mich mit der indischen Göttin *Kali* vergleichen, die eine Schädelkette trägt. Wenn ich Pascha am Ende der Geschichte in seiner Fredericksburger Villa beiße und mein Gebißabdruck schräg über dem klaffenden Maulabdruck eines Schäferhundes ist, die Wunde blau und blutig wird, wird er es mit einer Geste abtun. Wenn ich ihm in Fredericksburg auf den Kopf schlagen werde, wird er mich zwar bestrafen, doch unbeeindruckt wirken, als könne ihm körperlicher Schmerz nichts anhaben. Später, viel später wird er gegenüber seiner Mutter behaupten, der vernarbte Hundebiß stamme von einem psychotischen Patienten. Nicht ich, die er zu brandmarken wünscht, er wird gezeichnet sein.

Sobald ich kann, werde ich in meiner Jugend ein Kind haben wollen und mit fünfzehn, nach der Entjungferung, enttäuscht sein, daß es nicht geklappt haben wird. Erst mit achtzehn werde ich einen Sohn gebären, mein Lateinlehrer wird der Kindeserzeuger sein, und ich werde mich nicht mehr allein fühlen. Meine Mutter wird froh darüber sein, denn Mädchen brächten nur Schwierigkeiten, habe sie an mir gesehen, und wird ihn *Hengstchen* nennen und jahrelang am Genital reinigen. Noch mit vierzehn wird sie ihn zwingen, sich nach einem Vollbad vor sie hinzustellen, sich die Vorhaut zurückschieben zu lassen, um seine Eichel von *Smegma* zu befreien. Meine Mutter macht das auch bei meinem Bruder, sie bohrt auch in mir, und mit fünf flehe ich den beim geringsten Anlaß herbeigerufenen Kinderarzt an: *Keine Zäpfchen!* – Wenn sie mir Zäpfchen *hineinschießt*, wie sie sagt, wacht sie ganz schrecklich über mich und verhindert, indem sie mich nicht aufstehen läßt und meine Pobacken festhält, daß ich mich auf unseren gemeinsamen Nachttopf setze und das Ding wieder herauspresse. Mutter wacht wie ein Höllenhund über mich und frißt mich, wenn ich das Zäpfchen nicht in mir behalte. Mit drei Jahren brülle ich, es tut so weh, und muß Großmutter geholt werden, um es hineinzuschießen. Später kann ich den Kinderarzt auf meine Seite ziehen, und er verschreibt mir nur noch orale Präparate. Später, viel später wird es Paschas Zunge sein, wird er mir in seiner Praxis, und später in der Fredericksburger psychiatrischen Klinik, während Nachtdiensten Regenschirmspitzen, Kleiderbügel, Schreibstifte und Tücher hineinstecken. Und wird seine oder meine Unterhose auf den Arschbacken arrangieren und zubeißen, und ich werde mich nicht mehr wehren und es dulden.

Erscheinung

Zu Hause beleuchtet mein Bruder mich, in eine Decke gehüllt, vor der weißen Wand mit Vaters Diaprojektor. Ich spiele Erscheinung. Mutter hat uns davon erzählt. Wir verbringen unsere ganze Kindheit damit zu warten, bis uns endlich jemand erscheint. Irgendein Heiliger könnte schon kommen, wo es soviele davon gibt. Ich bin selbst unsere Marienerscheinung, wenn sich sonst nichts tut, und der Bruder spielt Priester und Bischof. Unsere Mutter wird sich für ihre Religionsstunden von Vaters Cousine, der Bischofsköchin, eine echte Bischofsmütze entleihen. Ich werde die Mütze tragen, aber vor allem mein Bruder. Wir haben Reliquien zu Hause. Es sind Splitter von Sarkophagen, Knochen und Gewändern von Heiligen. Vom heiligen Vinzenz, der sich zeitlebens um Arme kümmerte, haben wir ein klitzekleines Stoffteil, es sieht wie der Rest eines Heftpflasters aus. Ich betrachte das in Glas gefaßte Fetzchen und ekle mich davor. Ich denke daran, es ins Klosett zu werfen, irgendwie verschwinden zu lassen. Ich finde es verrückt, wie Mutter unseren Radiorecorder mit Reliquien umstellt. Während der Gottesdienste bin ich von der Vorstellung außer mir, welche Gefühle die Peiniger Christi hatten, als sie ihn peitschten und festnagelten. Das Aufsetzen der Dornenkrone hat mich am meisten beeindruckt. Und daß Pilatus sich die Hände in Unschuld wusch. Später werde ich mich häufig wie Pilatus fühlen und einfach wegsehen. Ich werde auf Paschas Akutstation wegsehen, und auf Karlas Intensivstation werde ich mich von den Sterbenden in ihrem künstlich verlängerten Leben abwenden. Ich werde die Augen schließen vor dem Leid und so tun, als wäre alles nicht so schlimm. Innerlich falle ich vor dem Kreuz zu Boden und will Christus retten, seine Peiniger verjagen. Aber schon im Kindergarten wird gelehrt, daß es die höchste Tugend sei, das Kreuz auf sich zu nehmen. So nehme ich später, viel später das Kreuz durch Pascha auf mich und erwarte mir dann meine Krönung. Ich werde Königin der Türken und Österreicher sein. Man wird mir zujubeln, mich feiern und heiligsprechen. Und Vater wird mich endlich lieben.

Das Ende der Liebe

Statt meines Vaters kümmert sich der Pfarrer Schwob um mich. Er ist ein großer mittelschlanker Mann, zu dem meine Mutter aufschaut und mit dem sie Hemden kaufen geht, was meinen Vater verärgert habe, wird sie später, viel später sagen. Von den Erwachsenen finde ich ungerecht, daß fast alle meinen Bruder vorziehen. Es gibt einen älteren Hofrat, der ab und zu bei uns vorbeikommt. Einmal im Jahr, vor dem Nikolausabend, bringt er Figuren aus Schokolade. Immer bin ich es, die den Teufel erhält, schon automatisch und mit einem vielsagenden Lächeln wird mir der Hofrat den Teufel überreichen, und für meinen Bruder wird stets der Nikolaus vorgesehen sein, und das Gesicht des Hofrats wird dabei so auf mich wirken, als wäre es nun einmal klar, warum das so sein müsse. Als handle es sich um ein Naturgesetz, das dem Hofrat als promoviertem Biologen am selbstverständlichsten sei. Ich werde mich damit abfinden und entdecken, daß, wenn man das Zellophanpapier herunterzieht, beide Figuren ein Nikolaus sind. Beide Schokofiguren sind in der gleichen Gußform entstanden, den Hörnern des Teufels entspricht die Bischofsmütze. Nur zum Schein erhalte ich jedesmal den Teufel; der Hofrat wird gar nicht wissen, daß er uns beiden die gleiche Figur überreicht und sie sich nur in der Verpackung unterscheiden. Ich werde es als Zeichen von Schwäche verstehen, daß mir immer der Teufel zugedacht wird, als wollte der Hofrat meinem Bruder nicht zu nahe treten, wenn er ihm einmal den Nikolaus vorenthielte.

Der Pfarrer Schwob ist der einzige Mensch meiner Kindheit, der mir nicht das Gefühl gibt, weniger wert als mein älterer Bruder zu sein. Wohl gibt es Fotos von ihm mit meinem Bruder, der, als Ministrant verkleidet, verführerisch lächelnd an ihm lehnt, aber es gibt noch andere Fotos, auf denen ich auf seinem Schoß sitze und ihn umschlungen halte. Es existieren Fotos meines Bruders, wie er auf den Schultern des Pfarrers Schwob sitzt, wie sie Fußball spielen, wie er mit ihm in einer Wiese balgt, wie sie an einem Tisch sitzen, wie sie rodeln und Ski fahren, doch es gibt auch die entsprechenden Fotos des Pfarrers Schwob mit mir. Die Fotos werden unscharf sein, da sie nicht mein Vater macht, der meist gar nicht dabei ist. Als Kind komme ich zu dem Schluß, daß der Pfarrer Schwob der einzige Mann ist, der mich liebt. Denn er schafft es, einen anzufassen, was meinem Vater nicht gelingt, und er läßt sich küssen, was einem mein Vater ab einer gewissen Zeit nicht mehr erlaubt, und er sieht einem in die Augen und hockt sich auf den Boden, wenn er zu einem spricht oder einem zuhört. Der Pfarrer Schwob beschenkt sowohl meinen Bruder als auch mich und lobt mich, wenn ich wieder stundenlang im Nebenzimmer seines Schlafzimmers mit Buntstiften gemalt habe, während er sich bei verschlossener Tür drinnen mit Mutter aufhält. Ich bin vier Jahre, als er mich am meisten liebt. Später wird seine Liebe abnehmen. Sie wird verhärmen und verkümmern, wie der Pfarrer Schwob selbst. Irgend etwas wird vorfallen, und ich werde nie erfahren, was. Der Pfarrer Schwob wird eines Tages wegen Spannungen in der Pfarre von seinem Vorgesetzten, dem zuständigen Visitator, nach Wien versetzt. Es heißt, daß wir uns verabschieden müssen. Daß der Pfarrer Schwob nach Wien versetzt wird, ist für mich so, als würde mir bei lebendigem Leib das Herz herausgerissen. Ich begreife nicht, was es heißt, nach Wien zu kommen, aber ich kann mir vorstellen, daß es etwas Schreckliches oder das Schrecklichste überhaupt ist, ein Erdbeben, eine dauerhafte Erschütterung, da Mutter wie eine aus den Angeln gerissene Tür dasteht, bebt und brüllt. Sie schreit und ringt die Hände, fällt auf die Knie und schlägt sich auf den Kopf, wie später, viel später Pascha vor mir niedersinken und sich mit den Fäusten auf den Kopf trommeln wird, wenn ich ihm die Geschichte mit der Chirurgin Karla gestanden haben werde. Meine Mutter sagt, daß wir uns zum letzten Mal in der Kalvarienberggasse mit ihm treffen werden und gibt vor, nach Wien zu gehen, sei so gut wie tot zu sein. Ich kann nicht verstehen, was sie hat. Ich glaube, Wien ist die Hölle oder ein schwarzes Loch, das jene, die dorthin versetzt werden, sofort verschluckt. Wien ist für mich die Verbannung, Wien ist so gut wie der Tod. Der Pfarrer Schwob scheint in eine Art Zwangslager verbannt zu werden, als sollte er bestraft werden, und der Visitator erscheint mir als Schwerverbrecher, der den Richter spielt, als Henker und Menschenfresser. Ich werde noch den Schmerz in den Gliedern fühlen, den es mir bereitete, als Mutter mir während einer Meßfeier in der Kirche verbot, zu Pfarrer Schwob hinter den Altar zu laufen und ihn zu küssen. Es war keine gewöhnliche Meßfeier, sondern eine Hochzeit, wobei man ihn nicht stören durfte. Mutters gezischtes: *Nicht daß du jetzt nach vorne rennst und ihn abküßt*, wird mir die Haut abgezogen haben. Sie wird mir immer öfter zugeraunt haben, ihn nicht zu umarmen oder zu küssen.

Die Nonnen meiner Mutter soll ich immerfort umarmen und küssen und soll vor allem an der uralten sogenannten Nähschwester, Vaters fettleibiger uralter Cousine, wie ein Hund hochspringen, deren Schleier laut Mutter wie ein Sturzhelm aussieht, da er auf einer Spezialanfertigung von eigener Hand beruht. Aber den Pfarrer Schwob soll ich in Ruhe lassen. Wir werden am Tor der Einfahrt zum Grundstück der Demütigen Schwestern stehen und zusehen, wie der sogenannte Schwesternchauffeur, der Vater meiner Kindergartenfreundin, den Pfarrer Schwob von uns wegbringt. In einem hellen Lieferwagen wird er ihn wegführen, dessen Bremslichter mir für immer eingebrannt sein werden, die ich später, viel später in den Bremslichtern des hellgrauen Lieferwagens meines Lateinlehrers wiedersehen werde, der nach einer Schulparty, bei der ich an ihm hochspringen und ihn umarmen und küssen werde, vor mir flüchten wird. Ich werde dem Wagen, bis er verschwunden sein wird, barfüßig nacheilen und ihn durch Winken zum Anhalten bewegen wollen, aber der Lateinlehrer wird in Panik, nachdem er sich bereits ein wenig auf mich eingelassen haben wird, davonfahren. Und erst später, nach meinem Schulabschluß, kommt es in demselben hellgrauen Auto dazu, daß mein Sohn entsteht. Ich werde neben Mutter stehen und weinen. Und Mutter wird weinen und schluchzen. Sie ist völlig fassungslos.

Nie habe ich sie vorher oder nachher je so fassungslos gesehen wie während des Wegfahrens des Pfarrers Schwob. Und nichts hat meiner Mutter je so zugesetzt wie das Weggebrachtwerden des Pfarrers Schwob durch den Schwesternchauffeur. Warum nur ich und sie, nicht mein Bruder, den Pfarrer Schwob verabschieden, weiß ich nicht. Wo mein Bruder ist und warum er nicht mit uns vor dem Tor steht und ihm nachwinkt, bleibt für immer ein Rätsel. Später werde ich auf den Gedanken kommen, es könnte mit meinem Bruder zusammengehängt haben, daß der Pfarrer Schwob fort mußte, was aber eher unwahrscheinlich ist. Denn was hätte schon vorfallen sollen zwischen ihm und dem Pfarrer Schwob, das den Visitator zu einem solch folgenschweren Schritt, wie eine Versetzung es ist, veranlassen hätte können. Ich weiß nur von Konkurrenzkämpfen in der Pfarre, von Rivalität zwischen Geistlichen, und daß es einen Streit darum gab, wer mich taufen sollte. Als ich geboren werde, ist Mutter bereits im Stadium des Hemdenkaufens mit dem Pfarrer Schwob. Später, viel später wird es immerzu heißen, sie habe *sogar* mit ihm seine Hemden gekauft, wie zur Erklärung dafür, weshalb er versetzt werden mußte. Vielleicht, werde ich später denken, war es mehr als nur das. Der Pfarrer Schwob wird also gegen seinen Willen nach Wien verschleppt. Eine gähnende Leere bleibt zurück. Wie mit gebrochenen Gliedern werden wir uns nach Hause schleppen und es nicht fassen können, wie ich es später, viel später nicht fassen kann, verlassen worden zu sein. Ich kann gar nicht begreifen, was es heißt, verlassen zu werden, und auch Mutter findet keinen Ausdruck dafür. Sie wird mich neben sich stehen haben lassen, am Tor zur Hölle, und die Welt wird sich nach dem Verschwinden des Lieferwagens verändern.

Mutter wird kaum noch von Pfarrer Schwob sprechen und wird so tun, als habe es ihn nie gegeben. Und mir wird klar werden, daß es niemanden mehr gibt, wenigstens keinen anderen Mann, der mich zu sich auf den Schoß zieht und den ich küssen kann. Nur noch von Ärzten werde ich berührt werden, nachdem der Pfarrer Schwob versetzt worden ist, und deren Berührungen sind meist mit Schmerzen verbunden. Ich werde nicht verstehen, warum Mutter mich nicht trösten konnte. Sie wird es gar nicht erst versucht haben. Sie wird mich, im Gegenteil, noch in meinem Glauben bestärkt haben, daß er niemals zurückkomme. Ich werde nichts haben, das mich noch hält, wie ich später, viel später die dann von mir selbst heraufbeschworenen Trennungen stets als Abgründe erleben werde. Grundlos und völlig unmotiviert wird der Pfarrer Schwob als einzige Bezugsperson meiner Kindheit nach Wien geholt und von uns fortgerissen worden sein, und ich werde leer und bodenlos zurückbleiben. Ich werde ewig betrauern, nicht vom geliebten Pfarrer Schwob getauft worden zu sein, wie mein Bruder, sondern von einem bedeutungslosen Kaplan, auf den meine Mutter nichts gab. Später, viel später wird der Pfarrer Schwob elend an Leberzirrhose krepieren, denn er wird Alkoholiker gewesen sein, während der Kaplan, der mich taufte, als Initiator von Obdachlosenasylen und Bettler-Hilfsorganisationen durch alle Medien gehen wird. Ich werde es mir gewünscht und dafür gebetet haben, daß eines Tages mein Taufpriester, nicht der meines Bruders, berühmt sein würde, und auch dieser Wunsch wird, wie alle anderen, zeitversetzt in Erfüllung gehen. Später, viel später werde ich mir einen Psychiater und möglichst Selbstmordexperten zum Freund wünschen, nachdem ich über eine mit einem Wiener Psychiater und Modeschöpfer verheiratete Frau gelesen haben werde, daß sie aus Verzweiflung ihre beiden Kinder aus einem Fenster im dritten Stock gestürzt und einige Wochen darauf in einer Anstalt Selbstmord verübt habe.

Von Zeit zu Zeit werden meinem Bruder und mir Schokoladentaler aufs Bett gelegt und Bonbonschachteln, die von Pfarrer Schwob seien. Ich mache Fetische daraus und denke nicht daran, sie je zu öffnen, geschweige denn sie durch Verzehren zu vernichten. Später, viel später werde ich sämtliche Bandaufnahmen Paschas, Karlas und vor ihnen anderer konservieren und mich als einsame Frau sehen, die von Begierde nur noch tagträumt und sich an den Aufzeichnungen erwärmt. Ich werde vorsorgen für schlechte Zeiten, wenn sich niemand mehr für mich interessiert. Ich werde Stücke aus Menschen herausreißen und wie Trophäen sammeln. Ich werde Pascha fotografieren, wie zum Beweis, daß er mich eine Zeitlang geliebt habe, aber denken werde ich, daß er sich mich eine Zeitlang *eingebildet habe*, denn Liebe wird mir wie eine vorübergehende Erkältungskrankheit, ein länger anhaltendes und später wieder abflauendes Fieber erscheinen. Ich werde den Pfarrer Schwob vom ersten Tag seines Verschwindens an vermissen und es zunächst auch spüren, aber nicht lange. Schon nach kürzester Zeit, ich denke, nach wenigen Stunden wird das Verlustgefühl einem breiten Gefühl der Gleichgültigkeit weichen, und dieses wird wiederum später, viel später von Haß abgelöst. Wenn der Pfarrer Schwob wiederkehrt, werde ich zwölf sein, und er wird mir so gleichgültig sein, und das neue und die ursprünglichen Gefühle überlagernde Gefühl wird so mächtig sein, daß ich ihn als Zumutung und den Umstand als lästig empfinden werde, von ihm wie in alten Zeiten auf seinen Schoß gezogen zu werden. Und ich werde, gequält lächelnd, auf dem Schoß eines jämmerlichen Gerippes mit dritten Zähnen auf einem Polaroidfoto abgebildet sein, das mein Bruder bei seinem letzten Besuch machen wird. Denn bald darauf wird aus Wien gemeldet werden, daß er gestorben sei. Und ich werde kaum etwas spüren und werde lachen, wie ich später, viel später auf Karlas Intensivstation angesichts hoffnungs- und trostloser Fälle von Unfallopfern und Menschen mit Hirnläsionen lachen werde. Merkwürdigerweise werden weder meine Mutter noch mein Bruder oder ich zum Begräbnis nach Wien fahren. Meine Mutter wird meinen Vater schicken, wie um ihn zu zwingen, etwas abzubüßen, das er dem Pfarrer Schwob zu dessen Lebzeiten antat. Vater, der Pfarrer Schwob haßte, wird aus Wien zurückkehren und weinend vom gesungenen *Vaterunser* auf der Beerdigungsfeier berichten. Ich werde erst später, wenn ich im Einschlafen das Vaterunser summe und mir Bilder der Beerdigungsfeier vorstelle, weinen. Ich werde ihn erst nach seinem Tod wieder vermissen, wie ich ihn ursprünglich, als er noch im Lieferwagen des Schwesternchauffeurs saß, vermißte, und werde erst nach der endgültigen Trennung, wenn keine weitere Trennung mehr droht, aufatmen und ihn wieder zu lieben wagen. So werde ich später, viel später alle Männer vor Pascha und Pascha selbst erst lieben, wenn ich sie dazu gebracht haben werde, mich zu verlassen, oder wenn sie gestorben sind.

Irmtrauds Welt

Zu meiner Freundin Irmtraud gehe ich fast jeden Tag. Ich lerne sie mit vier Jahren am Gartenzaun kennen, durch den sie mir eine Zuckerschlange reicht. Ich soll mir ein Stück abreißen.

Irmtraud ist ungefähr drei, als ich sie kennenlerne, oder sogar etwas jünger. Denn sie kann meinen Namen noch nicht richtig aussprechen. Das erste, was wir tun, ist, unsere Vornamen zu sagen, und ich reiße mir ein Stück ihrer Zuckerschlange ab. Später werden wir von einer Gummischlange sprechen, die aus Goldbärchenmasse gewesen sei. Irmtraud wird *Losa* zu mir sagen, da sie das *r* noch nicht aussprechen kann. Und ich sage, obwohl ich älter bin, *Imtaud*. Anscheinend habe ich ihren Namen, den ihre Mutter oder ein Kindermädchen mir vorsagte, nicht richtig verstanden.

Später wird uns kein Gartenzaun mehr trennen. Wir werden nebeneinander in der Wiese sitzen, entweder in ihrem oder in meinem Garten, und ein Kindermädchen oder meine Mutter wird uns im Auge behalten. Wenn wir etwas größer sind, werden Irmtrauds Kindermädchen auf der Balkonbrüstung sitzen und rauchen. Die Kindermädchen werden von Mutter als Fremde in Irmtrauds Wohnung bezeichnet, da sie nicht mit ihr verwandt sind. Irmtraud findet es nicht außergewöhnlich, von Kindermädchen betreut zu werden. Es sind vierzehn- bis sechzehnjährige Mädchen, die in der großen Wohnung das sogenannte Kabinett bewohnen und einen Teil der Hausarbeit für Irmtrauds berufstätige Mutter erledigen. Sie werden dafür bezahlt, Irmtraud zu lieben.

Irmtrauds Eltern sind Gymnasialprofessoren und meist nicht zu Hause. Deswegen kümmern sich die Kindermädchen und die Hausbesorgerin Frau Zotter um Irmtraud und ihren jüngeren Bruder Thomas. Ich kann kommen und gehen, wann ich will. Die Besuche bei mir sind für Irmtraud etwas komplizierter, da mir meine Mutter nicht immer erlaubt, fremde Kinder zu empfangen. Irmtraud ist und bleibt fremd, obwohl ihr Vater in derselben Studentenverbindung wie mein Vater ist. Von dieser katholischen Studentenverbindung, sagen meine Eltern, werde auch derjenige sein, der mich eines Tages heiraten werde. *Einer wie Vater, so schön christlich*, sagen sie. Irmtraud kommt meiner Mutter häufig ungelegen. Sie findet, daß sie unweiblich und schmutzig ist. Ihrem Bruder hänge immer die Rotzglocke hinunter, was ganz und gar unappetitlich sei. Sie wolle verhindern, daß ich mich bei diesen Kindern anstecken könnte, daher sollen sie nicht zu oft kommen. Auch fassen sie alles an, und einmal, als uns Irmtraud zum Einkaufen begleitet, wird meine Mutter eine Katastrophe daraus machen, daß sie eine Packung Smarties mitgehen haben lassen wird. Die Kassafrau wird es bemerken und Irmtraud die Smarties wegnehmen, und meine Mutter wird sie bezahlen, um sie später mir zu geben.

Bei Irmtraud haben wir sturmfreie Bude. Wir legen Decken auf dem Fußboden auf und spielen *Schiff*. Ich gebe eine von zwei Zwillingsschwestern mit Namen *Katharina eins und zwei*, die drogensüchtig und männernärrisch ist. Irmtraud ist die zurückhaltendere, ängstlichere der Schwestern. Manchmal verlassen wir den Raum und kehren in einer anderen Rolle zurück. Dann gibt eine von uns den weiblichen Part, und meist bin ich ein Matrose oder Schiffsjunge, der sich an dem Mädchen vergreift. Wir verdienen unser Geld mit Musik und Gesang und phantasieren, daß die in Irmtrauds Zimmer aufgehängten Starposter Zuschauer unserer Live-Shows sind. Wir benutzen Perücken von Irmtrauds Mutter, um uns zu verkleiden, spielen auf Tennisschlägern Gitarre, und manchmal legen wir uns für Stunden ins Bett, um immer dasselbe Spiel zu treiben. Später, viel später werden wir, mit Perücken, Sonnenbrillen und Mänteln von Irmtrauds Mutter getarnt, das Begräbnis der Mutter meines Lateinlehrers besuchen, um unerkannt die Verwandtenschar meines Sohnes zu beobachten. Bei unserem Spiel gebe ich Schwester Luise, eine junge Schulschwester, die manchmal Pausenaufsicht hält. Irmtraud wird nämlich eine Zeitlang ein Jahr unter mir in die Volksschule gehen, bis sie wegen disziplinärer Schwierigkeiten woandershin versetzt werden wird. Schwester Luise ist rotbackig und drall und singt Lieder vom Frühling, wobei sie ihren Kopf hin und her wirft. Wir vollziehen es unter der Decke nach und singen in schneidenden Tönen: *Der Frühling, der Frühling …* – als Refrain. Dann gebe ich die dralle Nonne und sage zu Irmtraud, daß sie sich unten ausziehen muß, wie später, viel später Pascha von mir verlangen wird, daß ich mich ausziehe. Ich werde als Schwester Luise furzen, werde mit vibrierenden Lippen den Furzton machen und als Schwester Luise ins Bett kacken. Naturgemäß wird es nur virtuelle Scheiße sein, aber Irmtraud wird stöhnen und japsen. Unser Spiel geht immer so weiter: erst singen, dann furzen und schließlich scheißen.

Später werden wir reale Jungen in Irmtrauds Zimmer haben. Wir werden sie in der Kirche nach der Sonntagsmesse aufgerissen haben. Sie sind dreizehn und spielen mit uns Herz As. Wer die Herz-As-Karte erwischt, muß einen der Jungen küssen. Irmtraud weiß durch ihre Kindermädchen besser als ich über Zungenküsse Bescheid. Ich werde mir sofort den Mund spülen. Ich werde mich später erinnern, wie Irmtrauds Bruder von der Toilette aus immer lauthals: *Auswischen*, schrie und wie sofort das jeweilige Kindermädchen sein *Bravo* sinken ließ oder vom Fernsehapparat wegstürzte und ihm den Hintern säuberte. Ich werde Irmtraud immer um ihre Kindermädchen beneiden, als wäre bei ihr eine Tür geöffnet – durch die Gegenwart der Kindermädchen –, die bei mir zugemauert war.

Ich kann nur von Phantasiegeschichten leben und prahle vor meinen Freundinnen etwa damit, eine Acht-Zimmer-Wohnung zu haben. Ich habe Toilette, Bad und Küche sowie die Diele zu den Zimmern gezählt und behaupte, als meine Schulfreundin Sigrun bei ihrem ersten Besuch über die Größe der Wohnung enttäuscht sein wird, daß dort, wo das Klo sei, gerade Umbauarbeiten in momentan nicht zugänglichen Räumen vonstatten gingen. Ich werde manches vorgeben, was nicht stimmt, und selbst daran glauben, bis es keine Rolle mehr spielt, ob es zutrifft. Denn wenn mir andere glauben, werden sich die Geschichten bewahrheiten. Meine Mutter nennt mich ab einem gewissen Alter *Schmettertante. Schmettern* soll ein österreichischer Ausdruck für Lügen sein. Ich werde mich später genau an den Moment erinnern, als ich das erste Mal die Lügnerin war. Ich konnte diese Rolle nie mehr verlassen. Ich lud Schuld auf mich. Der Kaplan Rosendorfer sollte mich freisprechen. Ich kann es nicht ausstehen, wie er vor mir thront, wie später Pascha in seiner Praxis, auf dieselbe selbstgefällige Weise. Es gibt hier wie dort kein Entrinnen. Ich muß ihm etwas bieten, er will meine Sünden hören und wird ungeduldig, als nichts Rechtes kommt. Und als ich ihm von den aus einem Bankfach entwendeten Geldmünzen erzähle, neigt er sich zu mir herab. Und dringt mit seinen Augen tief in mich ein und macht mir deutlich, wie schlimm mein Verbrechen sei. Und unter dem dornengekrönten Christus werde ich Buße tun, wie später, viel später bei Pascha.

Irmtraud wird von meiner Mutter *Anhängsel* genannt. Sie wird von uns zum Kindergarten mitgenommen und mittags heimgeführt, da ihre Mutter keine Zeit hat. Irmtrauds Mutter kommt meist mit einem schwerbeladenen Einkaufskorb zurück. Sie erscheint mir beschäftigt und flüchtig, ruft aber immer sofort nach ihren Kindern und hat ihnen jedesmal etwas mitgebracht. *Was hast du uns mitgebracht?* begrüßen sie Irmtraud und Thomas. Und Irmtrauds Mutter zieht etwas aus dem gefüllten Korb und schließt dann sogleich Thomas in die Arme und balgt mit ihm am Boden. Irmtraud sieht zu oder drückt sich mit Schokoladen und Zuckerschlangen davon. Ich werde nie sehen, daß ihre Mutter einmal sie in den Arm nimmt.

Täuschungen im Park

Irmtraud und ich treiben uns an den schulfreien Nachmittagen im Volksgarten herum und belehren Kinder. Wir gefallen uns darin, den österreichischen Kindern Sprechunterricht zu geben, weil wir ihren Dialekt schrecklich finden. Die Parkkinder sind meist auch Schlüsselkinder. Sie sind fast immer allein. Ihre Eltern müssen arbeiten, sie wärmen sich selbständig ihr Essen auf oder kommen am späten Nachmittag direkt aus dem Kinderhort in den Volksgarten. Sie sind zwischen acht und vierzehn Jahre alt, manche haben ihre jüngeren Geschwister dabei, die meisten sind schmutzig und schlecht angezogen, nur Irmtraud und ich sind anders. Wir gehen zum Spaß in den Park und nicht, weil wir es notwendig hätten. Wenn es uns in Irmtrauds Wohnung zu düster wird, fahren wir mit den Fahrrädern in den Volksgarten.

Unser Spiel heißt *Streitsuche*. Wir ziehen los, um uns mit Kindern anzulegen, was sehr leicht gelingt. Denn die Streitbereitschaft der Park- und Schlüsselkinder ist groß, und es sieht fast so aus, als wären sie einem dankbar, wenn man sich mit ihnen anlegt. Immer ist es Irmtraud, die sich dann mit ihnen schlägt. Ich bin die zierlichere, weiblichere von uns beiden, auch etwas älter, und trage mein Haar lang, während Irmtraud, die spätere Lesbierin, immer für einen Jungen gehalten wird. Es gefällt mir, daß alle glauben, daß ich schon mit zehn in Begleitung eines Jungen sei. Oft entsteht schon daraus Streit, wenn sie uns nicht glauben, daß Irmtraud ein Mädchen ist. Wenn keine Kinder zu finden sind, um Streit anzufangen, gehen wir auf die andere Seite des Parks, wo es von alten Leuten, kinderwagenschiebenden Müttern und Drogensüchtigen wimmelt. An manchen Tagen sitzen auch bloß ein paar Trunkenbolde unter einer Holzverdachung, rauchen und spielen Karten. Wir haben es auf das Klohäuschen abgesehen.

Gleich in seiner Nähe ist das Süßwarengeschäft. Es ist ein kleines flaches Haus, in dem der sogenannte Giftmischer auf Kinder lauert. Irgendwann ist das Gerücht umgegangen, der Verkäufer des Ladens sei ein Kindermörder. Er vergifte Kinder, hieß es. Und seither glauben wir daran und schneiden diesen Mann und seinen Laden. Ebenso wie wir das an die zweite Parkseite grenzende Grundstück eines anderen Kinderschänders meiden. Wir spähen vom Klohäuschen aus zwar immer dorthin, wagen uns aber nicht in die Nähe, als könnte uns der Mann sonst durch die Zaunmaschen hinüber auf sein Grundstück zerren. Es gibt mehrere solcher gefährlicher Plätze im Park. Immer wieder zieht es uns gerade dorthin, was uns ein behagliches Kribbeln verursacht.

Wir reizen gern Menschen, Irmtraud und ich, wobei es Irmtraud viel weniger liegt als mir. Später, viel später wird es Pascha als *Identifikation mit dem Aggressor* bezeichnen. Von einer betagten Frau im Kellerstock unseres Wohnhauses heißt es, daß sie eine Hexe sei. Und bevor ich Irmtraud und ihren kleinen Bruder Thomas kennenlerne, höre ich es von drüben auf unser Grundstück schreien: *Hexe, Hexe!*, wann immer die alte Frau sich auf einem Stuhl im Vorgarten sonnt. Als Revanche für die Hexe, die uns von den Nachbarskindern angedichtet wird, behaupten mein Bruder und ich (obwohl der sich sonst aus solchen Kindereien heraushält), daß die Hausbesorgerin in Irmtrauds Kellerwohnung eine Mörderin sei. Außerdem halte ich für wahrscheinlich, daß sie ein Mann ist, mit ihrer tiefen Stimme und dem schlohweißen Bubikopf. Sie hat derbe Hände mit knotigen Fingern und verteilt Schweizer-Kreuz-Bonbons.

Meine Mutter wird nach einem Streit mit der Hausbesorgerin behaupten, daß die Bonbons vergiftet seien und uns verbieten, sie anzunehmen. Ich werde ihr von da an nicht einmal mehr in die Augen sehen, als könnte sie wie ein Raubtier über mich herfallen und mich fressen. Sie trägt einen Hexennamen: *Frau Zotter*, als sei *Frau* ihr Vorname, was noch furchtbarer wäre, wenn sie ein Mann wäre. Ich halte für möglich, daß unter ihrem Hausmantel eine *Glocke* ist, so wie bei meinem Bruder. Irmtrauds kleinen Bruder Thomas liebt sie und lockt ihn in ihre finstere und kalte Wohnung. Er kehrt regelmäßig freudestrahlend, die Taschen voller Schweizer-Kreuz-Bonbons, zurück. (Ich denke mir, daß sie ihm nur, weil er eine Glocke hat, nichts antut.) Manchmal, wenn ich stundenlang im Nachbarsgarten bei Irmtraud sein werde, benutze ich die Toilette von Frau Zotter. Es erfordert großen Mut, in ihre Kellerwohnung abzutauchen. Ich fühle mich wie ein Held, wenn ich heil daraus hervorgehe. Wenn ich zu lang auf ihrer schäbigen Toilette bin, kratzt sie mit einer Plastikhand, die an einem langen Stiel steckt und dazu gedacht ist, sich an entlegenen Stellen des Rückens bei Juckreiz abzuhelfen, an der Tür und droht mir scherzhaft, es mir abzuschneiden, wenn es zu lang geraten sollte.

Die Klofrau im Volksgarten ist ein beliebtes Opfer, wenn wir auf Streitsuche sind. Sie kann nicht vom Klohäuschen weg, das ein Rondeau aus Holz und Ziegeln ist, in dem sich vorschriftsmäßig getrennte Klokabinen für Männer und Frauen befinden. Wie ein Kettenhund erscheint sie uns, wenn sie nur wenige Meter vom Klohäuschen wegsprengt, um uns zu verjagen. Wir rennen immer wieder zu ihr hin, die strickend in ihrem winzigen Aufenthaltsraum sitzt, und verhöhnen sie oder zeigen ihr die lange Nase. Manchmal genügt es: *Hallo Klofrau!* zu schreien, um die gewünschte Wirkung zu erzielen. Sie schießt gedemütigt heraus und ballt die Fäuste, verwünscht uns lautstark und droht mit der Polizei. Und wir belehren sie von weitem, daß sie gegen uns nicht ankäme, da wir noch nicht strafmündig seien. Wenn wir mit ihr fertig sind, und sie, heulend und rotangelaufen, in ihrer Kammer verschwindet, sind wir oft so in Schwung, daß wir noch eines draufsetzen.

Wir setzen uns auf unsere Fahrräder, haben schon eine Gruppe von Menschen im Auge und wackeln dann hilflos und ungeschickt an ihnen vorbei. Meist springt einer auf, um uns vor dem sicheren Sturz zu bewahren. Besonders Eifrige rennen sogar ein Stück weit mit, wobei sie uns hinten am Gepäckträger stützen, damit wir es auf diese Weise lernen. Wir erfreuen sie dann nach ein paar mißglückten Runden mit immer besserer Fahrkunst, frustrieren sie jedoch, die schon zu Applaus anheben, mit einem genialen Sturz gerade vor ihren Füßen, rappeln uns heulend auf, lassen ihnen eine Pause, um sich untereinander über die *armen ungeschickten Kinder* zu bereden, und fahren plötzlich virtuos – und freihändig – an ihnen vorbei. Natürlich erkennen sie die Täuschung und fühlen sich, nach halbstündigem intensivem Training mit uns, betrogen. Wir haben schon furchtbarste Beschimpfungen gehört. Und auch hier wird oft mit der Polizei gedroht, was uns von diesem Spaß nicht abhält. Eine andere Spielvariante der Streitsuche ist es, mit Rucksäcken und Reiseutensilien ausgerüstet, in der Nähe einer Kartenspielrunde auf der zweiten Parkseite miteinander laut über unser Ausreißen aus einem Kinderheim zu diskutieren. Wir simulieren einen Streit, bis sich die Erwachsenen einmischen und Fragen stellen. Welches Kinderheim, seit wann und so weiter. Wohl in Erwartung einer Prämie setzen auch diese Leute an, die Polizei zu alarmieren. Wir lassen uns aber weder festhalten noch beschwatzen und rennen weg, ehe sie ihr Vorhaben in die Tat umsetzen. Manchmal wählen wir statt des Volksgartens den Hauptbahnhof als Wirkstätte und fragen Passanten nach dem Namen der Stadt, in der wir sind. Sie reagieren zumeist stutzig und mißtrauisch, und wir stärken ihren keimenden Verdacht, indem wir vom Kinderheim erzählen. Bevor sie uns aber fassen und festhalten können, sind wir entkommen.

Später, wenn wir dreizehn und vierzehn sind, werden Irmtraud und ich im Park gegenüber unseren Wohnhäusern unser Glanzstück liefern. Thomas ist dabei. Er ist elfjährig und hält die ganze Zeit den Mund, was auch wir tun, da wir Stumme und Debile spielen. Drei Menschen auf einer Parkbank sind unsere Opfer. Sie sehen uns eine ganze Weile interessiert und geduldig zu, wie wir schleifenden Schrittes, vornübergebeugt, zitternd und speichelnd Zweige vom Weg aufheben und in einen Mülleimer werfen. Schließlich trage ich einen Zweig zu der Bank und überreiche ihn einer älteren Dame. *Die armen Kinder*, entkommt es ihr. *Danke*, sagt sie freundlich zu mir. Der Mann neben ihr, der zuerst gezögert hat, läuft warm und versucht es mit einem Gespräch. Er stellt Fragen. Und ich antworte gedehnt und in eigenwilliger Stottersprache. Nach einer Weile werden wir einhellig für taubstumm gehalten. Irmtraud sieht erschrocken aus, Thomas sitzt erstarrt eine Bank weiter und ahmt hilflos unsere seltsamen Bewegungen nach, und ich bin in meinem Element und mache rauschartig weiter. Ich treibe das Theater so weit, daß ich den Zuschauern sogar die Adresse des Behindertenheims nenne, in dem wir leben. Die Leute glauben, ein gutes Werk zu tun und nehmen sämtliche Zweige, die ich ihnen torkelnd überreiche, dankbar entgegen. Schließlich beendet meine Mutter mit einem Zwischenruf aus dem Fenster das Spiel. Wir vereinbaren für den nächsten Tag ein neuerliches Treffen, um weitere Sprechübungen zu machen. Die beiden Frauen und der Mann ziehen beglückt weiter, und wir hopsen von einem Schritt zum anderen als gesunde Kinder davon, so daß sie es noch sehen können.

Tote Schwester

In der Volksschule vertreiben meine Freundin Sabrina und ich uns die Zeit damit, in die Kirche des Klosters der Schulschwestern zu laufen. Zwar ist es verboten, aber was kümmert es uns. Wir hören davon, daß wieder eine der Schwestern gestorben ist und gehen nachsehen. Die Kirche befindet sich im Schulgebäude. Das Kloster nimmt die gesamte linke Straßenseite ein und besteht aus mehreren modernen Bauten. Der Speisesaal im Pausenhof sieht wie ein Zirkuszelt aus und hat sechseckige Fenster. Die Kirche ist modern und hell, anders als gewöhnliche Kirchen, auch ist sie immer angenehm warm. Ihr fehlt die düstere und kalte Atmosphäre anderer Kirchen, sie wirkt wie ein großer Versammlungsraum, und wäre nicht ganz hinten links unter dem Spannteppichboden die heiliggesprochene Ordensgründerin eingelassen, könnte man vergessen, daß es eine Kirche ist. Sabrina und ich haben den Verbindungsgang zwischen den Klassenzimmern und der sogenannten Pforte zurückgelegt.

In Klöstern sind immerzu Pforten. Dort sitzt die Pförtnerin oder Pfortenschwester. Bei den Demütigen Schwestern in der Kalvarienberggasse ist die Schwester Electa die Pfortenschwester. Neben ein paar uralten Mütterchen, die schief und gebückt kaum aus dem Fenster der Pforte hinausschauen können, wacht Schwester Electa über alle Hereinkommenden und Hinausgehenden.

Schwester Electa von der Kongregation der Demütigen Schwestern in der Kalvarienberggasse strahlt meine ganze Kindheit hindurch, als wüßte sie nicht, wie man weint. Mutter nennt sie Eli und behauptet von ihr, daß sie bescheiden sei. Ich weiß nicht, wie man ist, wenn man bescheiden ist. Meine Mutter sagt, die Eli habe auf einem Spaziergang auf dem Miesener Hausberg *Sockel* immer zu Boden geblickt, blicke überhaupt immer zu Boden, und daran merke man ihre Bescheidenheit. Wann immer Menschen zu Boden schauen, werde ich sie später mit der Eli vergleichen und für bescheiden halten. Die Zähne der Schwester Electa sind groß und grünlich. Man sieht einen Silberzahn, wenn sie lacht. Ich kenne sonst niemanden, der beim Lachen die Zähne so fletscht wie die Eli. Sie grimassiert, wenn sie lacht. Wenn sie die Pforte per Knopfdruck öffnet, und wenn Bettler hereinkommen, steht sie von ihrem speziellen Sessel auf, dreht sich um und bückt sich und lacht dabei die ganze Zeit. Ich kann es als Kind oft beobachten, wenn ich bei ihr sitze, während meine Mutter woanders ist. Meine Mutter läßt mich an der Pforte zurück und holt mich später von dort wieder ab, während sie mit anderen Demütigen Schwestern im Sprecherzimmer ist, meist mit der Ökonomin, die für die Klosterfinanzen zuständig ist, der Visitatorin, der Chefin des Klosters, die sie Visi nennt, oder mit Schwester Agathe aus dem Nähzimmer, Vaters unheimlich dicker Cousine. Ich warte bei Schwester Eli und schaue zu, wie sie unter der Sitzfläche ihres speziellen Sessels einen Brotlaib hervorholt und ihn grinsend zerschneidet. Die Bettler drücken ihre zahnlosen Mäuler an das Fenster zum Pfortenraum und versuchen dankbar zu lächeln, wenn ihnen die Eli durch eine unter dem Fenster befindliche Durchreiche Brot zuschiebt.

Manchmal betrachte ich das Gesicht der Schwester Eli beim Rosenkranzbeten. Auf ihrem Nasenrücken sitzen ein paar borstige Warzen. Die Rosenkranzperlen rinnen zwischen ihren weißen Fingern durch. Später, viel später, wenn ich schon erwachsen bin, werde ich erfahren, daß man die Schwester Electa nach Wien versetzt hat. Dort wird sie depressiv werden und sich eine ganze Schachtel Zäpfchen in den Anus schieben. Man wird es als Selbstmordversuch verstehen und die Schwester Electa aus dem Wiener Kloster entfernen und zurück an die Pforte in der Kalvarienberggasse nach Miesen versetzen. Die Schwester Electa wird, noch in

Wien, etwas von einem Menschenopfer, das erbracht werden müsse, gefaselt haben und damit sich gemeint haben. In Miesen an der Pforte wird sie sich wieder fangen, und wenn ich ihr viel später, nach dem Begräbnis meiner Großmutter, begegne, wird sie wieder ihre grünen Zähne zeigen.

Sabrina und ich haben das gefährlichste Stück geschafft, denn hier schiebt für gewöhnlich Schwester Bonaventura Pausenaufsicht. Schwester Bonaventura ist eine vom Land stammende herbe Person um die sechzig, die uns als Kindern uralt erscheint. Schwester Bonaventura hat von zuviel Gartenarbeit derb gewordene Hände, eine wetterfeste, rote Gesichtshaut und erinnert an eine Hexe. Sie ist für die Internatsschülerinnen zuständig. Sie hilft bei den Schulaufgaben, doch meist ist es falsch, was sie uns erklärt. Sabrina und ich meinen, ihr diesmal entkommen zu sein, doch wenige Meter vor dem Ziel steht sie da und stemmt die Hände in die Hüften. *Die Pause ist fast aus, was habt ihr hier zu suchen?* fragt sie und stellt sich uns breit in den Weg. Wir kichern und fürchten uns und versuchen, unter ihren Armen durchzuschlüpfen. Da verpaßt sie uns eine schallende Ohrfeige. Und verschwindet in der Klosterküche, wo sie das scheußlichste Kartoffelpüree aller Zeiten zubereitet.

Es ist meist ausgekühlt und hat dicke Knötchen. Ich hasse es, mittags manchmal in der Schule bleiben zu müssen, während Mutter gegenüber in der sogenannten Pädagogischen Akademie Unterrichtsstunden als angehende Religionslehrerin nimmt. Eine Schulschwester hat Mutter eingeredet, daß sie durch mich und meinen Bruder nicht ausgelastet sei. Deshalb hat sie die Ausbildung begonnen. Manchmal kommt sie über die Straße herüber, was ich daran merke, daß in meiner Schultasche ein Jausenpäckchen ist. Mutter kauft für mich Schaumrollen am Buffet der Pädagogischen Akademie und steckt sie mir in die Schultasche, die im Kasten vor dem Klassenzimmer ist. Meist ist ein Brief dabei – *vom Heinzelmännchen*. Ich habe immer die beste Jause, um die mich die anderen beneiden.

Schwester Bonaventura meint, uns vertrieben zu haben. Aber Sabrina und ich wissen es besser. Auch meine Mutter besuchte diese Schule. Ihre Lehrerin war Schwester Rigoberta, die kurz vor ihrer Pensionierung steht. Sie unterrichtet mich in der vierten Klasse. Sie ist neuerdings mit mir unzufrieden, weil ich zuviel mit Sabrina schwätze. Gewiß hat sie schon bemerkt, daß wir fehlen. Wir werfen einen kurzen Blick auf die Stelle mit der im Boden eingelassenen toten Schwester Chiara Fatz, die heiliggesprochen wurde, und gehen zwischen den hellbeigen Sitzreihen aus Kunststoff zum Altarraum vor. Dort biegen wir, nach einem Knicks vor dem Tabernakel mit dem Leib Christi, nach links ein, bis vor das Tor zur Hölle. Es ist eine schlichte braune Tür, hinter der es auf einmal ungemütlich kalt wird. Das Fenster der Kammer steht immer offen. Ich kenne die Schwester, die alles so zurechtmacht, wie es sich dann tagelang in der Kammer ausnimmt. Sogar die tote Schwester im Sarg hat sie gewaschen und geschmückt. Wenn ich ihr begegne, blicke ich zur Seite, denn ich fürchte, daß sie Leichengift an den Fingern hat. Immer, wenn ich sie sehe, stelle ich sie mir über eine Badewanne gebeugt vor, in der die nackte tote Schwester liegt. Einmal hat mich Mutter arg in Verlegenheit gebracht, als sie mit dieser Schwester ins Gespräch kam und von mir verlangte, ihr zum Abschied die Hand zu geben. Es war, als berührte ich eine Tote.

Sabrina bleibt dicht hinter mir. Sie ist dick und dunkelhaarig und wird später, viel später eine gertenschlanke blonde Kosmetikerin sein. Sie spricht Dialekt, später wird sie Hochdeutsch sprechen. Ich werde sie kaum wiedererkennen, wenn sie mir begegnen wird.

Von Sabrina lerne ich, wie man Puppen mißhandelt. Ihre Mutter schlägt Sabrina mit dem sogenannten *Pracker*, dem Teppichklopfer. Sabrinas Eltern arbeiten beide für die Kongregation der Demütigen Schwestern in der Kalvarienberggasse. Ihr Vater ist sogenannter Schwesternchauffeur. Ihre Mutter arbeitet gegenüber der Pforte im Kindergarten. Dort habe ich Sabrina kennengelernt. Im Kindergarten mußte sie einmal in der Puppenecke liegen, weil sie sich naßgemacht hatte. Ein andermal schließt ihre Mutter sie im abgedunkelten Tantenzimmer ein, weil wir in der Volksschulzeit Geldmünzen aus einem Bankfach stehlen. Meine Mutter sperrt mich nicht ein, sondern schleppt mich, als sie vom Diebstahl erfährt, zu Kaplan Rosendorfer. Er hat einen feuerroten Bart, sieht im ganzen aus wie Rübezahl und verhört mich vor einer dicken flackernden Kerze über eine Stunde lang, bis er mich kniend von der Sünde losspricht. Ich bin geschockt nach dieser ersten Beichte. Später, viel später werde ich ihn auf dem Begräbnis meiner Großmutter wiedersehen. Er wird grau sein wie ein Walroß, aber immer noch mit der Schärfe im Blick. Ich werde ihm nicht die Hand reichen wollen, aber Vater wird es arrangieren und ihm auf seine dämliche Frage, ob ich schon volljährig sei, mein Alter verraten.

Sabrina sitzt heulend im Tantenzimmer, bis die Tanten nach Dienstschluß hineinkommen, um ihre dort abgelegten Mäntel und Taschen zu holen. Was ihre Mutter mit ihr anstellt, geben wir an unsere Puppen weiter. Wir putzen und frisieren sie, um sie dann brutal zu mißhandeln.

Sabrina will zurück ins Klassenzimmer. Ich stehe allein vor dem Sarg. Auf einmal ist mir kalt, ich habe Angst. Vielleicht vor Schwester Bonaventura. Oder vor meiner Lehrerin, Schwester Rigoberta. Nein, vor der Schwester im Sarg. Ich kann nicht davonlaufen. Wie festgenagelt bleibe ich stehen. Ich muß sogar etwas näher vorrücken, um festzustellen, ob sie wirklich aus Fleisch und Blut ist. Sie liegt steif und starr im Sarg, wie eine Puppe. Auf dem Kopf, auf dem Schwesternschleier sitzt ein goldener Lorbeerkranz. Es gibt nämlich Jubiläen für Schulschwestern: Erst kriegen sie einen silbernen, dann einen goldenen Kranz nach dem ewigen Gelübde, bei dem sie versprechen, bis zum Tod Gottes Dienerin zu bleiben. Keine Ahnung, was das genau bedeutet, Mutter spricht von Dienerinnen des Herrn. Schwester Amabilis, die Mutter zur Religionslehrer-Ausbildung geraten hat, fühlt sich als Magd und Verlobte des Herrn. Ich finde es abscheulich, daß alle hundertzwanzig Schulschwestern die gleiche Sorte Verlobungsring und alle denselben Bräutigam haben, wie in einem Harem.

Ich pralle vor der Toten zurück, die mich zu sich winkt. Sie hat nicht gewunken, ich habe es mir nur vorgestellt, doch renne ich wie um mein Leben.

Erst jetzt brennt meine Wange von Schwester Bonaventuras Ohrfeige. Sabrina ist längst im Klassenzimmer. Schwester Rigoberta blickt mir wütend entgegen.

Wo warst du, fragt sie mich. *Bei der toten Schwester*, gestehe ich heulend. Schwester Rigoberta haßt mich, wie ich weiß. Von Zeit zu Zeit kommt sie auf Besuch zu meiner Mutter und beschwert sich über mich. Ich würde mich immer schlechter entwickeln und von Tag zu Tag frecher werden. Ich weiß von Mutter, daß Schwester Rigoberta sie als kleines Mädchen geliebt und ihre ganze Hoffnung in sie gesetzt hat, daß sie eines Tages dem Orden beitreten könnte. Aber dann kam mein Vater und vereitelte es. Auch er hätte Priester werden sollen, ist aber vom sogenannten Knabenseminar geflogen, als man einen Liebesbrief an ein Mädchen bei ihm fand. Er kam dann in jenes Gymnasium, in das viel später ich ging.

Schwester Rigoberta haßte mich schon als Säugling. Ich denke, sie hat mir etwas angetan, als meine Mutter mich ihr einmal einen ganzen Nachmittag lang überließ. Ich werde später nicht für gut halten, so oft irgendwelchen alternden frustrierten Nonnen überlassen worden zu sein, die womöglich ihre entarteten Gefühle an mir auslebten. In mich kann Schwester Rigoberta keine Hoffnung setzen, daß ich eines Tages als Schulschwester ihr ganzer Stolz sein werde. Denn obwohl mich eine Cousine meines Vaters, Schulschwester und Köchin des Bischofs, einmal vor dem Spiegel ihren Schwesternschleier probieren läßt, will ich nach dem Kindergartenalter nichts dergleichen und mache kein Hehl daraus, nicht ins Kloster zu wollen. Schwester Rigoberta schimpft wegen meines Zuspätkommens und erklärt mir, daß die tote Schwester kein Grund zu heulen sei. Sie sagt, daß alle sterben müssen, auch ich und meine Mutter. Es hört sich für mich an, als könnte es morgen schon dazu kommen. Zu Hause erzähle ich Mutter den Vorfall und frage sie, ob das stimmt. Mutter schaut mich groß an, nennt Schwester Rigoberta grausam und bricht in Tränen aus.

Samstags holt mich manchmal Vater von der Schule ab. Er steht unbeteiligt lächelnd am Schultor. Neben alten und gebrechlichen Schulschwestern versehen auch sogenannte Klosterkinder den Pfortendienst. Es sind meist Findelkinder, die verschiedene Behinderungen haben. In dem Schwererziehbarenheim der Schwestern zum Guten Hirten, wo Mutter ihren ersten Dienst als ausgebildete Religionslehrerin antreten wird, sind eine Liliputanerin mit einem Wasserkopf und eine Bucklige an der Pforte. Klosterkinder genießen freie Kost und Logis, sind den Schwestern dafür ein Leben lang dankbar und machen sich nützlich, wo es nur geht. Dafür werden sie nach ihrem Tod auf dem klostereigenen Friedhof beerdigt. Vater hat von Mutter den Auftrag, mich bis zum Essen zu beschäftigen, also eine gute Stunde lang, denn der Samstagsunterricht ist um elf Uhr aus, und Essen gibt es nach zwölf. Samstag und Sonntag sind bei uns die einzigen Tage mit richtigen Mahlzeiten, wo alle oder zumindest einige Familienmitglieder zugleich um den Küchentisch sitzen. Wir nehmen alle Mahlzeiten, ob Suppe oder Fleischgericht, aus denselben tiefen Tellern ein, Salat essen wir aus einer gemeinsamen Schüssel. Ich werde erst später in den Familien anderer Kinder sehen, daß es bei uns keine Eßkultur gab. Vater ißt immer erst abends zu Mittag. Mutter weiß nicht, was er die Nachmittage über tut. Angeblich geht er von Fotogeschäft zu Fotogeschäft und tauscht seine Filmkameras gegen die neuesten Modelle um. Er ist immer unzufrieden, wie später, viel später mein Ehemann Klaus mit seinen fortwährend umgetauschten Fotoapparaten immer unzufrieden sein wird. Klaus wird mich fortwährend fotografieren, was ich aus der Kindheit gewohnt sein werde. (Ich werde sogar darauf angewiesen sein, daß er mich fotografiert, als Beweis der Liebe.) Vater geht mit mir in den Wald hinter dem Kloster oder führt mich auf dem Heimweg an einer Markthalle vorbei und erklärt mir die Herkunft der Wochentagsnamen. Später werde ich oft daran zurückdenken, welcher Festtag es für mich war, wenn Vater mich abholte. Ich fühle seine große breite Hand. Wie stolz bin ich auf diesen großen Mann, der mich führt! Irgendwann wird er aber damit aufhören, mich an der Hand zu nehmen und mir Geschichten zu erzählen. Er zeigt mir immer wieder Schäferhunde, die seine Lieblingstiere sind, und später, viel später erscheinen mir alle Schäferhunde als unheimliche Boten meines Vaters. Ebenso bei Turmfenstern; wann immer ich eines sehe, höre ich meinen Vater sagen, daß er davon geträumt habe, in Einsamkeit in einem Turmzimmer zu hausen und zu schreiben. Später, viel später werde ich schreiben, und mein Vater, der es sieht, wird verächtlich die Nase rümpfen, denn es habe keinen Sinn. *Glaubst du, das interessiert irgend jemanden*, sagt er im Vorbeigehen zu mir, und: *Nimm dich nicht so wichtig, du wirst nur enttäuscht. Was denkst du, wie viele das machen!* Mein Vater wird nichts von mir halten, und von Mutter werde ich erfahren, daß er als Achtzehnjähriger ein Tagebuch mit dem Titel *Nicht geliebt* geführt habe, das jetzt auf dem Dachboden sei. Mein Vater wird, darauf angesprochen, ausweichend sein und sich an sich selbst belustigen, wie er gewesen sei.

Hinter die Kulissen

Als Kind bin ich privilegiert, wie ich später, viel später auch als erwachsener Mensch immer privilegiert sein werde. Andere verlassen eines Tages den Kindergarten und kehren nie mehr dorthin zurück. Ich verlasse ihn und werde immer wieder zurückkehren. Der Kindergarten mit dem blauen Kunststoffbodenbelag wird mir gehören, wann immer ich dorthin zurückkehre. Ich werde nicht aufhören, ihn zu besuchen, wie später die Volksschule und viel später das Krankenhaus. Ich werde aber nicht in meiner ursprünglichen Rolle in den Kindergarten, die Volksschule und das Krankenhaus kommen. Ich werde die Rolle wechseln. Mein erster Besuch des Kindergartens erfolgt kurz vor meinem vierten Lebensjahr, denn mit dreieinhalb wird man aufgenommen, ich betrete erstmals an der Hand meiner Mutter den blauen Bodenbelag aus quadratischen Teilen. In der Vorhalle, wo die Nachmittagskinder an niedrigen Tischchen verköstigt werden (aus der Klosterküche der Demütigen Schwestern, Sabrinas Vater schafft meist das Essen in großen Blecheimern heran), ist ein Aquarium. Das Aquarium ist beleuchtet und enthält Zierfische in allen Größen, Farben und Formen. Sie schweben bedächtig im durchsichtig dunkelgrünen Wasser. Nur die Kindergärtnerinnen dürfen Fischfutter ins Wasser streuen. Manchmal sehen Sabrina und ich ihrer Mutter zu, die als Kindergartenhelferin arbeitet, wie sie eine Prise Futter auf die Wasseroberfläche streut. Kein Kind darf jemals die

Fische füttern. Später, viel später, wenn ich mit Sabrina dieselbe Volksschulklasse besuche, wird uns ihre Mutter damit betrauen, die Zierfische zu füttern. Und mit sechs, sieben Jahren werden Sabrina und ich, während die Nachmittagskinder ihre Schlafstunde haben, das beliebte Holzhaus im Garten für uns haben, das wir früher mit anderen teilen mußten. Und wir werden die ganze Puppenecke für uns haben, und ich werde mit sechs, sieben Jahren, wenn ich wieder mit Sabrina im Kindergarten bin, in die Bauecke dürfen, was mir früher als Mädchen verboten war. In die Bauecke gehören nur Jungen, und in der Puppenecke dürfen nur Mädchen spielen. Auf dem Kindergartenfilm, den Vater gedreht hat, wird man mich zuerst als Vierjährige während der Jause sehen und dann mit fünf Jahren in der Puppenecke. Ich werde immer träumen, einmal, nur einmal zu den Jungen zu dürfen und in der Bauecke mit Bauklötzen zu bauen, die dann so herrlich zusammenkrachen und ein lautes Geräusch erzeugen. Wenn ich später, viel später in der Bauecke sein werde, wird der Genuß halb so groß sein, wie er damals gewesen wäre. Sabrina und ich werden es genießen, als Volksschulkinder von den im Kindergarten geltenden Regeln entbunden zu sein. Während die Kindergartenkinder ihre Schuhe ausziehen und Hausschuhe tragen müssen, können wir ruhig auch mit Straßenschuhen durch die Räume gehen. Wir dürfen in alle Bereiche, die uns früher versagt waren, ins Tantenzimmer, in die Direktionskanzlei, in den Bereich mit behinderten Kindern, in den Garten, den Schuppen, und sind nicht darauf angewiesen, eine Erlaubnis einzuholen, ehe wir die Spielgeräte benutzen. Wir können schaukeln und wippen, wann es uns gefällt, und Sabrina braucht nur ihrer Mutter zu gehorchen, von der sie offiziell angibt, daß sie die Kindergartenleiterin sei, obwohl sie meist nur den blauen Fußboden bohnert und die Schlafstunde überwacht. Sind die Kinder wach, werden sie von ausgebildeten Kindergartentanten beaufsichtigt. Und dann ist da Schwester Merita, die Kindergartenleiterin. Sie wird mit mir auf einem von Vaters Filmen eine Banane teilen. Sie wird mich immer bevorzugen und die anderen Kinder strafen. Sie wird andere Kinder an der *festen Hand* halten, wobei sie dem betreffenden Kind die Hand zusammenquetscht, daß es sich windet und grimassierend zu Boden geht. Sie wird ungezogene Kinder auf dem Heizgitter vor der Glasfront knien lassen, die Hände auf dem Kopf. Sie wird Kinder in der Puppenecke festbinden und stundenlang kein Wort mit ihnen reden. Ich werde nie von solchen Strafen betroffen sein. Einmal wird mich eine unkundige junge Tante bestrafen, was ich sofort Schwester Merita melde, die darauf das junge Ding des Kindergartens verweist. Denn ich bin schon allein dadurch privilegiert, daß meine Eltern beide im Pfarrgemeinderat sind, daß wir gute Kirchgänger sind, daß wir mit Schwester Eli und anderen Demütigen Schwestern befreundet und verwandt sind. Schwester Merita wird zu mir immer freundlich und gütig sein. Wenn ich sie, die gerade achtundzwanzig ist und auf Vaters Filmen rote Wangen hat, umarme und mich an sie schmiege, fällt mir ein, wie sie andere Kinder unbarmherzig behandelt und verstößt. Später, viel später werde ich solche Gefühle bei Pascha haben, und am Ende der Geschichte bei dem Notarzt und Schamanen Balthasar Glück. Pascha wird auf der Psychiatrie Menschen gegen ihren Willen in die geschlossene Abteilung einweisen und zwangsbehandeln lassen, er wird Schizophrenen Depotspritzen verabreichen, damit sie drei Wochen lang ihren Medikamentenspiegel beständig halten, und wird einmal, wenn ich ihn anrufen werde, damit beschäftigt sein, einen randalierenden Patienten angurten zu lassen und mit Valiuminjektionen zu bezwingen. Ebenso wird der Notarzt und Schamane am Ende der Geschichte mich in den Arm nehmen und anderen Menschen auf Hausbesuch eiskalte Injektionen verpassen, wenn er sich durch sie gestört fühlen wird. Schwester Merita hat keine Macht über mich oder wagt es nicht, davon Gebrauch zu machen. Sie lächelt ins Kameraobjektiv und läßt sich küssen und kosen, dieselbe, die im nächsten Moment einen Jungen am Ohr durch den ganzen Kindergarten zerrt.

Ich kann das Gefühl nicht vergessen, wie es war, bei einem Monster geborgen zu sein. Es war nur eine Frage der Zeit, bis sie explodierte. Ich sehe ihr fassungslos zu, die sich von einer guten in eine böse Schwester verwandelt. An mir lobt sie das blaue und das rote Kleid mit der Samtschleife. Ich ziehe diese Kleider eigens für sie an, da ich glaube, daß sie mich deshalb verschont, weil ich ihr gefalle. Später, viel später werde ich Paschas Kleiderordnung folgen, um ihn zu erfreuen. Sabrina und ich können uns im Kindergarten frei bewegen. Jahre später, wenn ich erwachsen sein werde, werde ich meinen Sohn vom Kindergarten abholen. Ich werde das Aquarium und den blauen Bodenbelag wiedersehen. Ich werde aber zu fern davon sein, um es noch als Ehre zu empfinden, in den Kindergarten zu kommen, und die Tische und Stühle werden mir erschreckend klein erscheinen. Die späteren Kinder werden denselben Ritualen gehorchen wie Sabrina und ich. Und Schwester Merita wird die alten Foltermethoden anwenden.

In die Volksschule werde ich mit vierzehn, fünfzehn zurückkehren, wenn ich Mutter zu Schwester Amabilis begleite. Während sie mit ihrer Vertrauten spricht, streiche ich durch die menschenleeren Schulgänge und gehe hinaus in den Pausenhof und zum ehemaligen Eislaufplatz. Ich sehe die Nonne, die immer ihre toten Kolleginnen wusch, und empfinde keinen Ekel. Ich betrete die Kirche und atme auf, weil Schwester Bonaventura, die mich damals ohrfeigte, gestorben ist. Ich erkenne den Duft von früher wieder, etwas Weihrauch und vielleicht Kerzenwachs. Ich lasse nichts mehr an mich so heran wie früher. Als ich an der Pforte vorbei durch die offene Tür blicke, sehe ich meinen Vater vor mir, wie er samstags auf mich wartet.

Später, viel später – viele Jahre nach meiner Mandeloperation – werde ich zu Karla auf die Intensivstation im Chirurgiegebäude gehen und es genießen, daß andere operiert werden, nicht ich, und andere an Schläuchen hängen, nicht ich. Andere sind hilflos ausgeliefert und gefangen, andere werden für Verbrechen bestraft, die sie nicht begangen haben, ich entkomme. Ich werde immer wieder davonkommen, und nie wird sich die Szene wiederholen, als Mutter mich Schwester Gertrud übergab und ich ins Narkosezimmer geschleift wurde. Und später, viel später werde ich überall hinter die Kulissen schauen und die Mächtigen enttarnen. Wenn ich später, viel später, nach dem Ende der Geschichte, im Internet Bilder der Türkei abrufen werde, wird mir warm ums Herz, als wäre ich Pascha. Pascha erklärt es damit, daß man, psychoanalytisch gesehen, nach einem Verlust häufig die Eigenschaften des verlorenen Objektes annehme. So werde ich mich später wie Pascha bewegen und die Lippen schürzen. Und nach dem Ende der Geschichte sind wir eins. Der Notarzt und Schamane Balthasar Glück sagt, daß Pascha und ich uns zueinander hingeschrieben hätten. Jeder von einem anderen Ende der Geschichte. Wenn die Geschichte in einem Buch ist, schreibt sich Pascha von hinten nach vorne und ich von vorne nach hinten. Irgendwo in der Buchmitte werden wir uns treffen.

Die geborene Zuschauerin

Wenn in unserem Sommerferienort in Kärnten die anderen Kinder für ein Theaterstück proben, schaue ich zu. Ich bin die Jüngste. Die anderen sind acht, neun und mehr Jahre alt. Sie haben Sommersprossen, sind braungebrannt und kauen Kaugummi. Sie riechen nach Pfefferminze aus dem Mund und tragen T-Shirts mit Sportmotiven. Die Mädchen haben gestochene Ohrläppchen, und einige dürfen den Nagellack ihrer Mütter benutzen. Auch ich bediene mich manchmal am Schminkzeug erwachsener Frauen. Da meine Mutter keines verwendet, tusche ich mir heimlich im Badezimmer des Ferienhauses die Wimpern. Denn dort liegt jeden Sommer ein paar Wochen lang die Wimperntusche von Linda, einer Psychologin. Sie ist die Tochter meiner Großtante. Ihr Vater ist Schauspieler, den ich später, viel später bei einer Schiller-Lesung sehen werde.

Der Großonkel und Eigentümer des Ferienhauses ist der ältere Bruder meiner Großmutter, die später an der gleichen Art Lymphdrüsenkrebs wie vor ihr die Großtante sterben wird. Der Großonkel ist ein Patriarch und unterrichtete an der deutschen Schule in Istanbul Deutsch und Französisch. Da er Peter heißt, nennt ihn die Großtante liebevoll Pierre. Der Großonkel läßt sich von mir nach dem Mittagessen besteigen, ich klettere auf seine behaarte Brust und nenne es Bergbesteigung. Linda, die Stieftochter meines Großonkels, hat flachsblondes langes Haar und ist mit einem Psychologen verheiratet, mit dem sie im Ferienhaus bis mittags in einem Bett liegt. Er hat einen Bart wie ihr Vater und wird mir später, viel später beinah täglich in meinem Wohnviertel mit seinem Schäferhund begegnen, wenn er zu seinem Arbeitsplatz in der Studentenberatung geht. Er trinkt Bier aus speziellen Humpen, die die Großtante nur für ihn aufbewahrt. In dieser Gesellschaft lerne ich, was es heißt, eine Eßkultur zu haben. Wir treffen uns die Sommerwochen hindurch zu festen Essenszeiten und sitzen danach noch zusammen. Wir spielen Schach oder Karten, hören gemeinsam Radio, spielen Federball hinterm Haus und unterhalten uns. Mutter und Großmutter verachten es als *Getue* unserer angeheirateten Großtante, die sich vor allem *aus diplomatischen Überlegungen* heraus, nach ihrer Scheidung von dem Schauspieler, den Großonkel gefischt habe. Linda wurde von der Großtante allein aufgezogen. Irgendwann soll der Schauspieler ihrer überdrüssig gewesen sein und sich eine andere Frau, eine Schauspielerin, mit der er später, viel später die Schiller-Lesung haben wird, genommen haben. Darüber sei seine Tochter nie hinweggekommen, behaupten Mutter und Großmutter. In der Pubertät habe die spätere Kinderpsychologin ihrer alleinerziehenden Mutter solche Schwierigkeiten gemacht, daß diese sie des öfteren mit eiskaltem Wasser übergossen habe, um sie zur Vernunft zu bringen. Bei mir erwecken die Großtante und Linda den Eindruck guter Freundinnen, und ich kann nicht glauben, daß es jemals anders war. Mein Vater ist von der Großtante begeistert. Sie gibt ihm klare Aufträge, die er sofort erfüllt. Mutter und Großmutter lästern darüber und nennen den Vater *devot*. Sie tuscheln über ihn hinter seinem Rücken, während er für die Großtante den Rasen mäht. Er tut es in Wirklichkeit für den Großonkel, der beim Rasenmähen bedrohlich schwitzt. Später, viel später wird er nach dem zweiten Herzinfarkt im Krankenhaus Villach versterben. Die Großtante wird bis zuletzt bei ihm sein, noch einmal in die Türkei reisen und dann ihrem Krebs erliegen.

Mit Lindas Wimperntusche fühle ich mich den größeren Mädchen gegenüber gleichwertig. Aber sie dulden es nicht, wenn ich ihnen überallhin folge. Sie lehnen mich ab und bemuttern mich lieber, als mich ernstzunehmen. Zu den Jungen, bei denen mein Bruder einer der Rädelsführer ist, darf ich schon gar nicht. Auf seinem roten T-Shirt sind Motorräder abgebildet. Später werde ich dieses ihm zu klein gewordene T-Shirt tragen, wie mich Mutter sogar lange Unterhosen von ihm tragen lassen wird, trotz des Schlitzes.

Wir sind im Keller des Gasthauses zur Post. Eines der größeren Mädchen ist die Tochter des Hauses. Elisabeths Mutter wird sich später am Dachboden erhängen. Als Grund werden Depressionen angegeben werden. Ein kleiner Souvenir- und Lebensmittelhandel ist dem Gasthof angeschlossen. Ich erinnere mich, Elisabeths Mutter nur einmal im Laden gesehen zu haben. Sie übergibt mir eine Flasche Essig. Da sie undicht ist, wischt sie sie ab und benutzt dazu einen sogenannten Wettex. Diese saugfähigen Lappen verabscheue ich meine ganze Kindheit hindurch. Zu Hause fährt mir meine Mutter jedesmal beim Essen mit einem solchen Lappen unter die Nase. Sie kann es nicht abwarten, bis ich fertig bin, sondern wischt noch während des Essens. Die Wettexlappen sind schmutzverkrustet und haben Flüssigkeitsabsonderungen von Wochen in sich. Es sind Bakterienträger, und als Kind erlebe ich sie wie eine aufgeweichte Haut, die sich von Mutters Händen schält. Wann immer ich später, viel später in einer Gaststätte jemand mit einem Wettex wischen sehe, ergreife ich die Flucht.

Wir wollen das Theaterstück proben und den Erwachsenen vorspielen. Sein Titel: *Tom Sawyer und Huckleberry Finn*. Es trifft sich, daß Elisabeth im Laden helfen muß, als wir Generalprobe haben, und daß nun niemand die Polly spielt. Nach kurzer Beratschlagung bestimmen die anderen Kinder, daß ich, die ewige Zuschauerin, die Rolle übernehmen darf. Sogar eine Verkleidung geben sie mir und behängen mich mit Modeschmuck. Mir werden die Wangen gepudert, das Spiel beginnt, ich bin die Polly. Ich denke, daß ich in meiner Rolle großartig bin und küsse meinen Bruder als Tom Sawyer, als Elisabeth aus dem Laden kommt. Sofort begrüßen sie alle und nehmen mir Hut und Federboa ab. Elisabeth übernimmt meine Rolle. Als ich in Tränen ausbreche, trösten sie mich nicht, sondern fragen mich, was ich nur geglaubt hätte. Ich könnte doch unmöglich geglaubt haben, wirklich mitzuspielen. Später, viel später werde ich es für selbstverständlich nehmen, auf Karlas Intensivstation in steriler Kleidung wie eine Schwester auszusehen. Und bei Pascha auf der Akutstation wird man es *teilnehmende Beobachtung* nennen, wenn ich im weißen Mantel die Visite begleite. Ich werde täuschend echt aussehen und den Anschein erwecken, als gehörte ich dazu, als spielte ich eine Rolle. Und wenn mein Kind zur Welt kommt, wird mir eine anwesende Turnusärztin zuvorkommen und zuerst dem Neugeborenen ihren Finger in den Mund stecken.

Im Bad zur Sonne

Mutter kündigt mir an, daß wir ins *Bad zur Sonne* gehen. Schwester Hildegard von den Demütigen Schwestern sei dort, und Schwester Marianne. Es sind Frauen Ende zwanzig. Schwester Hildegard hat langes Haar, sagt Mutter, um mich zu ködern. Ich kann noch nicht schwimmen und gehe ungern ins Bad. Aber eine Nonne ohne Schleier zu sehen, und noch dazu mit langem Haar, ist schon was.

Im Bad zur Sonne werden im Freibadbereich beide Schwestern auf uns warten. Später, viel später werde ich alle Frauen unter dem Aspekt von Paschas Sklaverei-Vision sehen. Pascha wird sich Dienerinnen wünschen, die er, ähnlich den Patienten im geschlossenen Bereich seiner Akutstation, in Zwingern hält und die sich dort für ihn bereithalten. Wie Schwester Hildegard und Schwester Marianne sich aufgegeben und ganz ihrem Herrn und Gott verschrieben haben, werde ich mich später, viel später aufgeben und Pascha verschreiben. *Ich gehöre dir, Herr,* werde ich ihm nachsprechen bei sonstiger Bestrafung mit Gürtel oder Kleiderbügel, und später: *Ich gehöre Ihnen, Herr,* und: *I am your slave, master.* Systematisch wird mich Pascha darauf trainieren. In der Verhaltenstherapie ist Konditionierung das Training eines Menschen auf ein bestimmtes Verhalten. Erlernte neurotische Verhaltensmuster sollen aufgegeben und durch neue Verhaltensstrategien ersetzt werden. Es ist ein Gewöhnungsprozeß, den Pascha später, viel später mit mir durchführt. Ich werde mich daran gewöhnen, was ich zunächst belächle, an die Sklaverei wie an eine Religion zu glauben. Das formelhafte Nachsprechen der von Pascha vorgegebenen Sätze wird dem Leiern von Gebetssätzen entsprechen.

Schwester Hildegard und Schwester Marianne werden für mich nachträglich Sklavinnen sein. Im Geiste werde ich ihnen später, viel später Paschas Stahlkragen anlegen. Ich werde sie in der Schwesternkirche im Altarraum knien sehen, mit gesenkten Häuptern. Ich werde sie demütig sein und Buße tun sehen. Sie versuchen, im Schwesternchor ihren Herrn zu betören, wie ich später, viel später mit Ergebenheit und mancher Zuflüsterung, schon meinem ersten schnell gesagten: *Ich liebe dich*, nichts anderes beabsichtigen werde. Schwester Hildegard heißt mit ihrem richtigen Namen Sigrid, und Schwester Marianne hieß schon immer so. Später wird Pascha mir davon reden, mich umzutaufen. *Sklavinnen haben kein Recht auf einen eigenen Namen, sie können jeden beliebigen Namen tragen*, wird er sagen und überlegen, wie er mich nennen soll.

Die beiden Nonnen sitzen auf Holzleisten im Freien. Sie tragen Badeanzüge auf der nackten Haut, und niemand würde annehmen, daß es Nonnen seien. *Man wird dir deine Sklaverei nicht ansehen*, wird Pascha später sagen: *Aber du weißt es und ich. Hättest du je gedacht, in der Realität einen Herrn zu finden?* Und ich werde mich vor ihn hinknien und alles mit mir tun lassen. Und natürlich werde ich es in der Überzeugung tun, am Ende belohnt zu werden. Ich diene Pascha in der Erwartung, danach wie im Märchen durch den Goldregen zu gehen. Ich denke nicht an das Ende der Geschichte in einem überheizten Warteraum des Bahnhofs Fredericksburg. Das Wasser im Becken des Freibads glitzert in der Sonne. Die beiden kichernden Nonnen werden ernst und pressen die Beine zusammen. Pascha wird von mir fordern, daß ich ohne Slip, immer in weiten Kitteln und mit geöffneten Beinen sitzen soll. Meine Nachbarin wird sagen, er habe das aus der *Geschichte der O.* oder dem Film *Neuneinhalb Wochen*. Einmal wird mir meine Nachbarin eine Videoaufzeichnung jenes Films in Paschas Nachtdienst im Psychiatrischen Krankenhaus mitgeben. Ich werde, während er seinen dienstlichen Rundgang macht, die Kassette an die Stelle spulen, wo Kim Basinger, auf allen vieren, mit dem Mund Geldscheine apportiert. Ich werde auf allen vieren in die Küche von Paschas Praxis kriechen und die Matratze holen. Ich werde später in Fredericksburg auf allen vieren Gegenstäde ans Bett bringen.

Die beiden Nonnen erheben sich und gehen, eine hinter der anderen, zum Wasser. Sie strecken ihre Füße hinein. Schwester Hildegard ist die robustere von beiden. Sie unterrichtet Mädchenhandarbeit in einer Volksschule. Handarbeitslehrerinnen sind mir verdächtig. Meine eigene Handarbeitslehrerin ist eine Schulschwester, die früh an Brustkrebs sterben wird. Schwester Beate hat eine schrille Stimme und sieht mit ihrer Katzenaugenbrille wirklich wie eine Katze aus. Aber eine stinkende Katze, die faucht. Sie veranstaltet zu Stundenbeginn überraschende Nadel- und Scherenkontrollen. Wer Nadel oder Schere vergessen hat, erhält Strafaufgaben. Und daß sie stinkt, stelle ich wiederholt fest, wenn sie sich von hinten über mich beugt und ihre Hände mit spitzen Fingernägeln meine Handarbeit auseinanderzupfen. Von beiden Seiten kommen ihre Hände heran und treffen in meiner Handarbeit zusammen. *Du hast eine Masche verloren*, spricht sie mir in den Nacken, meine Haut wird davon kraus, und: das müsse sie mir *leider* auftrennen. Und ich spüre, wie sie es genießt, mir alles wieder zunichte zu machen, und wie es ihr gefällt, die Stricknadeln aus meinen Maschenreihen zu ziehen und Reihe für Reihe aufzutrennen. Arbeit von Stunden schwindet dahin, mein Nacken schmerzt, Schwester Beate geht wieder. Später werde ich ihr den frühen Tod gönnen. Die andere Handarbeitsschwester ist die sanfte Schwester Petra, die mich nur in der ersten Klasse unterrichtet und mir später in der Heuschnupfenzeit die Augen eintropft. Ich mag sie, da sie das Handarbeiten nicht zum obersten Gebot macht. Bei Menschen wie Schwester Beate hat man dagegen das Gefühl, nicht für voll genommen zu werden, wenn man im Stricken versagt.

Die beiden Demütigen Schwestern sind schon drei Längen geschwommen. Mutter und ich sehen ihnen vom Beckenrand aus zu. Sie haben, ehe sie untertauchten, ihr Haar hochgebunden und sich Bademützen aufgesetzt. Ihre Köpfe wirken auf einige Entfernung wie hellgelbe Wasserbälle. Sie gehen aus sich heraus und quietschen vergnügt. Daß sie in wenigen Stunden wieder, blau uniformiert, in der Schwesternkirche rosenkranzbeten werden, sieht man ihnen nicht an. *Die Sklaverei gebietet dir Kargheit*, wird Pascha sagen und mir immer wieder vorwerfen, wie verwöhnt ich sei. Die beiden Nonnen klettern heraus und hüllen sich in große Handtücher. Später, wenn es ans Duschen geht, wird Hildegard ihr dickes braunes Haar auflösen. Im Gesicht wirkt sie brutal, da sie ein Doppelkinn hat, obwohl sie schlank ist. Sie zieht beim Sprechen die Mundwinkel nach unten und hat einen abfälligen Ton. Wenn sie lacht, wirkt es spöttisch. Warum sie Nonne geworden ist, begreife ich nicht. Sie ist mir nicht geheuer, schon weil sie für gewöhnlich mit Nadeln hantiert und es auch noch unterrichtet, doch sie scheint mich nett zu finden. Sie nimmt mich bei der Hand und zieht mich zum Duschbereich. Mutter und Marianne bleiben hinter uns zurück. Schwester Hildegard dreht eine Dusche auf und springt, als Wasser herausschießt, zur Seite. Sie kneift die Augen zu und streckt den Arm aus. Mit der Hand fühlt sie nach der Temperatur des Wassers und stellt sich schließlich unter die Düsen. Und ehe ich es mir versehen habe, ergreift sie meine Hand und dann den Unterarm und zieht mich voll in den Strahl der Dusche. Ich brülle, da mir noch nie soviel Wasser übers Gesicht gelaufen ist. Wenn Mutter ins Badezimmer hereinbricht und ich wieder einmal vergebens den Teufel im Dachbodenloch um sein Kommen angefleht habe, reicht sie mir für gewöhnlich einen Waschlappen, um ihn mir über die Augen zu legen, damit ich, während sie mich einseift und mir mit Wasser aus meinem Bierschaumkrug den Kopf abschwemmt, nichts abbekomme. Später wird sie es so bei meinem Sohn handhaben wollen, und ich werde sie davon abhalten, so lächerlich nimmt es sich aus, wenn jemand mit einem Waschlappen seine Augen zudeckt.

Als wäre soeben die Welt untergegangen, brülle ich und schlage fuchtelnd um mich, als Mutter und Marianne nachkommen. Ich lasse mich auf den Fliesenboden fallen und presse die brennenden Augen zu und bin darin bestätigt, daß Handarbeitslehrerinnen keine Menschen sind. Umso härter wird es mich treffen, wenn ausgerechnet Hildegard von Mutter damit betraut wird, mich in der Heuschnupfenzeit ins Allergieinstitut zu bringen. Ich werde kein Wort mit ihr sprechen, und sie wird dasselbe von mir denken wie die Krankenschwester mit dem Haarknödel nach meiner Mandeloperation; daß ich ein böses Kind sei.

Heuschnupfen und Pollenflug

Schon früh plagen mich allergische Erscheinungen. Es ist eine wahre Geißel, wenn mich im Frühjahr Heuschnupfen befällt. Allein das Wort *Pollenflug* löst einen Niesreiz bei mir aus. Zum erstenmal allergisch bin ich bei meiner Erstkommunion. Wir werden von Schwester Rigoberta in unseren weißen Kleidern in Reih und Glied aufgestellt und sollen, bevor wir in die menschengefüllte Kirche einziehen, die rechte Hand auf die Herzseite legen. Ein Lied, das wir drinnen singen werden, haben wir mit der Direktorin dutzendmal geprobt. Wegen meiner schönen Stimme bin ich dazu auserwählt worden vorzusingen, oder es lag an der Bekanntschaft der Direktorin mit meiner Mutter. Ich ziehe, die Hand auf der Herzseite, die Kerze in der anderen Hand, Schritt für Schritt, wie wir es bei den Proben lernten, in die helle Schulschwesternkirche ein. Mich jucken die Augen, die Nase rinnt, aber vor allem das Brennen der Augen hindert mich am klaren Blick auf die Bankreihen. Neben mir ist Sabrina, die unmöglich aussieht in ihrem auf dem gepolsterten Körper gespannten bodenlangen Kleid. Sie ist über und über von Spitzen bedeckt, und am Kopf trägt sie einen Schleier wie eine Braut, um den ich sie beneide. Mit sieben Jahren träumen wir bereits von unseren künftigen Ehen und schlucken Smarties als Verhütungsmittel.

Wir nehmen in der ersten Reihe Platz. Mein weißes Kleid scheuert mir die Haut auf. Meine Augen sind völlig ausgetrocknet. Ich ziehe durch die Nase auf und höre mich schon: *Viele Kinder weinen …*, beginnt der Refrain, *… denn sie sind arm und schwach.* Ich bin so ein Kind, muß ich denken, und bin arm und schwach. Niemand wird wissen, was mir fehlt, und manche werden glauben, daß ich geweint habe. Auf den Erstkommunion-Fotos sehe ich wie eine Vorwegnahme meines

Albinokaninchens aus, das ich mit zehn Jahren bekommen werde. Auf den Fotos blicke ich bei der anschließenden Jause verzweifelt auf meinen Kuchenteller, auf dem, neben einem zerfledderten Kuchenstück, ein Häufchen Rosinen glänzt. Später werde ich sie, die für mich Warzen sind, einfach mitschlucken.

Vor der Erstkommunion war meine zweite Beichte. Nur gereinigt dürfen wir den Leib Christi fressen. Fleisch und Blut, muß ich denken, ja, wir fressen Christus auf. Ich bin zunächst verstört und späterhin verzückt von dieser Vorstellung. Die Vorstellung, einen toten Mann zu verzehren, hat etwas Beruhigendes. Dann gehört er mir und kann mich nicht verlassen. Vater zu fressen, stünde mir im Sinn. Ich kann meine Erstkommunion nicht genießen. Mir tut der Kopf weh und wird immer dumpfer. Es regnet die Worte des Priesters, bei dem meine zweite Beichte war. Nach den Torturen bei Kaplan Rosendorfer, dem ich noch ausführlich die Wahrheit sagte, bin ich schlauer geworden. Mutter hat mir dazu geraten, um mir ein weiteres Erlebnis wie bei Kaplan Rosendorfer zu ersparen. Sie riet mir zu einem pauschalen Bekenntnis in der Art von: *Ich habe vieles falsch gemacht und bereue*, beziehungsweise im Stil von: *Da ich gesündigt habe, bitte ich um Vergebung*. Auf diese Weise hält man sich den Priester vom Leib, indem man zugibt, etwas falsch gemacht zu haben, und was es im einzelnen ist, kann nur Gott selbst bekümmern. Ich werde es später genießen, Priester abwechselnd zu frustrieren und schockieren. So werde ich mich mit zwölf, dreizehn in Beichtstühle schwingen und Mordphantasien bekennen. Ich werde andererseits immer wieder vor Kaplan Rosendorfer knien und nichts zu bekennen haben, so begierig geifernd er sich auch darum bemühen wird, mir intime Geheimnisse zu entlocken. Er wird herausfordernd sagen, das könne doch unmöglich alles sein, ich werde zunächst schweigen und dann bemerken, daß mein Berufswunsch *Religionslehrerin* sei.

Da wird er nicht anders können und mich loben müssen, was ihm schwerfallen wird. Und ich werde, nachdem ich gekniet bin und seine wulstigen Hände auf dem Kopf gespürt habe, im Gefühl, ihn gefressen zu haben, aus dem Zimmer im sogenannten Lazaristenheim gehen.

Meine bei der Erstkommunion erstmals aufgetretene Allergie wird mich verändern. Ich werde empfindlicher sein als vorher, und man muß rücksichtsvoll sein im Umgang mit mir. Abwechselnd werden meine Mutter und Schwester Hildegard mich ins Landeskrankenhaus, ins dortige Allergieinstitut bringen. Ich werde auf einen Schalensessel im Wartebereich gesetzt und argwöhnisch von allen Seiten gemustert. Denn weder meine Mutter noch die befreundete Schwester Hildegard werden aus mir klug. *Was hat sie nur, das arme Weibchen*, heißt es, und sie ersuchen mich, nicht zu reiben. Denn, was ich später unterlassen werde, ist mir jetzt die größte Lust und zugleich Qual: das fortwährende Reiben der Augen mit einem Papiertaschentuch. Nicht nur, daß die Augen davon austrocknen und noch mehr brennen, es verfangen sich von den immer mehr zerschlissenen Taschentüchern Fusselchen darin. Ich will weinen und kann nicht und lasse mich führen wie eine Blinde. Alle sind ratlos, nur die Augenärztin nicht. Auch sie ist eine Bekannte von Mutter und hat daher ein besonderes Verhältnis zu ihr. Wir werden gegenüber anderen Patienten vorgezogen. Die Untersuchung tut weh. Ich muß auf einem Schemel sitzen, den man auf die entsprechende Höhe schrauben kann, das Kinn auf Zellstoff aufstützen und durch einen großen Apparat starren, wobei mir die gegenübersitzende Ärztin das völlig vertrocknete Auge aufspreizt. Manchmal sticht sie mir mit etwas Spitzem auf die Iris. Ich werde gerügt, wenn ich das Auge zukneife. Mutter und Augenärztin haben damit zu tun, *mich einzutropfen*, wie sie sagen.

In der Volksschule wird die Handarbeitsschwester Petra mit dem Eintropfen beauftragt. Da sie mir mit ihrem milden Aussehen und ihrer zarten Stimme gefällt, liebe ich es, in den Pausen auf ihrem Stuhl zu sitzen, wo sie in Gebetbüchern liest, und bei zurückgeneigtem Kopf einen Tropfen in jedes Auge zu kriegen. Als hätte mich Schwester Petra mit einer Träne benetzt oder aufs Auge geküßt, verlasse ich ihr gartenseitiges Zimmer. Manchmal suche ich während der Pause mit Sabrina auch die Krankenschwester auf. Sie verfügt über zahllose Mittelchen. Wir sind schon begeistert von den Namen der Medikamente. In ihrem Repertoire sind unsere Favoriten *Arnika* und *Cibazol*. Ich lasse mir jede geringste Wunde damit reinigen. Später wird mir Pascha erklären, es sei um Zuwendung gegangen. Er erzählt vom *Münchhausen-Syndrom* und nennt das Fallbeispiel einer Ärztin. Sie injizierte sich regelmäßig ihren eigenen Kot ins Kniegelenk, worauf sich ihr Bein entzündete. Sie kam in Krankenbehandlung und wurde operiert, schließlich mußte das Bein amputiert werden. In einer Art Dämmerzustand habe sie sich das Leiden selbst zugefügt, und es genossen, wenn ihr im Krankenhaus Aufmerksamkeit geschenkt worden sei. Menschen mit Münchhausen-Syndrom ist oft selbst nicht bewußt, was sie anrichten. Und man kommt ihnen selten auf die Schliche.

Mein Heuschnupfen nimmt im Sommer nach der Erstkommunion ungeahnte Ausmaße an. Mein Bruder, der auch Heuschnupfen bekommt, wie um mir in nichts nachzustehen, geißelt mich mit Gräsern. Er hat den Heuschnupfen weniger schlimm als ich, und erst später, mit fünfzehn, sechzehn, wird er mich übertrumpfen. Ich werde später eine andere Einstellung zu meinen Allergien haben, nachdem ich mit fünfzehn von heute auf morgen eine Katzenhaarallergie haben werde. Manchmal bin ich auch nur von roten Flecken übersät und muß von Mutter eingecremt werden. Mutter wird *Pavianhintern* sagen, wenn sie mich einschmiert. Meine Pollenallergie wird genauer erkundet. Ich liege in einer Spezialklinik in Vorarlberg auf einem Tisch, unter Operationsleuchten. Zwei junge Frauen machen sich an mir zu schaffen, betropfen und ritzen mich. Da ich auf dem Bauch liege, kann ich es nicht sehen. Später, viel später werde ich gleich nackt bei Pascha liegen und nicht sehen können, was er mit mir anstellt. Einmal wird er mich raten lassen, was er mir einführt. Er wird mir mit der anderen Hand die Augen zuhalten und mein Gesicht niederdrücken. Ich werde nicht dahinterkommen. Am nächsten Morgen erkenne ich die Fernsehfernbedienung wieder.

Morgens weckt uns Vater zum Inhalieren. Aber weder Inhalationen noch Insuflatoren mit interner Stechvorrichtung, um Kapseln zu öffnen, und Pumpvorrichtung, um den Inhalt der Kapseln zu zerstäuben, den man sich in die Nase sprüht, werden uns vom Heuschnupfen erlösen.

Der Heuschnupfen war meine Erfindung, das Kurzsichtigsein ist meinem Bruder zuerst eingefallen. Er geht mit zehn, elf Jahren auf jedem Waldspaziergang mit weggestrecktem Arm und hochgerecktem Daumen und kneift abwechselnd das linke und rechte Auge zu. Später wird der Augenarzt seinen Verdacht bestätigen und ihm eine Brille mit einer halben Dioptrie Kurzsichtigkeit verpassen, allerdings nur für ein Auge. Kurz darauf bin auch ich bei dem Augenarzt vorstellig, Großmutter geht mit mir hin, obwohl sie meint, daß es vermutlich nicht notwendig sei. Zu meinem eigenen Erstaunen weise ich an beiden Augen die Sehschwäche meines Bruders auf. Die Frage des Augenarztes, ob ich eine Brille will, beantworte ich empört mit ja. Später, im Gymnasium, wenn ich den Bruder mit dreieinhalb Dioptrien und zusätzlichem Astigmatismus längst überflügelt habe, lege ich die Brille ab. Ich werde, was auf der Tafel steht, aus dem Heft meiner Freundin Sigrun abschreiben, da ich nicht so weit sehen kann. Auf Fotos dieser Zeit habe ich immer zusammengekniffene Augen.

Später, viel später wird mich der Gatte der Augenärztin aus dem Allergieinstitut mit Kontaktlinsen ausstatten. Ich werde schon vorher neidvoll die Nachbarskinder Irmtraud und ihren Bruder Thomas beim Einsetzen von Kontaktlinsen beobachtet haben. Es wird sein, als hätte ich gesunde Augen. Einmal gebe ich die Linsen über ein Jahr nicht heraus. Eines Nachts bewahre ich eine Kontaktlinse in der Dose eines Allergiemittels auf. Es sind rote Tabletten, die abfärben. Es ist vor der Zeit gefärbter Kontaktlinsen. Mein rechtes Auge ist vollkommen rot. Ich bin Luzifers Tochter und schließe mich jedem Fremden an. Ein Jahr lang bin ich Nacht für Nacht am selben Tresen. Eines Nachts finde ich Klaus, meinen späteren Mann, an dem Tresen, und nach Klaus' Tod wird Siegfried etwas abseits, in demselben Lokal, stehen. Das Lokal wird mir wie ein Supermarkt erscheinen, in dem ich mir Männer besorge. Später, viel später wird Pascha mit mir in das Lokal nebenan gehen und gleich darauf in seine Praxis in derselben Straße.

Meine Mutter wird uns einen *Abtreibungsfilm* vorführen. Sie will ihn ihren sechzehnjährigen Schülerinnen im Religionsunterricht zeigen. Wir sitzen im abgedunkelten Zimmer, auch ich bin sechzehn, und an der Stelle, wo man in Großaufnahme den von einem Absaugrohr geschüttelten Unterleib einer Frau sieht, stürze ich hinaus. Später, viel später wird Klaus mir erklären, noch nicht Vater sein zu wollen. Ich werde mich zunächst wehren, aber dann begreifen, daß er mich verläßt. Ich betrete das hohe Gebäude und fahre im Lift. Ich zahle, tausche die Straßenkleidung gegen eine grüne Papierschürze und belasse trotz Hinweisschild, sie zu entfernen, eine Kontaktlinse im Auge. Ich werde in einen Raum gebracht, klettere auf einen Stuhl, sehe am Monitor rechts einen Schatten. Zwei Männer reden miteinander, ich kann alles sehen, ehe ich bewußtlos werde. Später, viel später wird Klaus ebenso grundlos sterben.

Die Schneckengruppe

Mein Bruder wird mich zum erstenmal durch den Kindergarten führen. Ich sehe den blauen Fußboden, der spiegelblank gebohnert ist, und gehe vorbei an den niedrigen fahrenden Garderoben der Kinder, wo an jedem Metallhäkchen ein Zeichen ist. Ich werde das Zwergenzeichen haben. Es ist ein Oval aus Holz, auf dem ein rotlackierter Zwerg mit schneeweißem Bart abgebildet ist. Ich werde oft mit den Fingerkuppen über mein Zeichen gleiten und Unebenheiten im Lack bemerken. Ich werde daran riechen, als ob es noch feucht sein könnte. Mein Bruder, der schon kundig ist und seit einigen Jahren im Kindergarten, führt mich in einen rauschenden Lärm aus Kinderbewegung, Geschrei, Rufen, Vogelzwitschern, das durch den Verandatürspalt tönt. Der Blick in den grünen Garten wird mich retten. Die Kinder sind fremd und gewalttätig. Über meinen Kopf hinweg regnet es Bauklötze, und mehrmals werde ich die Hand meines Bruders verlieren, der mich führt, und ich werde ihm nacheilen, als ginge es um mein Leben, und draußen nach längerem Niederschlag Sonne. Später werde ich allein und mit Sabrina die Schaukeln umkreisen und mit Handflächen oder Wange über die tropfnassen Gestänge fahren. Als ob das Metallgestänge, das im Viereck die beiden Schaukeln umgrenzt, geschwitzt oder geweint hätte oder, so kommt es mir vor, mit Weihwasser besprengt worden wäre. Die lärmenden bunten Kinder sind alle größer als ich und beißen in stinkende Brote und verziehen ihre Gesichter zu bedrohlichen Fratzen. Dennoch gibt es unbekannte Gesetzmäßigkeiten, die den Haufen strukturieren.

Ich werde von Anfang an in der sogenannten *Schmetterlingsgruppe* bei Mutters Freundin Schwester Merita sein. Schwester Merita leitet den Kindergarten und ist für die große Gruppe der Fünf- bis Sechsjährigen zuständig, in der ich von Anfang an bin. Meine Freundin Irmtraud wird eine normale Laufbahn nehmen und von der Schnecken-, über die Käfer- in die Schmetterlingsgruppe aufsteigen. Ich habe es nicht notwendig, mich emporzuarbeiten. Später, viel später werde ich auf dem Gelände des Psychiatrischen Krankenhauses im Wald auf eine Schneckengruppe treffen. Es sind die morgendlichen Läufer der Akutstation, die im Gehtempo, daher der Name *Schneckengruppe,* durch das Gestrüpp und entlang der Wege streifen. Jene, die weniger starke Psychopharmaka einnehmen müssen, gehören der schnelleren Gruppe an, die sich *Pfeilgruppe* nennt. Die Schneckengruppe der Psychiatrie umfaßt vor allem Magersüchtige. Den Namen eines magersüchtigen Krankenpflegers, dessen Kopf am Ende im Verhältnis zu dem zusammengegangenen und geschrumpften Körper immer größer und geradezu aufgeblasen wirkt, werde ich nach dessen Tod in den Aufzeichnungen der Schneckengruppe finden. Es ist selten, daß Männer magersüchtig sind. Der Krankenpfleger wird seine Krankheit mit Stolz tragen. In den Gesprächen mit Pascha wird er völlig normal und geordnet wirken, bis auf den Umstand, daß sein Generalthema seine Magersucht sein wird. Er wird sie hegen und pflegen und nicht darauf verzichten wollen und irgendwann, nachdem ich ihn kurz vorher, einen Rucksack tragend und Kaugummi kauend, auf der Straße gesehen haben werde, infolge Elektrolytmangels tot zusammenbrechen.

Als Kind werde ich die Schneckengruppe nur von außen sehen. Ich werde nie den Raum betreten, an dessen Tür ein A-4-Blatt mit einer von Tanten gemalten prächtig bunten Schnecke hängt. Ich bin immerzu bei den Großen, obwohl mein Bruder, sowie ich in den Kindergarten eintrete, diesen verläßt. Ich darf ihn einmal in der ersten Klasse Volksschule besuchen und neben einem seiner Mitschüler in der Bank sitzen, während Vater filmt. Im Kindergarten fällt das glühende Licht der von einer Tante hochgehaltenen Filmleuchte auf mich. Ich lebe in der Einbildung, wie bei dem später, viel später in Holland und Deutschland realisierten TV-Live-Soap-Projekt *Big Brother* ununterbrochen von Kameras beobachtet zu sein. Ich weiß nicht, wie es ist, sich zu entwickeln, denn ich werde von Anfang an am Rockzipfel Schwester Meritas sein und von ihr bevorzugt werden. Sie tut es für Mutter, nicht für mich. Wegen Mutter erspart sie mir Strafen wie *Knien am Heizgitter* und *An-der-festen-Hand-Gehaltenwerden.* Es ist eine Ungerechtigkeit, mich anders als die anderen zu behandeln. Stets bin ich die Ausnahme und muß mich nicht anpassen. Einmal ist es draußen im Garten sommerlich warm, und Schwester Merita erlaubt den Kindern, Schuhe und Socken auszuziehen. Sie waten durchs knöchelhohe Wasser eines Betonbeckens. Ich behaupte, nicht zu wollen. Selbst Schwester Merita lacht mich aus und ermutigt mich vergebens. Ich umkreise in Schuhen und Socken das Becken, in dem alle anderen Kinder sich abkühlen. Später wird Mutter sagen, ich hätte ruhig mitmachen können, da bin ich noch mehr enttäuscht. Ich wäre gern gelobt worden für meine Standhaftigkeit. Später, viel später werde ich mit dem Fahrrad zum Haus meines Yogalehrers fahren. Es liegt etwas außerhalb der Stadt, wo in einem Wald mein Kaninchen begraben ist. Ich werde auf dem Weg zu dem Wald, zum Kaninchengrab, immer wieder vom Rad steigen und über eine Böschung zu einem Bachbett klettern. Ich werde Schuhe und Socken ausziehen und bereits im März ins eiskalte Wasser steigen. Es wird mich warm durchfluten.

Als Kindergartenkind beginne ich, Geschichten zu erzählen. Denn mir wird klar, daß es nicht darauf ankommt, ob etwas wirklich vorgefallen ist oder nicht. Ich muß nur glaubhaft sein und selbst daran glauben. In dem Augenblick, da ich etwas erzähle, muß ich mit jeder Faser meiner Aufmerksamkeit darauf konzentriert sein und mich darauf einlassen, daß es so war, wie ich sage. Mit meinen Wörtern verwische ich die wirklichen Geschehnisse, korrigiere und stelle sie um. Niemand kann mir das Instrument aus der Hand nehmen, mit dem ich meine Welt forme. Aber ich lüge nicht wirklich, denn ich glaube mehr den Geschichten als der Wirklichkeit. In meine Geschichten ziehe ich mich zurück und bin darin geborgen und vor Zugriff sicher.

Durchfressen

Bis ich zwölf sein werde, *fressen wir uns durch.* Mutter bezeichnet unsere Tour durch eine Kette von Lokalen mit diesem Wort. Erst essen wir in einem Feinkostladen ein paar Brötchen, dann folgt eine Konditorei und schließlich eine Eisdiele. Später staune ich über mein Fassungsvermögen als Kind. Mutter wird von mir sagen, daß ich bis zum zwölften Lebensjahr mit allem einverstanden und stets zufrieden gewesen sei. Sie habe es mit mir herrlich leicht gehabt, denn was immer sie vorgeschlagen habe, ich hätte zugestimmt. Ab zwölf bin ich schwierig. Nach meinem zwölften Geburtstag bin ich kein liebes Kind mehr. Oft erscheine ich, vor lauter Heuschnupfen, mit einem Kissen vorm Gesicht beim Frühstück. Ich bin unansprechbar. Mit vierzehn kommt die erste Periode, die bei Mutter erst mit sechzehn eintrat. Während einer Turnstunde bemerke ich das bräunliche Rinnsal und bin erleichtert, da ich in der Klasse die vorletzte bin. Alle anderen sind längst gebärfähig. Das Gefühl, jederzeit Mutter sein zu können, ist ein Machtgefühl. Mutter verbietet mir, Tampons zu nehmen. Ich nehme Vorlagen, die sie Binden nennt.

Mutters Wäscheschrank

Ich werde später, viel später an Mutter zurückdenken. Ich werde sie in jedem Gedanken haben. Mutter ist gleich stark und mächtig wie später Pascha. Und alles hängt an ihr. Sie inspiziert mich, wie später, viel später Pascha, und vor ihm andere. Wenn nur Großmutter da ist, bin ich nicht vollständig. Ich bin gereizt und rieche an einer Sonnenbrille, die Mutter mir zugeschickt hat, aus Paris, wo sie mit Vater bei den Demütigen Schwestern wohnt, die dort einen Sitz haben. Ich weiß nicht, wann genau sie kommt. Aber es wird ein Fest.

Denn wenn sie da ist, wird alles geordnet und lebendig. Dann gibt es einen Plan, die Familie erhält Struktur. Jetzt leben wir nebeneinander, aber wenn sie da ist, verschmelzen wir. Mutter wird plötzlich auftauchen. Plötzlich ist sie da, und ich werde entgleisen vor Freude und ihr entgegenstürzen. Später, viel später werde ich meinen Ehemann Klaus nicht mit seinem Vater nach Syrien reisen lassen wollen. Ich werde es verhindern wollen, daß er mich zehn Tage alleinläßt, indem ich sein Ticket verstecke. Er wird abreisen, und ich werde sofort erkranken. Ich werde appetitlos sein und fiebern, bis er zurückkehrt. Ich werde über ihn herfallen, mich an ihn klammern und ihn verschlingen, wie ich Mutter nach ihrem Parisaufenthalt umklammere und verschlinge. Mutter küßt mich und sinkt in einen Sessel. Vater und Großmutter sind besorgt. Die Paristage mußten vorzeitig abgebrochen werden, da aus Mutter Blutklumpen herausfielen.

Später, viel später werde ich auf den Pariser Toiletten mit Pascha daran denken. Ich werde mich daran erinnern, als ob nicht sie, sondern ich von den Blutungen betroffen gewesen wäre.

Ich besuche sie mit Großmutter im Krankenhaus. Sie liegt da, wie damals ich nach der Mandeloperation, und erwartet sich Anteilnahme. Ich bin zwölf. Wir sollen sie beraten. Soll sie die Gebärmutter behalten oder nicht? Mutter ist fünfunddreißig. Da sie wegen der beiden Kaiserschnitte ohnehin nicht mehr gebären sollte, sage ich zu ihr: *Hinaus damit.* Nach der Operation schlägt sie die Decke zurück. *Mein Sträfling*, sagt Mutter und zeigt mir die Rasur. Ab meinem zwölften Lebensjahr, wird sie später sagen, sei ich mürrisch geworden. Vorher hätten wir uns gut verstanden. Sie wird die Nonnen, denen sie es sagt, auf mein Gesicht auf Fotos hinweisen. Ab dieser Zeit gebe es kein lächelndes Bild, immer seien meine Mundwinkel hinuntergezogen. Über Vater heißt es, daß er eine *Schnute* zieht. Das sei das Erste gewesen, das ihr an ihm aufgefallen sei, sein hufeisenförmiger Mund, behauptet Mutter. Später werde ich denken, daß sie mich vielleicht um meine Gebärmutter beneidete. Sie beneidete mich vielleicht um meine Weiblichkeit.

Nach der Operation nimmt sie deutlich zu und trägt das Haar glatt, ohne Dauerwelle. Ich kenne den Geruch ihres Wäschekastens. Manchmal ist sie nicht da, und ich stecke minutenlang bei geschlossenen Augen den Kopf hinein. Der Wäschekasten ist voller Sinnlichkeit. Solange ich meinen Kopf hineinhalte, bin ich glückselig. Ihre gestärkten Büstenhalter und teils knielangen Stützunterhosen liegen darin gestapelt, aber auch kleinere und hübschere Teile. Nach der Operation werden Mutters Teile groß und elastisch, trägt sie Mieder und Halfter, um den Bauch zurückzuhalten. Ich bade mein Gesicht in ihrer Wäsche. Verzückt gehe ich mit der Nase darin unter. Ich schwimme in ihrem Duft und bin im Himmel. Ich hänge mir ihren Büstenhalter um und posiere damit vor dem Spiegel. Einmal schlüpfe ich in ihr Hochzeitskleid. Ich bin sechzehn. Ich kenne das Kleid aus dem Film, den Vaters Bruder machte. Mein Vater sieht aus wie James Dean, unglaublich jung, blaß und mager. Mutter hat ihr übliches Grinsen aufgesetzt und geht mit beinah geschlossenen Beinen. Das Spitzenkleid reicht ihr bis knapp übers Knie. Mit sechzehn bin ich um zehn Kilo schwerer als sie damals und kriege das Kleid kaum zu. Ich lasse den Ziehverschluß offen und beneide Mutter um ihre damalige Figur. Sie ist ein dunkler Typ, sportlich, schnittig gewesen, und ich bin hellbraun, braun, manche nennen es dunkelblond, schwer definierbar.

Mutter ist klar im Aussehen. Mutters Hände sind zart und sauber. Ihre Nägel sehen alle gleich aus. Einmal breche ich Mutters Mittelfingernagel ab. Sie gibt ihn mir zur Strafe. Wir fahren mit der Eisenbahn, als es geschieht. Sie muß schon vorher deprimiert gewesen sein, denn daß der Nagel allein diese Wut bei ihr auslöste, kann ich nicht glauben. Ich weiß nicht, was tun mit dem Nagel. Ich spüre ihn in meinem Hosensack. Ich bin beschämt, war ihr zu stürmisch, bog ihn ihr um, und schon riß er und brach ab. Mutter ist böse und wendet sich ab. Später, viel später werden Pascha und ich auf der Rückfahrt von einem belgischen Suizidkongreß unseren Zug mit reserviertem Liegewagencoupé verpassen. Er wird am Bahnsteig schimpfen und *die Mutter in mir*, wie er immer wieder brüllen wird, für alles verantwortlich machen. Er behauptet, daß ich sie mir einverleibt habe und selbst in mir habe; sie sei ein Teil von mir. Die Psychoanalyse spricht von *Internalisierung*. Das Kind internalisiert seine ersten Bezugsobjekte, Mutter und Vater, oder Eigenschaften von ihnen. Ich werde ihm zuvor einen Brief meiner Mutter mit Einkreisungen und Leuchtstiftmarkierungen gezeigt haben. In dem Brief wird stehen, daß immer alle anderen, niemals ich, schuld seien. Ich werde den Brief zerreißen, doch Pascha wird nicht davon lassen, das Zerbrechen unserer Liebe mit meiner *inneren Mutterrepräsentanz* zu verknüpfen. Meine Mutter hat die schönsten Hände der Welt, unwirklich, wächsern. Mein Vater bewundert sie dafür und gibt mir das Gefühl, minderwertig zu sein, wie mir auch mein Bruder immer wieder weismacht, daß für mich genetisch nichts übriggeblieben sei, er habe die beste Erbmasse erhalten. Mutter schneidet mir meine Nägel so kurz, daß es wehtut. Ab der ersten Klasse Volksschule mache ich es meinem Bruder gleich, der sie abnagt. Während der Bruder nach einem Autounfall davon läßt, da er den in einem Gips gefangenen rechten Arm mit der Hand nicht mehr bis zum Mund bringen wird, werde ich bis zum Ende der Geschichte weiternagen.

Vaters Hufeisenmund

Ich begleite Großmutter zum Augenarzt. Ich habe Vaters Hufeisenmund, die Schnute, und versuche mit Menschen im Wartezimmer Blickkontakt aufzunehmen, nur um Großmutters Gerede zu entfliehen. Seit einiger Zeit scheint mir, als ob bei mir zu Hause nur Unsinn gesprochen würde. Die Meinigen verstehen nichts von der Welt. Ich verachte sie und schwärme für meinen Deutschlehrer, einen Schriftsteller, dessen Romane ich im Bankfach durchblättere, bis er es bemerkt. Ich stecke mir Mutters Ringe an und kokettiere mit dem um dreißig Jahre älteren Mann. Ich werde mit zehn Jahren einen Aufsatz über meinen ersten Zungenkuß schreiben, von dem der Schriftsteller so begeistert ist, daß er ihn nicht aus der Hand gibt. Vater wird, anstatt stolz zu sein, schockiert sein. Und in meinen Eltern vermag ich nichts anderes auszulösen, als daß sie sich schämen.

Der Augenarzt ruft uns auf. Großmutter läßt mich vor. Eine

halbe Dioptrie ist dazugekommen. Mürrisch ziehe ich mich nach der Untersuchung zurück und warte. Der Augenarzt ist ein Verwandter des später, viel später auf Paschas Akutstation angetroffenen Dozenten Böck, eines verhinderten Selbstmörders, und in der Aufklärung seiner Patienten nicht zimperlich. Er teilt der erschrockenen Großmutter mit, daß es sich bei dem Knötchen unter dem Auge um Hautkrebs handle. Die Großmutter fragt nach einer kurzen Pause, ob sie nach dem Eingriff entstellt sein werde. Doktor Böck schüttelt den Kopf und zuckt mit den Schultern. Das werde sich zeigen, sagt er, man könne vielleicht durchs Ohr operieren.

Die Großmutter wird auf dem folgenden Weihnachtsfilm mit schwarzen Fäden im Gesicht zu sehen sein. Und man sieht mich, wie ich mürrisch durch das Bild husche. Mit zwölf erlebe ich die ersten Weihnachten, die mich nicht mehr beglücken. Weihnachten zerbricht, ich kann nichts daran finden. Alles ist anders, und ich habe nur eines im Sinn: meinen Lateinlehrer und wie ich ihn haben kann. Ich entwerfe einen bis zum Schulabschluß reichenden Plan. Nach der Krebsdiagnose geht die Großmutter mit mir in ein Großkaufhaus, um sich eine Nähmaschine zu besorgen. Sie läßt sich von einer Verkäuferin beraten. Später, viel später, wenn sie am Ende der Geschichte wegen eines ganz anderen Krebses auf dem Sterbebett liegt, werde ich sie vor mir sehen, mit welcher Haltung sie damals bei den Nähmaschinen stand. Und, ehe sie stirbt, werde ich in das Großkaufhaus gehen, als könnte ich ihr damit helfen.

Zeit des Schreckens

Nach der Volksschule werde ich ins Gymnasium kommen. Ursprünglich will Mutter mich in ein von Nonnen geleitetes reines Mädchengymnasium geben, wie sie meinen Bruder in das Bischöfliche Knabenseminar gab. Aber weil das gewünschte Schulgebäude gerade im Umbau ist, werden keine neuen Schülerinnen aufgenommen. Also komme ich ins Gymnasium am Sternplatz. Das Sternplatz-Gymnasium an der Ecke zur Spinnengasse, wo später, viel später Paschas psychoanalytische Praxis ist, von deren straßenseitigen Fenstern aus man auf einen Teil der Schule sehen kann, hat den Ruf einer Eliteschule. Nur Kinder von wohlhabenden Eltern kommen hin, heißt es, und es wundert mich, daß ich dazuzähle. Später, viel später werde ich mich weigern zu studieren und wird meine Mutter für mich an der Universität immatrikulieren, um weiter die Kinderbeihilfe zu beziehen. Ich werde die Universität meiden wie die Pest und erst studieren, wenn niemand mehr daran glauben wird. Nach der Matura wird mir nichts anderes einfallen, als schwanger zu werden, und es wird keineswegs unbeabsichtigt passieren. Ich werde das Gefühl haben, in einen Abgrund zu fallen, wenn ich mit nicht ganz achtzehn von der Schule muß.

Mutter bringt die letzten zwei, drei Jahre bis zum Schulende damit zu mir klarzumachen, daß ich ab achtzehn tun und lassen könne, was ich wolle, ab diesem Zeitpunkt ginge ich sie vor dem Gesetz nichts mehr an. Bis dahin müsse ich mich ihrem Willen unterwerfen und habe ihr zu gehorchen.

Ich werde jahrelang nichts anderes tun, als darauf hinzuarbeiten, endlich ins Schwererziehbarenheim zu kommen, mit dem mir immer gedroht wird. Einmal bleibe ich die halbe Nacht aus und werde von Polizisten von der Straße weg aufgelesen. Auf der Polizeiwache werden schon Mutter und Bruder sein. Mutter wird weinen, mein Bruder wird mich auslachen, ich werde aus einer Faltmappe den diensthabenden Polizisten mein Leid vorlesen. Sie werden mir keinen Glauben schenken. Sie werden mich darauf hinweisen, daß ich froh sein könne, von meiner Mutter behalten zu werden, sie müßten mich andernfalls in den sogenannten *Rosenhof*, ein Erziehungsheim für Mädchen, bringen. Dort wird später, viel später Paschas erste Geliebte als Maltherapeutin beschäftigt sein. Ich werde aufhorchen, wenn er das Wort sagt, das meine ganze Jugend hindurch meine Hoffnung war, eines Tages von zu Hause weg und in den Rosenhof zu kommen. In der Faltmappe befinden sich Zettel, auf die ich schreibe, was ich nicht sagen kann. Und manchmal sind es nur Aussprüche meiner Mutter, aber nicht um sie zu behalten, sondern um sie loszuwerden, wie ich später, viel später die Beschimpfungen durch Pascha aufschreiben werde.

Mein Vater wird, nachdem ich auf der Polizeiwache war, eine Bergtour machen, was Mutter und Großmutter zu Debatten über mehrere Tage veranlaßt. Mutter nennt mich *männernärrisch* und *verrücktes Weib*. Sie springt durch das Zimmer, das ich jahrelang mit ihr geteilt habe, und sagt, daß ich nicht zu glauben brauche, daß sie nach meiner Matura noch zu irgend etwas verpflichtet seien. *Du brauchst dir nichts zu erwarten*, schreit meine Mutter und sagt: *Glaube ja nicht, daß du von uns noch etwas bekommst.*

Ich werde mit achtzehn in eine Erstarrung verfallen und umherirren und nicht wissen, wohin. Die Schwangerschaft wird das einzige sein, das meine Leere auffüllt, und ich werde mit größter Freude schwanger sein und die sachten Bewegungen meiner Bauchdecke beobachten, als hätte der kleine Mensch in mir Schluckauf. Nachdem mein Kind geboren sein wird, wird meine Mutter sagen, daß ich die Suppe selbst auszulöffeln habe. Und wird meinen Lateinlehrer abwerten und von ihm als biologischen Vater sprechen.

Das Gymnasium am Sternplatz wird auch einige Jahre Pascha beherbergen. Er wird mir später, viel später davon als schrecklichster Zeit seines Lebens erzählen. Es sind unsere Pubertätsjahre, die auch für mich die schrecklichsten meines

Lebens sind. Ich betrinke mich vor dem Unterricht, verliebe mich in die männlichen Mitglieder des Lehrkörpers und bringe manchen dazu, mich privat zu treffen, wie mir später, viel später immer wieder gelingen wird, Menschen aus ihren angestammten Rollen zu locken. Im Gymnasium am Sternplatz werde ich ab dem zweiten Jahr mit Sigrun befreundet sein. Später, viel später, wenn ich sie nach zehnjähriger Pause in Wien besuchen werde, wird sie geschieden sein, einen Hund haben und an ihrer Schauspielkarriere basteln.

Als meine Mitschülerin ist sie schüchtern und mit elf Jahren übergewichtig und bei Mitschülern unbeliebt. Sie wird mit Selbstmordgedanken gespielt haben, bis sie mich finden wird, wie ich mit Selbstmordgedanken gespielt haben werde, bis ich sie finde.

Sigruns Methode

Ihre Mutter erscheint mir immer gut gelaunt, und ich beneide Sigrun um sie, wenn ich sie besuche und über Nacht bleiben darf. Wenn wir heimkommen, duftet es uns aus der Küche von Gekochtem entgegen. Und die Mutter steht mit einem fröhlichem Lächeln am Herd und dämpft eilig im Ausguß eine Zigarette aus, wenn der Vater den Schlüssel im Schloß dreht. Sigruns Mutter raucht nur bei offener Balkontür, weshalb es, wenn wir bei ihr sitzen und ihr beim Kochen, Malen oder Tarotkartenlegen Gesellschaft leisten, immer kalt ist. Ich verstehe noch nicht, was es heißt, ständig betrunken zu sein. Sie nimmt mich manchmal zu sich auf den Schoß, was meine Mutter nie getan hätte, außer um mir das Fieberthermometer unterm Arm zu fixieren, und küßt mich vor den Augen ihrer Töchter. Ich werde umso erstaunter sein, wenn sie mich eines Tages ablehnt und meidet. Ich werde mit sechzehn mit einem amerikanischen Austauschstudenten etwas begonnen haben und werde, trotzdem mich Sigruns Mutter nicht mehr in ihre Wohnung läßt, in deren Abwesenheit das Ehebett für unsere Zwecke nutzen. Der Mann ist blond, heißt Burt und dreht am Tag unseres Kennenlernens das im ihm überlassenen Elternschlafzimmer aufgestellte Portrait seiner Freundin um. Später, wenn er nach zwei Monaten abreisen wird, werde ich mich auf seinem zurückgelassenen T-Shirt in den Schlaf weinen.

Ich werde das Gefühl wie nach dem Verschwinden von Pfarrer Schwob wiederhaben, und Sigrun wird mir, um Nadeleinstiche in meinen Armbeugen zu überdecken, auf meine Bitte hin die Haut aufscheuern. Sie wird dazu meine Hand erfassen und meine Armbeuge an einer Mauerkante hin und her wetzen. Später, viel später wird Sigrun mich fragen, ob die Einstiche echt gewesen seien, und ich werde zugeben, daß ich sie mir mit meinen Ohrsteckern zugefügt hätte. Ich will mich spüren, etwas anderes spüren als den Schmerz nach Pfarrer Schwob, wie ich später erleichtert sein werde, wenn Pascha mich auspeitscht.

Eines Tages wird Sigrun mir eröffnen, eine Methode gefunden zu haben, wie man essen könne, ohne dick zu werden. Sie wird es mir zeigen und sich dazu vor die Kloschüssel knien, ihr langes Haar zusammenfassen und kotzen. Erst pressen wir beim Kotzen ins Gesicht und haben rote Sprenksel, wie ich später vom Pressen beim Geburtsvorgang rote Sprenksel im Gesicht haben werde, dann erfinden wir einen Zusatz zu unserer Methode. Wir trinken reichlich Wasser, bevor wir kotzen, und backen Kuchen und Kekse und essen sie, da wir wissen, daß alles wieder herauskommt. Jede Mahlzeit beenden wir damit, kurz aufs Klo zu verschwinden. Irgendwann wird Sigrun aufhören, während ich nur pausiere. Später werde ich wieder zu kotzen anfangen, wenn Mutter auf Besuch kommt, und werde vor dem Kühlschrank knien, fressen und alles herauskotzen. Die Erleichterung wird mit einem schlechten Gewissen verbunden sein, und später, wenn ich auf Paschas Akutstation Fälle von *Anorexie* und *Bulimie* kennenlernen werde, wird sich mein Kotzen von selbst aufhören, genauso, wie sich meine Akte der Selbstverstümmelung von selbst aufhören werden.

Immer wenn Mutter mich bedrängt und mit Sätzen verfolgt, wie: *du brauchst gar nicht zu glauben, daß wir zu irgend etwas verpflichtet sind,* werde ich aufs Klo gehen und mich bei verschlossener Tür mit einem Stanleymesser ritzen. Später, wenn ich den Film *Wir Kinder vom Bahnhof Zoo* gesehen haben werde, werde ich mir eine Sucht wünschen. Ich werde mir selbst Einstiche zufügen und in Lokalen zerzauste Menschen ansprechen und mich neben Kerzenverkäufer und Musikanten auf die Straße hocken und ständig rauchen. Ich werde es darauf anlegen, gelbe Finger zu kriegen, um von dem, was ich fühle, gezeichnet zu sein. Ich werde mir im Klo eine Tätowierung mit den Initialen des Lateinlehrers mit Nadel und einer Tintenpatrone zufügen, wie ich es im Film *Wir Kinder vom Bahnhof Zoo* sah, und mein Haar hennarot färben. Ich werde meinen Lateinlehrer in dessen Freistunden in einem Lokal treffen und von seinem Löffel Milchschaum lecken. Ich werde auf ihn warten, stundenlang. Er wird einmal fallenlassen, daß ihm Ponyfransen besser gefallen würden als ein Mittelscheitel, und sofort werde ich mir Ponyfransen schneiden. Ich werde niemandem, außer Sigrun, von meiner Liebe sprechen, und auch der Lateinlehrer erkennt erst später, viel später das Ausmaß meines Liebeswahns.

Ich halte ihn für meinen Befreier und versuche ihn zu beeindrucken. Er hält mich für reif und wird umso schockierter sein, wenn ich schwanger sein werde. Sigrun wird nichts an ihm finden. Sie wird später eine schöne Frau sein und entfernt an Brigitte Bardot, später Marlene Dietrich erinnern. Sie wird von ihrer alkoholkranken Mutter in Co-Abhängigkeit gehalten werden und sich als Kind dafür verantwortlich fühlen, wenn die Mutter in ihrem Erbrochenem am Küchenfußboden liegt. Die Mutter ist künstlerisch veranlagt und macht Portraits von David Hasselhof, Richard Chamberlain und dem Bischof von Miesen. Sie schickt den abgebildeten Menschen die Bleistiftzeichnungen, aber nie kommt etwas zurück. Nicht einmal der Bischof wird reagieren, obwohl Sigruns Mutter im Domchor gesungen hat. Die Portraits werden Fluchtversuche sein, denn Sigruns Mutter wünscht sich nichts mehr, als ihrer Hausfrauenrolle zu entfliehen. In Zusammenhang mit ihr fällt erstmals in meinem Leben das Wort *frigid*. Sigrun eröffnet mir, daß ihre Mutter das sei. Sigruns Mutter hat selbst eine Mutter, unter der sie angeblich leidet. Und diese Mutter, *Tossi* für *Großmutti* genannt, lebt mit ihrer Mutter, Sigruns Urgroßmutter, zusammen. Die beiden älteren Frauen haben einen bissigen Zwergschnauzer, mit dem sie laut Sigrun so umgehen, wie sie mit Sigruns Mutter umgegangen seien: *kalt-warm*, sagt Sigrun. Vielleicht war das jenes Verbindende zwischen Sigrun und mir, daß wir mit unseren Müttern nicht fertig wurden. Pascha wird später sagen, Sigruns Mutter habe keinen Vater gehabt und mit ihrer angeblichen Frigidität ihren Mann, einen Ex-Geistlichen und Versicherungsangestellten, bestrafen wollen. Später wird Sigrun gleich nach der Matura nach Wien gehen, und ihre Schwester wird ihr vor der Mutter folgen. Nach ein paar Jahren als Supermarktkassiererin wird Sigruns Mutter wieder zu trinken beginnen und als Schwerstalkoholikerin und Sozialhilfefall in ihrer verwahrlosten Wohnung verrotten. Ihr Ehemann, der sie jahrelang nicht gesehen und angeblich immer gehaßt hat, wird auf der Beerdigung zusammenbrechen. Ich werde Sigrun auf Vermittlung eines geschwätzigen Schulkollegens, eines Zeitungsredakteurs, im Jahr des Todes ihrer Mutter wiedersehen, das auch das Jahr ist, in dem ich die Geschichte verlasse.

Die Entjungferung

Ich bin fünfzehn und ziehe die Nachthemden meines verstorbenen Großvaters an. Mein Großvater war Oberschullehrer und heiratete in zweiter Ehe eine seiner Schülerinnen. Der Großvater ist, als ich zwölf war, gestorben. Meine Mutter betrachtet mich ekelerregt und meint, daß sie sich daran erinnern könne, wie der Großvater, bereits altersschwach, in diesen Nachthemden von der Toilette gekommen sei. *Pfui*, sagt meine Mutter, *die Nachthemden waren braun*. Er konnte sich nicht mehr reinhalten kurz vor dem Ende.

Ich habe die Nachthemden meines Großvaters fliederfarben eingefärbt. Später, viel später werde ich Pascha eines dieser Nachthemden zeigen, und er wird ekelerregt zurückweichen. Ihm wird es vor der Farbe violett grauen, daher auch vor fliederfarben.

Ich darf auf Jungscharlager fahren. Es geht nach Südtirol, zu einem Kloster. Auf dem Klostergelände stellen wir unsere Zelte auf. Ich habe noch nie ein Zelt aufgeschlagen und begebe mich mit ein paar anderen in die Stadt Bozen. Wir lungern zu sechst in einem Gastgarten. Ich sitze in meinem fliederfarbenen Großvaternachthemd am Tisch, trinke Rotwein und suche jemand zum Schmusen. Mit der einen Hand halte ich eine Zigarette, mit der anderen streiche ich über den schwarzen Pagenkopf meines Schulkameraden. Jens ist ein Piefke, seine Eltern sind aus Deutschland, man hört es noch an seiner Aussprache. Jens schmeckt nach Marzipan. Da es auf dem Rückweg steil bergauf geht, unterbrechen Jens und ich unser Schmusen und gehen jeder für sich. Da berührt mich von hinten ein Junge, der mir schon auf der Busfahrt durch seine interessierten Blicke und sein kundiges Rauchen auffiel. Wir haben bereits während einer Fahrpause ein paar Worte gewechselt, und ich habe, so wie ich es später, viel später immer wieder ahnen werde, geahnt, daß noch etwas folgen würde. Er heißt Uwe, ist fünfzehn und Uhrmacherlehrling aus Wien. Uwe ist großgewachsen, dunkelblond, Brillenträger. Er hat in Bozen wie ein Mann Bier getrunken, einen schaumgekrönten Krug, was mich beeindruckte. Wir gehen auf Anhieb umschlungen, und Jens fällt immer weiter hinter uns zurück. Es ist dämmerig, ich spüre den Rotwein, habe glühende Wangen und werde in einer viertel Stunde meine Unschuld verlieren.

Jens werde ich es in drei Jahren, auf einer Terrasse im Sommer, wo wir im Anschluß an ein Abschiedsfest mit anderen in Schlafsäcken liegen, mit der Hand machen. Da werde ich es mit zwei Schulkollegen hintereinander machen; zunächst mit Martin, der später, nach der Matura, einen schlimmen Badeunfall haben und von da an querschnittgelähmt sein wird, und dann mit Jens, der zu dem Zeitpunkt nicht mehr nach Marzipan schmecken wird. Er wird männlich schmekken. Wie genau *männlich* schmeckt, kann ich nicht sagen, jedenfalls nicht wie Jens auf dem Jungscharlager. Die Abschiedsfeier wird zu Ehren meines Lateinprofessors sein, der für ein Freisemester von der Schule scheiden wird. Ich werde ihn ein Jahr später, in seiner Sprechstunde, zu umarmen versuchen. Mein Lateinlehrer wird es angesichts einer erhitzten Sechzehnjährigen mit der Angst zu tun bekommen und mich wegstoßen. Ich werde mich, nachdem ich mich schon aus Trotz entjungfern lassen haben werde, mit jedem x-beliebigen Mann einlassen, um es dem Lateinlehrer zu zeigen. Im Grunde zeige ich es meinem Vater, der auch Latein unterrichtet hat. Und später, viel später werde ich es Pascha zeigen.

Der gleichaltrige Uwe hat nicht mehr nach Marzipan geschmeckt, aber Jens schmeckte noch danach, weshalb an jenem Abend Uwe, nicht Jens, zu meiner Entjungferung schritt.

Uwe schüttet den Inhalt einer Schubkarre aus. Er kommt mir darin geübt vor und mag das schon öfter gemacht haben. Im Schein seines Feuerzeuges nimmt sich sein Gesicht breit und fremd aus. Ich komme auf feuchtem Stroh zu liegen, die Halme stechen, am nächsten Morgen werde ich eine Pilzinfektion haben. Uwe beugt sich über mich. Sein Atem riecht nach Pfefferminzkaugummi, Zigaretten und Bier. Ich spüre fest, hart und trocken, es ist unangenehm und schmerzhaft, dann steht er wortlos auf, putzt sich Stroh ab und verläßt den Stall, noch bevor ich aufgestanden bin. Ich humple mit zusammengepreßten Beinen hinaus; das erste Mal Wasserlassen ist die ärgste Pein, und tags darauf werden sie mich zum Gynäkologen schleppen, und ein etwas älteres Mädchen, das Vater gefallen hätte, wird dolmetschen. Ich werde Sitzbäder machen und, während der Wiener Uhrmacherlehrling mit anderen am Strand von Caorle ausgelassen feiern wird, werde ich meinen Selbstmord planen. Man wird mich polizeilich suchen lassen. Einem Psychiater werde ich erst Jahre später vorgeführt werden, wenn ich neben dem Leichnam meines Mannes erwacht sein werde. Meine Trauerreaktion wird für bedrohlich gehalten werden, und ich werde erstmals in das Reich des Wahnsinns (damit Paschas Reich) eintauchen, wenn mich ein kleiner Psychiater mit Psychopharmaka behandeln wird. In Caorle werden sie mir Valium verordnen, das ich in die Toilette werfen werde.

Zehn Jahre später werde ich Valiumtabletten in meiner Manteltasche verschwinden lassen, die mir meine Schwiegermutter am offenen Grab meines Mannes zugesteckt haben wird. Später werde ich, kokainsüchtig, neuerlich zu dem kleinen Psychiater in die Ambulanz kommen, dem ich viel später insgesamt dreimal einen blasen werde. Einmal in der Ambulanz, einmal in seinem Wagen und einmal bei mir zu Hause. Ich werde, das Sperma des kleinen Psychiaters im Haar, zu Siegfried heimkehren, der bei meinem Eintreffen gerade ein Vollbad nehmen wird, und werde ihn küssen.

Später, viel später wird Pascha auf seinen biologisch orientierten Kollegen eifersüchtig sein und mir, so gut die Entzugstherapie damals auch gewesen sein mag, jeden Kontakt zu ihm verbieten. Noch später wird Pascha mir jeden Kontakt verbieten, und sei es nur ein Gespräch unter vier Augen.

Großmutters Engländer

Später, viel später wird mein Vater, nach dem Begräbnis der Großmutter, Fotos von einer Plastiktüte in die andere sortieren und mir zwischen den Tüten zeigen. Ich kenne nur eines als Erstkommunionkind von ihr. Die Großmutter, mit krausen schulterlangen blonden Haaren, zwischen Uniformierten. Das Bild zeigt sie im Kreise der *Engländer*, von denen sie lebhaft erzählte, ihren Jahren in England, als Dolmetscherin, aber was es damit auf sich hatte und ob es nicht enttäuschend war, erfuhr ich nie. *Charles*, steht auf der Rückseite eines Portraits. Er ist noch auf anderen Fotos, vor allem auf Fotos von Bergausflügen. Auf einem steht in geschwungener Handschrift: *Remember? – Ein Kind! – Love, Charles.* Gab es eine Schwangerschaft, ließ sie ein Kind abtreiben? Die heißen Fußbäder, als sie Mutter empfing, gestand sie uns. Ein uneheliches Kind war damals katastrophal. Deshalb habe sie der Kindsvater kurzfristig geheiratet, *damit das Kind einen Namen hat*, und sich anschließend sofort wieder scheiden lassen. Später geriet sie an Charles. Auf einem typischen Atelierfoto, wo er an einem Flügel sitzt, gefällt er mir, auf anderen ist mir aber sein Gesicht zu breit und die Nase zu rund.

Mein Vater wird sich nicht damit abfinden wollen, *daß diese Frau nicht mehr lebt*, sagt er immer wieder, und *wie fesch* sie war. Wenn ein Foto meiner Mutter auftaucht, ruft er laut aus, *wie herzig*. Das blasse kleine Mädchen mit dem Jungenhaarschnitt steht auf jedem Bild gleich soldatisch stramm. Als erwachsene Frau wird sie überzogen lachen, und ihr Lachen wird ansteckend sein, mit einer nie gelebten Rache an ihrem abwesenden Vater in sich. Ihre Wut und Trauer wird meine Mutter herauslachen, ohne sich dessen bewußt zu sein. Später, viel später wird sie immer wieder ihre Sachen packen und aus der Wohnung stürzen. Ich werde es, vielleicht drei Jahre alt, beobachten. Ich glaube ihr, wenn sie verkündet, für immer zu gehen, und renne ihr nach, aber sie entwischt. Erst wenn sie nach kurzem wieder atemlos zurückkehren wird, wird sie mich erkennen. Das wird der Moment sein, um mich zu umarmen. Die Minuten, die ich im Treppenhaus stehe, sind genug, um innerlich zu versterben. Später, viel später werde ich innerlich versterben, wenn Pascha weggeht. Meine Mutter weiß nicht, daß ich versterbe, wenn sie mich nicht bemerkt. Später, viel später wird Pascha davonrennen und werde ich vor ihm fliehen und am Ende der Geschichte nicht umkehren. Ich werde unzählige Male nur bis ins Treppenhaus rennen und umkehren, wie früher meine Mutter. Ich erinnere mich, daß vorher Porzellanteller durch die Luft zur Spüle flogen. Später wird Mutter vorgeben, sie habe sie nur schnellstens zur Spüle befördern wollen. Ein andermal fällt sie kopfvoran durch die Küchentür. Sie liegt weinend in blutigen Glasscherben. *Sauweib*, brüllt mein Vater, und: *elendes, elendiges Weib*. Mein älterer Bruder rennt ihr nie nach, und so wird er auch nicht von ihr abgewiesen.

Wenn ihr danach ist, nimmt sie mich plötzlich in die Arme. Sie springt auf mich zu und küßt mich, wie man in einen Apfel beißt, um ihn nach einem Bissen wegzulegen. Sie beißt mich an, holt sich ein Stückchen aus mir, schon im nächsten Moment kann ihr Weibchen ein elendes Sauweib sein.

Die Mutter ist unsere Finanzverwalterin, die Großmutter das Familiengehirn und der Vater der Sklave. Ich werde ihn tagelang verschwommen durch die Milchglastür seines Zimmers sehen, wie er an Oberleitungsmasten, Gebirgserhebungen aus Styropor, Bäumchen aus Plastik und Schienensträngen bastelt. Man darf nicht hineingehen und stören. Später wird meine Mutter das Zugbrett packen und umstürzen. Sie wird Vaters in Kleinstarbeit vollendetes Werk mit einem Schlag zunichte machen, und jedesmal werden dabei Oberleitungsmasten und Bahnschranken eingebüßt, und am Ende ist das Zugbrett ein Anblick der Verwüstung. Was mein Vater mit Superkleber verankert, wird aus den Fugen geraten, die Häuser werden von meinem Bruder an den Dachfirsten geschmolzen, die Giebel sehen von der Hitze wie flüssiger Kuchenteig aus, die Plastikfensterchen wird er mit Bleistiftspitzen eindrücken. Und meine Aufgabe wird sein, dutzende Plastiktierchen, die wir Zugtiere nennen, auf dem Zugbrett aufzustellen, damit die Kleinbahn Passagiere hat. Ich sorge dafür, daß verfeindete Arten nicht beisammen stehen, ordne nach Pflanzen- und Fleischfressern und werde nicht müde, wenig standfeste Tiere, wenn nötig, ein dutzendmal aufzustellen. Umso schlimmer wird sein, wenn meine Mutter das Zugbrett umwirft. Alle Tiere liegen am Boden, und ich bin es, die sie aufsammelt und die frühere Ordnung wiederherstellt, nicht mein Bruder, der belustigt danebensteht. Ich weiß nicht, ob meine Mutter je begriffen hat, daß sie mich und den Vater bestrafte, wenn sie das Zugbrett umwarf, und keineswegs meinen Bruder. Später, viel später, am Ende der Geschichte in Fredericksburg, werde ich es sein, die die von Pascha angerichtete Verwüstung beseitigen wird.

Mit Tagträumen beruhige ich mich, daß eines Tages die Tür meines Vaters aufgehen und er mich zu sich holen wird. Auf einmal sehe ich mein Dilemma, einen Vater zu haben, aber nicht an ihn heranzukommen, wie ein Kind vor einem Schaufenster mit verlockendem Spielzeug, das unerreichbar ist. Das Kind kann nur davon träumen, daß irgendwann die Ladentür aufgeht. Ich sauge auf, was ich sehe, und tanke seinen Geruch. Später, viel später wird es mir möglich sein, Gerüche zu speichern. Mein Vater schneidet Filme von meinem Bruder und mir, führt Aufträge unserer Mutter und Großmutter aus: *Film sie, das ist ein so liebes Alter.* In seinem Regal reihen sich Filmspulen, die er unter dem Begriff *Family* archiviert. Mit Kameras und Fotoapparaten ist er bewaffnet, nie unbewaffnet. Mein Vater wird die Erinnerung an mich in einen Film verwandeln. Später, viel später wird mein Ehemann Klaus durch Kameraobjektive auf mich schauen und: *Bleib so,* zu mir sagen. Ich werde von mir das Bild abgeben, das er zu sehen wünscht. Ich werde später, viel später nur noch Bild und Film sein, nicht wirklich. Ich werde mich totstellen für Bilder. Ich werde später, viel später erkennen, daß ich nicht das gefilmte kleine Mädchen war, sondern die Tochter meines Vaters. Und daß er, sosehr er sich auch bemüht es zu verhindern, nicht dagegen ankommt. Die Kamera kann ihn nicht davor schützen, mein Vater zu sein.

Das einzige Vaterbild – mit diesen Worten hält er mir die Aufnahme eines schlanken SS-Mannes auf einem Waldweg hin, der ein Kind auf den Schultern trägt. Das Mädchen ist meine Mutter, sieht aus wie ein Junge und grinst. Daß er sie einmal mitten im Spiel von sich weggestoßen habe, weiß ich von meiner Großmutter. Erst später, viel später, als übergewichtiger Sechzigjähriger, kommt er wieder zu Besuch. Es muß nach diesem Foto gewesen sein, denn insgesamt besucht er sie zweimal während ihrer ganzen Kindheit. Einmal als sie ein Säugling ist und er behauptet, Säuglinge würden stinken. Und das andere Mal, als das Foto entstand. Sie werden später von ihm sagen, daß ihm seine Triebe wichtiger gewesen seien als die Familie; er wird herumhuren und keinen rechten Beruf haben, aber zu leben verstehen; einmal gehört ihm eine Schokoladefabrik. Die Gehpuppe, die er mir versprechen wird, werde ich nie erhalten, aber das Glücksgefühl, als ich davon höre, bleibt mir.

Mit über sechzig kocht mein Großvater bei uns Gulasch. Ihm fehlt ein Zeigefingerglied, an dessen Stelle eine kleine Warze sitzt. Das Gulasch ist zu scharf, und seltsam ist es für uns Kinder, einen fremden Mann in unserer Küche wirtschaften zu sehen. Einen Tag später, nach einer Fahrt in seinem weißen Mercedes mit Schiebedach, wird er spurlos verschwinden. Und erst Jahre später, wenn er einen Alptraum vom Tod meiner Mutter hat, meldet er sich telefonisch, um sich beruhigen zu lassen, und bleibt bis zu seinem Ableben in München, woher er stammt und wo man ihn tot vor laufendem Fernseher finden wird. Zuletzt wird er mit einer Tierärztin im Alter meiner Mutter befreundet sein. Meine Mutter und mein Bruder werden ihn noch kurz vor seinem Tod in München besuchen. Mir wird von seinem Geld ein Walkman gekauft. Ich berausche mich, sechzehnjährig, im Süden des Landes mit David Bowies *Starman* und *Let's dance*. Später, viel später werden es ein Discman sein und CDs des neuesten David Bowie. Manchmal, wenn meine Trauer zu tief steckt, um sich von selbst zu lösen, werde ich es als Abführmittel verwenden, Musik zu hören.

Großmutters Blick

Die Großmutter steht noch am Fenster, während ihre über fünfzigjährige Tochter mit dem Auto einparkt. Sie beobachtet es, als wäre mit dem Schlimmsten zu rechnen, wenn sie einmal wegsieht.

Später, viel später wird ein Auflauf von Menschen am Korridor des Krankenhauses sein. Der behandelnde Arzt, weit über sechzig, auf dessen Therapien die Großmutter schwor und zu dem sie wie zu einem Vater aufblickte, als müßte er sie dafür mit Heilung belohnen, erklärt, daß es bald aus sei. Gegen ihn durfte nichts gesagt werden, auch wenn die Therapien nicht anschlugen, die Großmutter umsonst ihr Haar verlor und wieder eine Periode des Perückentragens anbrach. Meine Mutter geht ein und aus und behauptet, um den Ernst der Lage zu wissen.

Das tragbare Fernsehgerät, von dem sich die Großmutter in den Krankheitsjahren berieseln läßt, wird dastehen wie zum Hohn. Auf einem kleinen Tisch ist eine Kerze von dort, wo sie mit meiner Mutter immer zum Gottesdienst war. Und klein und schmal und gelbbraun, an den Fingerchen weiß, liegt sie im Bett. Die Großmutter sieht uns mit Puppenaugen an, überrascht von der Größe des Todes. Beinah hätte ich ihr eine Frauenzeitschrift mitgebracht, beim letzten Besuch hätte sie sie noch gelesen. Eine Schwester pinselt ihr den Mund aus. Die Großmutter verzieht die schmalen Lippen, die sie immer rot anmalte und mit einem Papiertaschentuch abtupfte. Vor vier Tagen fragte sie ihren Arzt, ob jetzt *die Endrunde* gekommen sei. Meine Mutter sagt, die Großmutter habe sich später bei ihm für ihren Pessimismus entschuldigt. Ich streichle die weiße Hand, die blutleer zu sein scheint. Das kurze nachgewachsene Haar der Großmutter ist wie von einem Jungen. Ich werde sie mir als Radfahrerin vorstellen, die für sich und ihr Kind sorgt, und als Liebende. Unter dem Vorwand, ein

Tennisleibchen zu holen, lockt sie mein Großvater in sein Zimmer. Das Zimmer der Großmutter, die jahrelang bei uns wohnte, riecht nach ihr. Später, viel später werde ich den vertrauten Geruch an ihrem mageren Körper wiederfinden und, tröstlich und unwirklich fern, das Verdauungsgeräusch, ein Gurgeln in ihrem Leib. Ich empfinde Liebe und Zärtlichkeit für sie, die sich abends regelmäßig auf RTL *Wrestling* ansah, blutig geschlagene Männerschädel, und dazu ihre Gemüsesuppe aß.

Ich werde zum zweiten Mal an dem Tag ins vierte Stockwerk der Klinik fahren und an Aufzugfahrten mit der Chirurgin Karla denken, an die Menschen der Intensivstation. Und daran, daß es für viele dort kein Sterben gibt, die mit schlagendem Herzen und warm durchbluteter Haut auf Organentnahme vorbereitet werden. Ich öffne Türen und spähe in Räume, wo Computerbildschirme leuchten. Ich finde das Zimmer der Großmutter, über dessen Tür ein rotes Licht brennt.

Durch den Türspalt werde ich einen Ausschnitt des Bettes ausmachen. Anstatt die Großmutter mit schmalen Händchen am Deckensaum tasten zu sehen, sehe ich zwei Gestalten am Fußende des Bettes, das durch einen Schrankverbau halb verdeckt ist. Mir fällt auf, daß beide Latexhandschuhe tragen und auf den verdeckten Teil des Bettes starren. Ein EKG-Gerät steht auf einem Wagen, durch Kabel mit dem Bett verbunden. Ich werde denken, die beiden seien nur gekommen, sich um ihrer Nachtruhe willen eine Sterbende vom Leib zu schaffen. Die Schwester wird mir mit einer Geste bedeuten, draußen zu bleiben.

Ich werde die Nullinie der Herzfrequenz in der Hand des Arztes sehen. In Begleitung der Schwester tauche ich in den dämmerigen Raum. Das wächserne Gesichtchen erscheint im Kerzenlicht geschrumpft und schmollend. Die Decke ist ihr bis ans Kinn gezogen. Der Mund hat einen Ausdruck angenommen, als hätte sie sich schließlich damit abgefunden, daß das Leben nun nichts anderes mehr bereitgehalten habe. Ihrem schmalen gelblichen Gesicht ist dennoch die Enttäuschung anzumerken.

Die Beerdigung meiner Großmutter

Zum Begräbnis der Großmutter wird meine Lehrerin aus der Volksschulzeit kommen, die fast hundertjährige Schulschwester Rigoberta, und noch andere Schulschwestern. Während mir die Hostie im Mund zergeht, fühle ich mich wie in der Falle. In der Friedhofskirche begreife ich, warum ich mich Pascha unterworfen habe. Wie der heilige Franz von Assisi zuerst launisch und lasterhaft, will ich später dafür büßen und heiliggesprochen werden. Ich kaufte einen prächtigen Wiesenblumenstrauß, Margeritenblumen liebte die Großmutter – neben ihrer Gemüsesuppe zum TV-Wrestling. Nie wieder knien, denke ich vor dem rosenbedeckten Sarg.

Ein dicker zehnjähriger Ministrant erscheint mir auf beklemmende Weise als der älteste im Altarraum. Der Ministrant könnte aus den dreißiger Jahren sein, mit geöltem Scheitel, am Schädel haftendem Haar. Die Priester sind dagegen schäbige Knaben, mit entgleisten Fratzen, unförmigen Bäuchen und schleifendem Gang, steifen Extremitäten und gelichteten, fast kahlen Köpfen. Immer sei etwas mit mir los, nie sei ich normal, wird Pascha von Texas aus brüllen: *Du mußt mir nachlaufen, nach der Geschichte mit der blonden Chirurgin Karla!* Nach dem Begräbnis werde ich ihn zur vereinbarten Zeit nicht erreichen. Später wird er mich anrufen und sagen, mitten in einem Tennismatch gewesen zu sein. Und sobald er behaupten wird, nur mit Männern gespielt zu haben, werde ich auflegen.

Am Beerdigungstag rückt die Familie enger zusammen. Später kommt das Ende der Geschichte, wenn Mutter und Vater bei mir aufkreuzen, ohne sich anzumelden, und wenn ich sie hinauswerfen werde und mein Vater mir auf den Anrufbeantworter *Sauweib* sprechen wird. Erst wird er *Sauweib* sagen und anschließend dreimal *Scheiße* und vor jedem Mal tief durchatmen. Nach Großmutters Tod werden Mutter und Bruder von ihren Arztterminen erzählen. Ihre Gesichter sind dabei angespannt und trotzig. Mein Bruder erscheint vollends in sich gekehrt, seine Stimme kommt nicht aus ihm selbst, sondern wie von außen und aus meiner Mutter. Wenn ihm die Großmutter einfällt, wird ihm ein Tropfen aus der Nase hängen. Er will wissen, woran man gemerkt habe, daß die Großmutter im Sterben lag, ob ihre Nase zugespitzt gewesen sei, da man von Sterbenden sagt, daß sie spitze Nasen hätten.

Er erzählt von einem chronischen Leberleiden; endlich seien seine Müdigkeitserscheinungen erklärt. Im Sommer sei er bei einer Tempelbesichtigung auf den Philippinen gegen eine Säule gerannt. Seit seiner Gehirnerschütterung leide er an Asthma, sagt er und verabreicht sich einen Hub aus einer Inhalationsvorrichtung. Er erzählt von Ärzten und Krankheiten, Leber- und Blutwerten, er, der selbst Medizin studierte und dann abbrach. Später wird er mir seine Befunde vorlegen, von philippinischen und thailändischen Medizinern, und von Verbrennungen im letzten Jahr berichten, als seine philippinische Frau und er einen Motorradunfall hatten. Meine Mutter setzt ihm einen Teller vor, Erbsen und Reis. Meine Großmutter liebte dieses Gericht und nannte es ein *Nachkriegsessen*. Er zeigt mir seine Videokamera. In einem eingebauten Monitor kann man den Film sofort abspielen. Philippinische Studenten bei den Vorbereitungen zu einer Schönheitskonkurrenz; die Frau meines Bruders, eine dreiundzwanzigjährige Philippina, in einem Duty-free-Shop am

Flughafen Manila, wie sie für ihre armen Verwandten auf Zigarren spekuliert. In der Küche wird mir meine Mutter die Diagnose der Großmutter vorlegen: Exitus um viertel nach acht, verstorben an *multifunktionellem Organversagen, multiorganischer Dekompensation*. Von Karlas Intensivpatienten weiß ich, daß man von ihnen in solchen Worten spricht. Ihr Zustand ist desolat. Sie verfallen. Sie dekompensieren. Die Großmutter kann nicht wieder in Betrieb genommen werden.

II
Krankengeschichten

Karlas Intensivstation

Später, viel später kehre ich in meiner Geburtsstadt Miesen dorthin zurück, wo sie nackt unter sterilen Tüchern in den Betten liegen. Und wo man ihnen Kaltwasserlösungen in den Gehörgang spritzt, ihre Beinreflexe testet und ihnen in die Pupillen leuchtet, um zu prüfen, ob das Gehirn noch funktioniert. Ist der Stammhirnausfall eingetreten, sind es nur noch lebende Organismen, keine Menschen. Ich bin dort, wo man jene, deren Stammhirn nicht arbeitet, zur Organspende freigibt und wo sie sich durch verbliebene Rückenmarksfunktionen im Bett aufrichten, wenn man sie von der Beatmungsmaschine abhängt, und wo man ihnen, um das zu verhindern, zuvor eine muskelentspannende Infusion verabreicht, wenn die Verwandten beim Abhängen der Beatmungsgeräte anwesend sind.

Ich werde dem transsexuellen Chirurgen Karl erstmals im Auftrag einer Werbeagentur begegnen. Ich soll, um für eine Pharmafirma Texte zu verfassen, die Wirkung des neu zugelassenen Präparates *Fluoxamid* auf intensivmedizinische Patienten beobachten. In seinem Paß steht *Karla* unter dem Portrait eines blonden Mannes mit heller Haut und Fältchen, die, wenn er ernst dreinsieht, verschwinden. Am Anfang der Geschichte wird er mir klarmachen, immer davon geträumt zu haben, eine Frau zu sein, und wird sagen, Frauen seien den Männern in allem voraus. Er wird mich bitten, ihn als Frau zu betrachten, und ich werde mich daran halten.

Karlas Gesicht wirkt meist vollkommen glatt, sie benutzt Davidoff Cool Water, auf ihren schmalen Lippen glänzt eine Idee Lippenstift. Warum sie sich ihr Geschlechtsteil nicht wegmachen lasse, wenn sie schon kein Mann sein wolle, werde ich sie nie fragen, als käme es mir gelegen, einer Frau begegnet zu sein, die auch das kann.

Hinter einer doppelten Glastür beginnt der Intensivtrakt der Neurochirurgie. Rechts ist der Umkleidebereich für Besucher, und gegenüber, durch den Korridor davon getrennt, sind Spinds für die Zivilkleidung von Ärzten und Schwestern. Bei meinem ersten Besuch führt mich ein kahlköpfiger Professor zum Umkleidebereich für Besucher. Er hilft mir, einen sterilen Umhang hinten durch mehrere Bänder zu schließen. Im *Reanimationsraum* sitze ich ihm auf einem Drehschemel gegenüber, umgeben von Maschinen. Durch ein Fenster sehe ich nebenan in der ersten Koje das Bett einer alten Frau. Sie sitzt aufrecht und wird von einer Schwester mit dem Löffel gefüttert. Der Professor bemerkt mein Erstaunen und betont, daß sie *atypisch* sei. Später, bei meinem nächsten Besuch, werde ich vom Reanimationsraum aus in die leere Koje blicken. Selbst das Bett wurde hinausgeschoben. Er habe sie abgehängt, wird der Professor sagen, da sie mit über siebzig als Organspenderin nicht mehr in Frage gekommen sei. Die letzten vierundzwanzig Stunden sei sie *verfallen*, ihr Zustand sei über Nacht desolat geworden, er habe die komatöse Patientin intubiert, sediert, künstlich beatmet, zuvor zum zweiten Mal operiert. Gegen das sogenannte *Lazarusphänomen* habe er ihr ein muskelentspannendes Mittel verabreicht, damit sie sich nach dem Abhängen nicht im Bett aufbäumen konnte, weil ja die Familie anwesend gewesen sei. Obwohl er das von Gesetzes wegen nicht hätte tun müssen, habe er die Angehörigen darüber aufgeklärt und es ihnen freigestellt, ob sie anwesend sein wollten. Der Professor wird hinzufügen, daß er grundsätzlich *immer* die Angehörigen in den Sterbeprozeß einbinde, damit sie sich verabschieden könnten. Selbst wenn ein Patient als Organspender geeignet sei, halte er es so, obwohl der Gesetzgeber erlaube, beatmete Hirntote stillschweigend zur Organentnahme zu melden. Die Chirurgin Karla entscheidet ohne Einbeziehung von Angehörigen, ob sie jemanden zur Organspende freigibt oder nicht.

An die zwanzig, fünfundzwanzig Menschen werden jährlich von der neurochirurgischen Intensivstation an die Transplantisten im selben Gebäude geliefert. Großteils sind es Unfallopfer, deren Organe schadlos geblieben sind, und Menschen mit Hirnblutungen. Hirntote haben durch verbliebene Rückenmarksfunktionen eine Reihe von Fähigkeiten, die man *Automatismen* nennt. Sie können ihre Arme und Beine beugen und strecken; sie schwitzen; männliche Hirntote haben noch Erektionen, während weibliche Hirntote Kinder gebären und geschädigte Föten spontan abstoßen können. Während der Organentnahme wird beobachtet, wie sie erröten und die Miene verziehen. Für jene, die Hirntote als sterbende Menschen betrachten, ist Organentnahme Mord und Kannibalismus.

Später werde ich im Umkleideraum des Personals einen Spind benutzen und nicht von einer Schwester zu unterscheiden sein. Die Patienten, die bei Bewußtsein sind, sollen durch meinen Anblick nicht verstört werden. Der kahlköpfige Professor, von dem es heißt, daß er leidenschaftlich auf die Jagd gehe, macht mich am Anfang der Geschichte darauf aufmerksam, daß die Atmosphäre einer Intensivstation *nicht jedermanns Sache* sei. Er erwähnt eine Gruppe Moraltheologen einer Ethik-Kommission. Die Kommission sollte über die

Zulässigkeit bestimmter Behandlungsverfahren entscheiden und dazu der Intensivstation einen Besuch abstatten. Die Moraltheologen seien nach ein paar Schritten durch den Korridor entsetzt umgekehrt und nie wieder gekommen. Der Professor wird seinen Unmut darüber ausdrücken, daß Leute, die nichts davon verstünden, über die Verhältnisse hier zu urteilen hätten.

Grüne Engel

Karla erscheint mir wie an der Himmelspforte, wenn sie mich unten am Eingang des chirurgischen Hochhauses oder im achten Stock, an der Tür des Intensivtraktes, wie ein grüner Engel erwartet. Manchmal wird sie auch ein blauer Engel sein. Auf der Intensivstation herrscht eine Atmosphäre wie in Kirchen, unterbrochen von piependen Maschinengeräuschen und dem schleppenden Atem der Intubierten. Die Schwestern erinnern mich an die Demütigen Schwestern in der Kalvarienberggasse. Die Pfortenschwester erscheint wie Schwester Eli, bloß holt sie kein Brot aus dem Fach ihres Sessels hervor. Hier landen viele derer, die Schwester Eli mit Brotschnitten und Klostersuppe versorgte. Mit aufgeschlagenen Schädeln werden Obdachlose und Alkoholiker eingeliefert. Da neurochirurgische Eingriffe fast immer mit massiven psychischen Veränderungen einhergehen, werden Neuroleptika wie Fluoxamid eingesetzt. Karla führt mich in eine Koje. Sie läßt einer frisch operierten Patientin das Kopfkissen entfernen, den Kopf der Frau seitwärts wenden und rundherum alles mit grünen Tüchern bedecken, bis nur noch die Halsschlagader freiliegt. Sie holt unnötig weit aus, wenn sie gebrauchte Spritzen und Tupfer entsorgt. Mit einer lässigen Geste wirft sie sie in einen Eimer; manchmal fällt etwas daneben. Es scheint so, als ob es sie ermüden würde, Menschen nach Hirnoperationen Katheder und Infusionen zu legen. Es erinnert an die Routine in Autowerkstätten. Mit ausdruckslosen Mienen verrichten die Schwestern ihren Dienst.

Einem bewußtlosen Patienten wird eine nierenförmige Brechschüssel untergehalten, sein Oberkörper aufgerichtet, während Karla den Tubus in seinen Hals einführt. Es wirkt wie das Einfädeln eines Fadens in ein Nadelöhr, der Patient hustet und würgt, was ein Signal dafür sei, daß seine Hirnaktivität noch aufrecht sei, erklärt mir Karla.

Später wird sie mir sagen, daß es ein Wachkoma gebe, daß man zwischen halbbewußtlos und bewußtlos unterscheiden müsse und der Hirntod durch nicht wieder rückgängig zu machenden Bewußtseinsverlust gekennzeichnet sei.

Das Personal flüchtet immer wieder ins Schwesternzimmer, wie jemand unter heftigem Brechreiz gerade noch den Weg zur Klomuschel schafft. Sie unterhalten sich über das Leben, ihre Familien, Partner, Kinder. Jeder Schwester sind zwei Patienten zugeteilt. Wie nebenher geht jede von Zeit zu Zeit hinaus, um nach ihren Patienten zu sehen.

Der Professor ist anders als Karla, aber beide haben den gleichen Gesichtsausdruck. Später werde ich darauf schließen, es sei wegen der vielen Aufklärungsgespräche mit Angehörigen hirntoter Patienten. Gut möglich, daß einem die Miene gefriert, wenn man tagtäglich Schreckensmeldungen von bleibenden Lähmungen, Übergabe zur Organentnahme oder Abhängen vom Respirator überbringt. Mag sein, daß es eine nützliche Form der Abwehr ist, jede Regung zu verbergen. Von den Patienten komme nichts zurück, werden die Schwestern sagen: Man brauche sich hier nicht beteiligt zu geben, die Komatösen und Hirntoten könnten es ohnehin nicht bemerken.

Je länger ich dort sein werde, umso hellhöriger bin ich für Nuancen. Ich werde ein Zucken der Mundwinkel bemerken, ein Stirnrunzeln, im Augenwinkel verfangene Tränen, Gesichter, die wie Zellstoff Gefühle aufsaugen. Ich werde von der Schwierigkeit erfahren, die es den Schwestern bereitet, wenn ihnen nach der Morgenbesprechung eröffnet wird, daß einer ihrer Patienten vom Respirator getrennt werden soll. Diese Frauen waschen und nähren den hilflosen nackten Menschen wie einen Säugling. Der kahlköpfige Professor läßt bestimmte Patienten, bei denen der Hirntod bereits festgestellt wurde, manchmal aus Rücksicht noch etwas länger am Beatmungsgerät, um den Schwestern mehr Zeit zu geben.

Pascha wird später sagen, die Schläuche seien nach Freuds Psychoanalyse *Nabelschnüre* und der Zustand auf einer Intensivstation ein *regressiver*. Freud nutzte den Umstand, daß man im Liegen in einen anderen Bewußtseinszustand verfällt. Liegend soll der Patient auf der Couch *frei assoziieren*. Er soll alles aussprechen, was ihm in den Sinn kommt, ohne die gewohnte innere Zensur. Die Schwestern sind stillende Mütter, die diensthabenden Ärzte Väter, die über Leben und Tod entscheiden. Es ist eine patriarchale Struktur, wird Pascha sagen, denn auch weibliche Intensivmediziner nehmen die Rolle des väterlichen Entscheidungsträgers ein. Ich tauche in die Intensivstation ein wie in die Klöster meiner Kindheit. Ich sehe den leidenden Christus vielfach in den Kojen wieder, und statt der Dornenkrone wird künftigen Organspendern ein Nadel-EEG verpaßt. Ihnen werden Nadeln durch die Kopfhaut gebohrt, um das Ausbleiben von Hirnströmen nachzuweisen. Karla und ich waschen uns mit Desinfektionslösung die Hände in Unschuld.

Die Menschen liegen unter Fotos ihrer Vergangenheit. Die Schwestern gehen von einer Koje zur anderen und vollführen schnelle gezielte Handgriffe. In ihrer schlichten sterilen Kleidung erscheinen sie wie die Besatzung eines Raumschiffs. Jeden Moment kann die Tür aufgehen, und ein Neurochirurg entscheidet über Flüssigkeits- und Nahrungszufuhr, Sauerstoffzufuhr, Weiterbeatmung und Behandlungsabbruch, und die Schwestern gehorchen. Jeder Patient der Intensivstation hat sein Drama. Häufig hört man davon in den Nachrichten.

Ein Alkoholiker um die vierzig stürzte *unglücklich*. Er hängt mit entgeistertem Blick in der Hölle und durchbricht, stöhnend und hustend, die vom Geräusch der Respiratoren getönte Stille und wird für den Rest seines Lebens zum Pflegefall. Neben dem Alkoholiker liegt ein junger Mann mit einem blutigen Kopfverband. Er wollte bei Holzarbeiten einen herabfallenden Ast aufhalten, der ihm die linke Hirnhemisphäre durchbohrte. Sein Gesicht wirkt breit und aufgedunsen, die Haut großporig, die Augenlider glänzen fett. Ihm werden von Zeit zu Zeit die Lider aufgespreizt und ein durchsichtiger Salbenstrang zwischen Ober- und Unterlid gedrückt. Später kommt Karla auf klappernden Sohlen. Nachdem sie sich eine Chirurgenhaube überziehen läßt, die ihr eine Schwester im Nacken verknotet, stellt sie eine Hirntoddiagnose.

Das Pflegepersonal ist vom Stationsvorstand dazu angehalten, auch tief Komatöse mit Namen anzusprechen. Der Alkoholiker wird von einer Schwester darüber aufgeklärt, daß sie ihn absaugen werde. Die Schwester schiebt ihm ein Rohr in den Mund, das gurgelnde Geräusch übertönt augenblicklich die Maschinen. Der Oberkörper des Patienten wird beim Schleimabsaugen wie unter elektrischen Stößen geschüttelt, während seine Augen vorwurfsvoll blitzen. Eine Greisin, mit der Karla beschäftigt ist und deren Gesicht unter grünen Tüchern verborgen ist, wird sie in derselben Nacht von der Beatmungsmaschine abhängen. Fehlt einem Patienten der Hustenreflex und reagieren die Pupillen nicht auf Licht, spricht das für Hirntod. Ein Menschenauflauf sammelt sich in der Koje des Holzarbeiters, der wie schlafend aussieht. Radiologen, Anästhesisten und Transplantisten entnehmen seiner Leistengegend einen Lymphknoten, um festzustellen, mit welchem Empfänger auf der Warteliste von *Eurotransplant* er zusammenpaßt. Alles muß schnell gehen, damit die Organe durchblutet bleiben. Seinen Angehörigen wird mitgeteilt, er sei soeben verstorben. Später wird der Holzarbeiter, künstlich beatmet und an Infusionen gehängt, mit seiner blutigen Kopfbinde in den Operationssaal geschafft und narkotisiert. Neben allen inneren Organen werden ihm die Augäpfel entnommen sowie die Knochen der Fußgelenke. Einmal wird ein Körper nach der Organentnahme wieder im Korridor der Intensivstation vorgefunden. Die Familie des jungen Motorradopfers hat nur seine Nieren freigegeben, und Karla wird sich daran halten, obwohl sie nicht dazu verpflichtet ist. Die Rückverfrachtung der blutigen Leiche auf die Intensivstation drückt den Unmut aus, den es den Transplantisten bereitet, nur die Nieren entnehmen zu dürfen und Lunge, Herz und Bauchspeicheldrüse zurücklassen zu müssen.

Der Kunstherzpatient

Um meine Beobachtungen zu Fluoxamid zu vervollständigen, besuche ich, eine Etage tiefer, die Transplantationsstation. Ich muß mich umziehen und werde durch eine Halle geführt. Die postoperativen Fälle liegen nackt auf Tischen, mit offenen, blutigen Bauchdecken, aus welchen Röhrchen und Sonden hängen. Manche dämmern monatelang in dem Zustand dahin. Später kommen jene, die es geschafft haben, zur wöchentlichen Kontrolle ambulant. Ihnen werden Blutproben entnommen, um einer möglichen Abstoßung des Fremdorgans vorzubeugen.

Ich führe im Ambulanzbereich ein Interview mit einem fünfzigjährigen Kunstherzpatienten über seine Erfahrungen mit Fluoxamid. Er ist der Vorzeigepatient der Station, der am längsten mit einem Kunstherz lebt. Zeitungskolumnen über sein Schicksal tapezieren den Korridor. Seit zwei Jahren wartet er auf ein geeignetes Spenderorgan. Er zieht eine Schnute, als die Rede auf seine lange Wartezeit kommt. Wegen seines hohen Wuchses habe sich noch kein passendes Herz gefunden, erklärt mir der frühere Architekt. Das Kunstherz ist ein zehn Kilo schweres Gerät in Kastenform, das der Patient, um es nicht immer in einer Umhängetasche zu tragen, in einem Wagen vor sich herschiebt und das unaufhörlich tickt. Ein Pfleger bringt einen neuen elastischen Brustgurt. Den Körper des früheren Architekten umgibt, als er das Hemd hinaufschiebt, um den Gurt anzupassen, ein Kabelgewirr. Der Kunstherzpatient wird die Geduld verlieren und gehen, ehe ich mit meinem Interview über Fluoxamid zu Ende bin. Die Patienten auf dem Korridor werfen mir über ihren Mundschutz hinweg unruhige Blicke zu. Später werde ich aus der Zeitung erfahren, daß der frühere Architekt endlich ein geeignetes Spenderorgan erhalten habe.

Karlas Frauen

Am Anfang der Geschichte wird Karla von sich als Querflötisten erzählen und von endlosem Flötenüben. Alles, was Karla macht, macht sie ausschließlich und intensiv. Irgendwann habe sie den Entschluß gefaßt, eine Frau zu werden. Was Männer wie Sigmund Freud mit Penisneid meinten, habe sie nie verstanden. Sie habe Frauen bewundert und nichts mehr bedauert, als biologisch nie eine Frau zu sein und einen anderen Menschen zu verschlingen. Das könnten nur Frauen, Männer nicht. *Jetzt verschlingst du mich ganz, ich verschwinde in dir*, wird sie später sagen.

Wie Kinder, die einen Bandenschwur leisten, werden wir

nach längerer Radtour im holzgetäfelten Zimmer der Raststätte *Zur Beichtmutter* die Köpfe zusammenstecken. Sie riecht nach einem Gemisch aus Cool Water, Desinfektionslösung und Schweiß. Ich lasse sie an meinen Achselhöhlen riechen. Der Anblick nasser Behaarung sei erregend, behauptet Karla. Die Sekretärin des kahlen Professors sei *sauber*, sagt sie bald darauf.

Was habe ich, was sie nicht hat?

Karla lächelt beschämt.

Daß die Sekretärin des Professors zuviel rauche, um erotisch zu wirken, helfe ich ihr weiter.

Ja, wenn eine Frau sogar im Bett raucht, gibt Karla zu bedenken.

Woher weiß sie, daß sie im Bett raucht, wenn sie sich nur flüchtig kennen?

Später, viel später, wenn ich aus Fredericksburg zurückkehren werde, wird Karla mir mitteilen, daß ihre Frau das zweite Kind erwarte. Im April, wird sie sagen und sich eine Woche später mit ihrer Frau und dem Sohn auf die Bahamas verabschieden. Der Notarzt und Schamane Balthasar Glück wird am Ende der Geschichte sagen, daß er Karla noch aus ihrer Zeit als Mann kenne. Daß sie ein Windhund gewesen sei, der viele Affairen gehabt habe, wird er behaupten. Meine Freundin Geisha wird vermuten, daß es das Haus im Grünen ist, das die beiden zusammenhält, und daß Karla ruiniert wäre, wenn Eleonore sie verstoßen sollte.

Karla leckt sich den Lipgloss von den schmalen Lippen und bestellt bei der Kellnerin Zigaretten und zwei kleine Biere. Sie genießt die anderthalb Stunden dauernde Freiheit und hüllt mich in ihren Geruch. Ich werde von homoerotischen Neigungen für Geisha erzählen, und Karla wird dieselben als Dreizehnjähriger mit einem Cousin erlebt haben; später kommen wir auf Intimrasuren und den Film *Kettensägenmassaker* zu sprechen, in dem man genau gesehen habe, wie die Säge ihren Opfern in den Leib gedrungen sei und wie alles zerfetzt worden sei. Ich frage Karla nach dem Sitz meiner Milz, und sie drückt mich in die Stelle. Den Film *Harry und Sally* werden wir besprechen, die Szene, wo sie in einem öffentlichen Lokal einen Orgasmus simuliert. Wenn wir jetzt ein Bett hätten, sagt Karla und trommelt mit den manikürten Fingern auf den Tisch.

Ich werde von der Toilette zurückkehren und lasse sie glauben, ich hätte es mir soeben besorgt. Karla wird lächeln und in Gedanken woanders sein. Ihr mageres Gesicht verhüllt, daß ihre Frau sie betrügt, das Kind womöglich von einem anderen ist, ihre Eltern kalt waren. Nur ihre Tierschädel, die sie sammelte, gaben ihr Sicherheit.

Karla, in ihrem grünen OP-Anzug, wird zum Jungen, der sich als Außerirdischer verkleidet. Ein Junge, der ein Mädchen spielt und Frauen trotzig in den Intensivdienst einlädt. Einmal wird eine ihrer Frauen, eine Assistenzärztin der Intensivstation, von ihr schwanger sein. Karlas Frau ist zu diesem Zeitpunkt auf Forschungsjahr in Rom. Karla fliegt ihr nach und gesteht ihr die Geschichte. Ihre Frau wird fragen: Was willst du? Karla wird antworten: Mit dir leben. Die Geliebte wird einen Abortus haben. Karlas Frau ist, wenn sie miteinander telefonieren, auf einige Entfernung noch immer gut zu verstehen. Ihre laute Stimme schwingt auf und nieder, Karla antwortet besänftigend und gedämpft. Seit neunzehn Jahren sind wir zusammen, sagt Karla, und: Meine Frau machte mich zum Menschen. Sie nannten mich im ersten Studienjahr Baron, weil ich so aristokratisch wirkte. Meine Frau ging nach Berlin und holte mich nach, das war meine Rettung. Wir treten ans Licht. Karla schaut auf die Uhr. Das Kind ist von der Tagesmutter abzuholen. Vielleicht kaufe ich mir heute einen Baum, eine Birke, sagt Karla. Durch die flirre so herrlich der Wind.

Hundert Katzen

Nachts werden wir in den Arbeitsräumen indischen Reis mit Gemüse essen und Rotwein trinken. Die diensthabenden Ärzte werden unbeeindruckt wirken, wenn sie während des Essens angepiept werden und telefonisch darüber entscheiden, ob an dauerhaft komatösen Patienten therapeutische Maßnahmen zu setzen oder zu unterlassen sind. Karla wird neben mir sitzen und gestehen, Katzen getötet zu haben, an die hundert Versuchstiere. Ein Jahr verbringt sie damit, jeden Morgen eine Katze zu betäuben, in eine Art Streckbank einzuspannen und stundenlang Gefäßsysteme darzustellen, die Katze auf den Bauch zu wenden, ihr ein Auge herauszuoperieren und ein zu erforschendes Medikament aufs Gehirn zu träufeln. Ich versuche, sie mir dabei vorzustellen, wie sie sechzehn Stunden damit verbringt, Kätzchen zu quälen, die sich unter ihren Händen in einäugige Kadaver verwandeln.

Später werde ich in ihrem Dienstzimmer auf dem Bett liegen, nachdem sie mir Fälle von mit Fluoxamid behandelten Patienten auf Diskette tippen wird. Vorsorglich löscht sie das Licht und schließt ab. Immer wieder hören wir Schritte, wenn sich die anderen Ärzte vor dem Zubettgehen waschen und duschen oder in den Fernsehraum gehen. Karla scheint zu lächeln. Sie kriecht auf allen vieren, ihre Brüste berühren mich, sie stemmt sich über mich und wird später Menschen von der Beatmung trennen, blitzartig verwandeln sie sich in blau angelaufene Leichen. Ich wende den Kopf seitwärts, wie angeschossenes Wild. Karla entfernt ihren Pieper. Sie streift die sterile Haut ab, ihr Lächeln umhüllt wie Nebel das Bett. Ihre goldflaumbedeckten Hände kriechen wie große Insekten, links und rechts, an mir vorbei und tasten sich bis zum oberen Ende der Couch. Ich spüre den nackten atmenden Leib, der seine häuslich-familiäre Welt verläßt, um sich in meine Geschichte zu treiben, und es liebt, *gelegentlich in eine*

Frau einzudringen, als wäre es ihr eigener Körper. Ich rette Karlas Ehe, ihr Leben ohne mich, dämpfe das Entsetzen und Schweigen der Intensivstation. Später, viel später wird Pascha das entsprechende Fachwort nennen: Ich sei eine *Ausgleichsregulation* gewesen und hätte, Karlas Ehe betreffend, *Erhaltungsfunktion* erfüllt.

Karlas Hand

Karla wird im Fahrstuhl nach meiner Hand fassen und später in ihrem Notebook den Fahrstuhl verfluchen, *wäre er nur steckengeblieben.* Sie wird eine Datei mit Namen *Rosa* anlegen und mir dort immer wieder lange Briefe schreiben. Später wird sie mir die Datei zeigen, aber die Briefe an mich nicht. Manchmal sieht es nach Liebe aus, wenn sie mich mit hungrigen Augen im Foyer des Chirurgie-Hochhauses empfängt und im Aufzug nachts zwei Frauen in den achten Stock, zu den Arbeitsräumen, fahren.

Ich werde, neben meinen Untersuchungen über Fluoxamidpatienten, in der Werbeagentur den Auftrag erhalten, über die in Österreich geltende *Widerspruchslösung* eine Informationsbroschüre zu verfassen. Karla wird mir dabei helfen und mir die Widerspruchslösung erklären. In Österreich ist kein Organspendeausweis erforderlich. Ist man nicht auf der offiziellen Widerspruchsliste eingetragen, können einem im Fall von Hirntod ohne Einverständniserklärung in beatmetem Zustand und unter Narkose die Organe entnommen werden. In Deutschland muß eine Zustimmung erteilt worden sein, ehe Organe entnommen werden können.

Karlas Kopfschuß-Patient

Ich töte biologisch noch Lebende, sagt Karla. Dabei sieht sie gleich ungerührt und reptilhaft aus wie ein Jahr später angesichts eines hereinplatzenden Kollegens. Ich werde mit Karla im Intensivtrakt sein. Mit einem Satz ist sie an ihrem Schreibtisch und schlägt die Beine übereinander, so daß ihre noch offenstehende Hose nicht hinunterrutschen kann. Da an der Stelle, wo Karla sitzt, ein Mauervorsprung ist, kann mich der Eindringling nicht entdecken. Ich starre auf Karla, die reptilhaft und gelassen: *Ich bin nicht allein*, sagt. Es bedeutet soviel wie: *Verschwinde*. Ich verhalte mich ruhig und bin froh, daß mich der Mauervorsprung abschirmt. Der Eindringling, den ich nicht sehe, von dem ich aber annehmen kann, daß er nach Karlas Hinweis nicht näherkommen wird, scheint zu überlegen. Ein Fall aus dem Krankenhaus Wagna ist gekommen, sagt er: Einer schoß sich in den Kopf. *Ja*, sagt Karla, und es klingt wie: *Na und?* Karlas Blick wird auf mich schwenken. Ich bemerke ihr getrübtes linkes Auge. Oje, wird Karla sagen, auf den Zwischenfall anspielend. Mußte sich dieser Mann aus Wagna ausgerechnet heute in den Kopf schießen? Er hätte es besser machen sollen, werde ich sagen, wenn er schon lebensmüde war.

Auf dem Nachtkästchen in ihrem Dienstzimmer liegt ein Buch mit dem Titel *Milchmädchenbriefe in der k. u. k. Monarchie*. Sie habe es von ihrem Schwiegervater, dem berühmten Schauspieldirektor und Intendanten. Während ich darin blättere, knüpft Karla an ihrer sterilen Hose die Bänder zu und geht aus dem Raum, direkt auf die Station. Wenn wir uns anfassen werden, wird es mir wie die künstliche Beatmung der Menschen draußen in den Kojen vorkommen. Wir küssen uns wie Darsteller in einem Pornofilm, die die Regieanweisung erhielten, es auf der Intensivstation zu treiben. Später werde ich an Karlas Blick denken, wie von einem Kind, das eine Entdeckung macht.

Im Intensivtrakt kann man sich nicht einschließen, anders als in den Arbeitsräumen. Jeden Moment kann der Kopfschußpatient auftauchen und uns unterbrechen, und Karla sorgt sich darum, wie sie in mich eindringen könnte, ohne mich ganz zu entkleiden. Sie atmet tief und flüstert: *Jetzt will ich aber wirklich in dich hinein!* In der nächsten Minute wird sie zu dem Kopfschußpatienten gerufen. Sie wird sagen: Kann er nicht etwas später sterben? Wir sind schlimme Menschen, werde ich sagen und kichern. Nein, wird Karla sagen, ihr Haar kämmen und ihre Hose zuknüpfen: Anders wäre es unerträglich. Sie bringt mich zum Fahrstuhl. Sie erzählt mir, einmal ein formalingehärtetes Gehirn seziert zu haben. Sie habe danach nicht gewußt, wohin mit dem zerschnittenen Gehirn. Herz, Niere, Arme und Beine seien ersetzbar, aber niemals das Gehirn. Das menschliche Hirn repräsentiert ihrer Meinung nach den gesamten Menschen. *I'm my brain*, sagt der amerikanische Philosoph Thomas Nagel. Sie umarmt mich hölzern, und draußen der Regen.

Karlas Türkin

Wenn Karla von stundenlangem Operieren müde ist, wird sie redselig. Sie wird mir in ihren Nachtdiensten auf der Intensivstation immer wieder die Geschichte mit der *Türkin im opulenten Wolfspelzmantel* erzählen, die ihr von einem *Muslimen im opulenten Wolfspelzmantel* ausgespannt worden sei. Die Geschichte mit den beiden Türken beginnt stets mit einem Eingeständnis ihrer früheren Lebensuntauglichkeit. Sie spricht von sich wie von einem Versager, den sie kannte und der sie heute nichts angeht. Ich war hoffnungslos romantisch, behauptet Karla, ein Einzelgänger, weltfremd und verschroben. Nach der Geschichte mit der türkischen Medizinstudentin, der sie ein Jahr lang die Tasche in den Seziersaal nachtragen und nicht mit ihr schlafen darf, erzählt sie von zu Hause. Sie habe ihre Eltern nie nackt gesehen, es gab keine Nähe. Ihre Mutter sei, solange sie denken könne, depressiv gewesen. Heute sei sie durch ein Antidepressivum optimal eingestellt; die früher zurückgezogene Frau inszeniere für über hundert Leute Feste, für die sie groß aufkoche. Später, viel später wird Karla sich auf Intensivstationen wohlfühlen, wird Neurochirurg und nimmt Hormone, um ihren Traum zu verwirklichen und eine Frau zu sein. Karlas blonde Ehefrau Eleonore hat mit ihrem älteren Projektpartner, einem künstlerisch veranlagten Gynäkologen und Großneffen eines prominenten österreichischen Malers, ein jahrelanges Verhältnis. Karlas Kollegen fragen sich, wie sie es dulden könne, sich nicht sicher zu sein, wer das Kind zeugte. Ein vielbenutztes Wort Karlas ist das Wort *Muslime*. Es macht auf mich den Eindruck, als ob es ihr behage, ihn darauf festzulegen, wenn sie Pascha trotz mehrmaliger Aufklärung beharrlich als Muslimen bezeichnen wird. Einmal wird sie ihn in der Innenstadt von Miesen sehen und von einem Foto wiedererkennen. Sie wird mich verständigen und kurzfristig zum Essen einladen. Ich werde zu Paschas Praxis hetzen und dort wirklich das Rad mit der geschwungenen Lenkstange finden. Ich werde mich per Handy bei ihm ankündigen. Ich küsse ihn und eile zu Karla, die wegen einer Augenentzündung dunkle Sonnenbrillen trägt. Karla erzählt von einem fünfunddreißigjährigen Türken, den sie vor wenigen Stunden in Anwesenheit seiner achtköpfigen Familie von der Beatmungsmaschine abgehängt habe. Sie betont, wie sehr sie das Verhalten der türkischen Familie abgestoßen habe. *So haltlos und tobsüchtig wie dein Muslim.* Vielleicht war es ein verspäteter Racheakt an dem Türken im Wolfspelzmantel, den sie, frierend im Foyer eines Kinos postiert, über dem die Geliebte wohnte, mit ihr sah?

Karlas Traktoren

Karla, die mit zwölf für ein Jahr meinen Vater als Deutschlehrer hatte, wird mir dreimal *Sehnsucht* auf die Mailbox sprechen, sagte die Rosa zu ihrem Yogalehrer.

Es hört sich gleich an wie Monate vorher: *Wo bleibst du, wo bleibst du, wo bleibst du?* Wir werden uns nicht in der Klinik, sondern außerhalb der Stadt wiedersehen. Ich werde am Straßenrand auf das silberne Auto warten. Im Fond sitzt das Kind und mustert mich erstaunt. Auf der Fahrt singt der zweijährige Junge, die anhaltenden Töne vibrieren. Karlas Frau, Hochschulprofessorin für Gynäkologie, wird erst für abends zu Hause erwartet. Ich beobachte, wie die blonde Chirurgin vom Fahrersitz springt, wie ein begeisterter Junge, aber in einem kniekurzen Kleid, der einem Besucher all seine Spielsachen auf einmal zeigen will. Später wird sie mir ihre neueste Anschaffung vorführen und geht mit mir in die Scheune neben dem Bauernhaus. Sie schwingt sich auf einen kleinen Traktor. *Bitte mähen*, fleht das Kind. Karla zieht mit dem neuen Mähfahrzeug Schleifen um das Haus. Im Nu ist das Gras, bis auf einen kleinen Kreis in der Mitte, geschnitten. Der Junge läßt nicht nach mit seinem inständig vibrierenden: *Bitte mähen*. Er bricht in Gebrüll aus, als Karla zwei weitere Mähmaschinen anläßt, aber sogleich wieder ausschaltet. Sie hat unglaublich schlanke Beine und sieht wie eine Gazelle aus. Während ihr das Kind brüllend und mit rotem Kopf nachläuft, bereitet sie für uns ein Abendessen, das wir im Freien einnehmen werden. Sie schneidet Mozzarella und Tomaten und schenkt Weißwein bodendeckend in Kelchgläser. In guten Häusern werde vor der Verkostung am Korken gerochen, erklärt sie mir, woran ich noch viel später denken werde, und sagt mir, welche Sorte Mann für mich am besten sei. Später wird sie den bevorstehenden Nachtdienst erwähnen und von ihrer *prinzipiell geborgenen* Kindheit reden.

Sie sei oft allein gewesen und habe sich ihre eigene Welt gebaut. Durch das Kind kehre manche vergessen geglaubte Atmosphäre wieder, sagt Karla und wiederholt, alles in allem eine geborgene Kindheit gehabt zu haben, trotz der Krankheit des Vaters, der an einem Tumor der Hirnanhangdrüse starb. Ein Jäger geht an uns vorbei, über die Wiese, und grüßt, Karla ruft ihm *Waidmanns Heil* zu. Ich wundere mich, daß sie sich ohne weiteres mit mir zeigt. Das Kind hockt auf dem Boden und untersucht meine Schuhe, später wirft es mit Kleiderbügeln. Als es eine Knospe ausreißt, hockt sich Karla vor ihm hin und fragt es, warum es die Knospe kaputtgemacht habe; Karla, die täglich auf der Intensivstation Menschen von Maschinen trennt, deren Kreislauf- und Herztätigkeit für immer aufhört.

Karlas Pilz

Karla wird mich zwischen zwei Operationen per SM verständigen, daß sie auf der Intensivstation Nachtdienst habe, sagte die Rosa zu ihrem Yogalehrer.

Ich werde antworten und behaupten, in ein paar Stunden einen Flug nach Ohio zu einer Freundin zu nehmen. Nach der zweiten Operation wird sie bedauern, daß wir uns vermutlich nicht sehen können. Ein Neuzugang werde erwartet, der noch in dieser Nacht operiert werden müsse. Ihr nächster Nachtdienst sei erst in drei Wochen, wird sie zu bedenken geben. Sie wird sich müde und brüchig anhören, die Stunden im Operationssaal setzen ihr zu. Bei Operationen hockt Karla auf einem dreibeinigen Schemel hinterm Mikroskop, wie ein Pianist an einem Flügel. Manchmal errege sie der Anblick einer Frau, die gut gewachsen sei, sagt Karla und fotografiert nackte Frauen, mit nach Unfällen eingebrochenen Schädeldecken und Rißquetschwunden. Sie wird mir Fotos zeigen und angesichts meines Erschreckens lächeln.

Am Ende der Geschichte werde ich mit Karla Telefonsex haben. Ich werde sie mit einem Anruf überraschen. Sie wird sofort zurückrufen, und ich werde mir in die Strumpfhose fassen und, wie schon bei Klaus und Siegfried, den Telefonhörer hineinstecken. Ich werde damit experimentieren, mir einen oder zwei Finger hineinzustecken. Auch das ist Kommunikation, werde ich sagen, und später, viel später wird mir einfallen, daß Karla am Anfang der Geschichte sagt, daß für sie Beischlaf die höchste Form der Kommunikation sei. Anfangs wird sie mit mir spazierengehen und mich zu einem Chinesen am Stadtrand ausführen, den wir *unseren Chinesen* nennen werden und wo man uns für ein Paar hält. Und wenn ich ihr später während meiner Studien zu Fluoxamid auf der Intensivstation und manchmal außerhalb, auf Radtouren, begegnen werde, wird sie sich den Anschein geben, mir zu gehören, bis sie mit ihrer Frau telefoniert. Sie wird dabei sklavisch wirken, die stolze Misanthropin. Eigentlich hasse sie Menschen, wird sie mir erklären, und am schlimmsten sei, wenn Alkoholiker eingeliefert würden, mit im Vollrausch zugezogenen Kopfwunden. Sie behandle sie, als wären es Tiere. Karla wird Telefonsex nicht genügen. Dennoch wird sie sagen, daß ihre Hose zu platzen drohe und sie mir gern dabei zusehen würde.

Und sie wird sagen, mich aufzuspreizen und zu nehmen. *Ich fasse so gern in etwas Weiches, Feuchtes, Dunkles hinein*, wird sie ihre Vorliebe für *Fotzen* erklären. Am Ende des Telefonats erwähnt Karla, demnächst selbst unters Messer zu kommen, und nennt den Termin. Ein Pilz, der ihre rechte Nasennebenhöhle befallen habe, müsse ausgeräumt werden. Der Chirurg des verstorbenen Schahs von Persien werde die Operation durchführen, dem habe sie schon assistiert. Den Pilz habe sie sich vermutlich bei einer Hausentrümpelung eingefangen.

Am nächsten Tag wird sie versuchen, mich auf die Intensivstation zu locken. Um es mir leichter zu machen, wird sie mich mittags zum Essen einladen, nicht zu unserem Chinesen, sondern in die überfüllte Kantine der Chirurgie. Beim Essen fordert sie, daß ich ihr den versprochenen Videofilm vorführe, der mich bei einem G-Punkt-Orgasmus zeigt.

Ich plaziere die von Siegfried erworbene Kamera auf dem Fernseher und stelle mich davor hin. An der Stelle des stereogespielten Songs, wo es heißt: *killing me softly*, komme ich mit in die Kamera gerichtetem Blick, später geschlossenen Augen, stöhne und nehme in laut gesprochenen Phantasien spätere Unterwerfungsrituale vorweg. Der G-Punkt-Orgasmus wird in einer Pfütze enden. Ich werde Karla abends nicht besuchen. Ich werde ihr nicht sagen, daß es das Ende der Geschichte ist, sie wird es nie erfahren.

Ich sitze im Flugzeug nach Houston. Noch vor anderthalb Stunden lag ich unter Karla, dem feingeschnitzten Antlitz derjenigen, die mich erforscht. Sie sagt mir, wie toll Frauen sind und daß sie reicher seien als Männer. Sie beteuert mir, daß ich mich nicht unterlegen zu fühlen brauche. Sie habe sich immer als sprachloser Diener am Altar der Frau betrachtet. Ihr Ziel sei gewesen, eines Tages im Körper einer Frau zu erwachen. Im Traum bin ich noch in ihrem Dienstbett, unter ihrem zugleich weiblichen und männlichen Körper, unter ihren roten vorragenden Brustwarzen an den gepolsterten Brüsten, während das Flugzeug mich zu Pascha schaukelt, dem Besitzer des in Karla gefaßten Rubins. Zu wissen, daß Karla an mir ist, wenn Pascha mich empfängt, ist beruhigend, als wäre ich mit einem Schutzfilm überzogen. Pascha wird mit hochgezogenen Augenbrauen in der Ankunftshalle stehen, nach der ersten Woche in Texas ein wenig verloren. Er überreicht mir einen Birkenzweig, sein erstes Geschenk, das kein Buch ist. Der Birkenzweig erscheint mir als Anspielung auf die Geschichte mit Karla, die mich anfangs mit einem Arm voll Birkenzweigen überrascht, die sie als *etwas Verderbliches* telefonisch ankündigt. Pascha gerät wegen der an dem Tag in meinen Kalender eingezeichneten Birkenzweige immer wieder in Rage. Unterwegs zum Klinikdorf wird Pascha vor einem Computerladen halten. Er fängt sich rasch von der Wiedersehensfreude und ist wieder konzentriert auf den Alltag. Er macht mir Versprechungen, vor allem einen Gürtel für meine zu weiten Jeans, und besorgt für seinen Tintenstrahldrucker eine neue Patrone. Der feine Geschmack des Verbrechens hält mich in Schach. Vielleicht benutze ich beide, um in mir einen Kampf auszutragen, vielleicht weiß ich nicht, ob ich herrschen oder beherrscht werden will.

Am Ende der Geschichte werde ich von dem kahlen Professor erfahren, daß Karla wegen einer Augenentzündung auf der Heimfahrt von der Klinik mit ihrem silbernen Sportrad in einen Lastwagenzug gekracht sei. Sie wird bereits hirntot auf die Intensivstation befördert und nicht zur Organspende freigegeben, da ihr Name auf der offiziellen Widerspruchsliste gegen Organentnahme steht.

Der Blick von nirgendwo

Es nieselt ruhig und beständig, anstatt zu schneien. Er geht nach meinen Worten auf dem befleckten Asphalt in die Knie. Als wäre er angeschossen worden und blutete stark, hält der türkische Psychiater und jüngste Primarius Österreichs seinen linken Arm mit der rechten Hand an den Körper gepreßt. Die Nacht hindurch brüllt er vor Schmerz und Empörung und hindert mich am Schlaf. Meine Augen brennen, Tränen fließen, ich balle die Fäuste und schlage mit den Füßen aus, wie in einer Atemtherapie, wo ich so lange einatme, bis ich, die Hände in der sogenannten *Pfötchenstellung*, am ganzen

Körper zitternd, einem spiritistischen Therapeuten meine Geheimnisse preisgebe, während er mir mit zwei Fingern die Stelle zwischen den Augenbrauen drückt.

Pascha kann sich nicht beruhigen. Ich sei eine *Nazihure, die stinkende blonde Österreicherin Karla* hätte ich ihm vorgezogen. Er wird mit allem gerechnet haben, aber nicht mit Beischlaf. Wir werden zum Abendessen in einer Wiener Sushi-Bar gewesen sein. Er ist schon wochenlang mißtrauisch und wird mich verhören. Daß ich die transsexuelle Chirurgin Karla nur beruflich auf der Intensivstation getroffen habe, weiß er von mir. Und daß sie ein Mann war und jetzt vor dem Gesetz eine Frau ist, die noch immer ein männliches Geschlechtsteil hat.

Eine andere Geschichte geht dem voraus.

Pascha und ich sind auf dem psychoanalytischen Symposium *Der Blick von nirgendwo*. Bei diesem Symposium wird sich Pascha das erste Mal mit mir zeigen. Wir hören Vorträge, und beim anschließenden Buffet unterhalten wir uns mit anderen aus der Psychoszene. Mein Yogalehrer nickt uns von ferne zu und scheint sich auf kein Gespräch einlassen zu wollen.

Pascha wird sich vor dem Gebäude mit einem Houstoner Literaturprofessor gegen Österreich verbünden. Mit dem Professor werden wir später ein Treffen vereinbaren, um uns über das Leben in Texas zu informieren, da Pascha sein Primariat am Psychiatrischen Krankenhaus kündigen und an eine Klinik in der Nähe von Houston wechseln wird. Mich wird er mitnehmen wollen; abwechselnd mitnehmen und nicht mitnehmen. Nach dem *Blick von nirgendwo* wird Pascha vor dem Gebäude in eine Telefonzelle springen, um seine Frau anzurufen, die den ganzen Tag nichts von ihm gehört hat. Meine Laune kippt, nachdem er heraustritt und sich einen Scherz mit mir erlaubt. Eine Hetzjagd durch die Stadt beginnt. Pascha wird mir *beim Leben seiner Eltern* schwören, mit mir nichts mehr zu tun haben zu wollen. Er wird mich *Nazischergin* und *Drecksau* schimpfen und mich und die Chirurgin Karla für die Verbrechen des *Dritten Reichs* verantwortlich machen. Später wird er mir in seiner Praxis mitteilen, daß ich mir einen anderen Herrn suchen müsse. Er knebelt mich mit meiner Unterhose und sticht mich mit einer aufgeklemmten Büroklammer. Ein anderes Mal wird er mir mit dem Visitenkugelschreiber aufs Gesäß schreiben: *Wenn Sie mich finden, bringen Sie mich bitte zurück zu meinem Herrn.*

Ich werde eine Woche später nach Berlin fliegen und, statt in der beengten Studentenwohnung von *Knud mit der Hasenscharte*, bei Karla im großzügigen Hotel Marriott absteigen. Diese wird auf der Durchreise nach Hongkong zu einem Hypophysen-Kongreß sein. Karlas Frau folgt ihr einen Tag später, sie treffen sich am Flughafen. Ich kehre nach Österreich zurück, fahre mit Pascha ins vorweihnachtliche Wien und gestehe ihm die Geschichte mit Karla, da plötzlich auftretende Schmerzen eine noch längere Geheimhaltung vereiteln. Anstatt mich zu verlassen, zerschmettert Pascha in der Wiener Mariahilferstraße die Uhr von Karlas Vater, ein Firmungsgeschenk, das Karla mir leihen wollte, bis meine zur Reparatur gebrachte Uhr von Siegfried fertig gewesen wäre. Auch der Schirm von Karlas Frau fällt Paschas Zerstörungswut anheim. Er schlägt damit abwechselnd auf sich und mich ein. Ich renne ihm durch die Straßen nach, der nichts von mir wissen will, aber immer wieder stehenbleibt und nachsieht, ob ich auch komme. Auf der Heimfahrt, gerade als Pascha sich damit abfinden wird, daß es das Ende sei, bezeichnen wir zum monotonen Geräusch der Scheibenwischanlage unsere Geschichte als einzigartig und sprechen von einem *Fundament der Liebe*, das unanfechtbar sei.

Paschas Geschichte

Als ich zu ihm auf die Akutstation komme, ist Pascha darauf bedacht, mich nicht zu offensichtlich einer anderen und dicken Praktikantin vorzuziehen, die demnächst heiraten wird und Mitglied einer orientalischen Glaubensgemeinschaft ist, woher er sie kennt. Wenn er während der wöchentlichen Chefvisite Patienten, die unter Fluoxamid stehen, für mich kommentieren wird, werde ich seinen Atem im Gesicht spüren. Wie er mit Patienten umgeht, denen er, im Unterschied zu Kollegen, aufmerksam und geduldig begegnet und die mir am Beginn der Geschichte wie Künstler erscheinen, wird mich für ihn einnehmen. Zu seinen Patienten sei er wie ein Vater; zu mir sei er streng.

Er wächst in Österreich, der Türkei und Deutschland auf. Später, viel später haßt er Österreicher und Deutsche. Paschas Haar bei Regen sieht wie flüssiges Pech aus, sanft wölbt es sich innen, am Oberkopf wird man am Ende der Geschichte bis auf die Haut sehen. Seine Augenbrauen sind die eines Kindes, sein Mund ist eine Tulpenknospe, wenn er in seiner Muttersprache die Lippen schürzt. Sein Geruch ist tief und würzig, man kann sich ihm schwer entziehen. Pferdestall und Jungenhaut, Mutterbrust und Schweiß bilden eine unvergeßliche Mischung, die man nur verabscheuen oder danach süchtig werden kann.

Pascha behauptet, daß sich Türkisch zu Persisch wie Schweizerdeutsch zu Österreichisch verhalte. Später, viel später wird es mir jedesmal zusetzen, türkisch reden zu hören. Ich werde seine Landsleute meiden und mich zugleich von ihnen angezogen fühlen und daran erinnern, wie Pascha am Flughafen eine Gruppe türkischer Frauen in ihrem rhythmischen Singsang beobachtete. Ähnlich wird eine Greisin auf einer Parkbank in Verona zu einer Gruppe anderer hinüberblicken, und man wird meinen, sie müsse nur aufstehen und hingehen, wie Pascha in der Flughafenhalle nur hingehen und sich zu den Türkinnen gesellen hätte müssen, aber weder die Greisin noch er werden sich von der Stelle bewegen. Seine Augen können verzaubert auf etwas ruhen oder zornig zustechen. Oft bin ich befremdet von unversehens zitierten türkischen Gedichten, während ich in seiner Praxis nackt auf der Matratze liege. Seine Mutter sagt, der Himmel sei überall gleich. Auch der Regen sei überall gleich, werde ich sagen. *Der gleiche Regen geht auf alle nieder, die gleiche warme Sonne läßt sie wachsen, sie alle werden durch den gleichen Wind erfrischt*, sagt Shogi Effendi.

Oft brüllt Pascha, daß er in der Türkei längst berühmt geworden wäre. Er verdammt die Österreicher und bezeichnet sich als *Kümmeltürke* und *Schwarzer*, der in diesem Land nur erniedrigt und bespuckt werde. Sei er an der *Deutschen Schule* in Istanbul geliebt und geachtet gewesen, sei er in Miesen zum Außenseiter geworden. Täglich kommt der Zeitpunkt, an dem er sein Außenseitertum beklagt, das ihm die Eltern vorwarfen, da er sich mit seinen Mitschülern gutstellen und sie zum *Modas-Glauben* bekehren hätte sollen. So wird jahrelang von allen Seiten auf ihn Druck ausgeübt, den er später auf mich übertragen und mich eine *Österreicherin* schimpfen wird, die zu seiner Vernichtung geschaffen worden sei. Er habe bereits mit dreizehn einen Schnurrbart, dazu eine Plexiglasbrille und seine unfreiwilligen Auftritte als Modas gehabt. Später, viel später, mit sechsundzwanzig, habe er den Glauben insgeheim abgelegt und nur den Eltern zuliebe zum Schein fortgeführt. Er ist regelmäßig in die finsterste Zeit seines Lebens zurückversetzt, springt umher, brüllt, mit geballten Fäusten und in den Nacken geworfenem Kopf.

Die Geschichte der Modas

Modas ist vorehelicher Geschlechtsverkehr untersagt. Pascha wird es mit vierundzwanzig zum ersten Beischlaf bringen. Seine Frau wird er wie eine Schwester lieben. Die Scheidung, die er noch vor dem Umzug nach Texas durchsetzen wird, ist eine einvernehmliche. Als er die Scheidung beschließt, sind wir in Paris. Er wird sagen: *Der Unterschied ist, sie liebe ich, und dich liebe und begehre ich.* Seine Augen werden dabei groß und rund sein. Ich verabscheue den beschränkten Blick der Begierde. Männer sind undifferenziert, wenn sie den Blick haben. Nach der Erregung schlägt das Gefühl häufig um. Es braut sich etwas zusammen. Die Wolken verzahnen sich, es folgt ein dumpfes Geräusch, und etwas später flackern Blitze. Wir ziehen uns unter die Kolonnaden der Oper zurück. Nicht einmal Küssen ist einem Modas erlaubt. Paschas jüngere Schwester lebt streng nach dieser Vorschrift und hat mit fünfundzwanzig noch nie geküßt. Paschas Eltern verlassen in den sechziger Jahren zu Missionszwecken, und weil sie von Moslems verfolgt werden, ihr Land. Pascha wird später, viel später aus dem Modas-Glauben austreten. In Fredericksburg wird er mir auf einem Parkplatz gestehen, daß ihm eine junge Türkin versprochen gewesen sei, die ihn wegen eines anderen verlassen habe. Er sei damals noch nicht hübsch gewesen und habe eine Plexiglasbrille getragen. Du bist mein, sagt Pascha: *Wenn du nicht gehorchst, muß ich dich töten.* Und daß ich rechtlos sei, nur wertvoll durch meinen Herrn. Doch sein Blick ist ängstlich beschwörend, ein Blick, der nicht standhalten kann. Pascha hat irgendwann seinen Glauben verloren.

Paschas Plexiglasbrillenzeit

Am Anfang der Geschichte ist mein Haar offen. Später werde ich es hochstecken; nach der ersten und dreiwöchigen Trennung, die nach Verona sein wird, soll ich mein Haar *aufstellen*. Pascha spricht österreichisches Deutsch, doch manchmal merkt man, daß er nicht nur deutschsprachig aufwuchs.

Er kommt mit zwölf aus Istanbul nach Österreich, zuerst an ein Gymnasium in Miesen, wo ich vier Klassen unter ihm bin, und später nach Wien. Es ist die von ihm sogenannte *Plexiglasbrillenzeit*, über die er später sagt, es sei die unglücklichste Zeit seines Lebens gewesen. Seither sei er verbittert, behauptet Pascha, seit der großen Enttäuschung in Österreich. Er sei hier nie richtig integriert gewesen, in Istanbul habe man seine Fähigkeiten erkannt, hier sei er untergegangen. Später, viel später wird er seine Gefühle für Miesen und Österreich in seiner Geschichte *Auswandern* festhalten. Seine Geschichten sind haßerfüllt und rachsüchtig. Bevor er nach Texas gehen wird, wird er Österreich beschimpfen und erniedrigen. Wenn er in die Türkei ginge, würde er zum Militärdienst eingezogen. Es gebe eine Möglichkeit, sich freizukaufen, behauptet Pascha. Daß er aufgrund seines verbotenen Modas-Glaubens und seines typischen Namens von den Islamisten hingerichtet werden würde, verleugnet er. In jedem zweiten Satz, und bei jeder Gelegenheit, spricht er von der Türkei und nennt sie in seinen Geschichten *Braunland* und die dort lebenden Menschen *Braunländer*. Manchmal parodiert er einen typischen Braunländer, der einen Rundfunksprachkurs für Türkisch gibt und von einem echten Wiener assistiert wird. Pascha übertreibt den türkischen Akzent und den Wiener Slang. Ich werde unaufhörlich lachen, wenn er als Braunländer deutsch spricht und als *Pankrazius* wienerisch; nach der Kennmelodie von *Knight Rider*, der Fernsehserie aus den Achtzigern mit David Hasselhoff, beginnt er jede Sendung. Pascha schürzt die Lippen, was bei der türkischen Aussprache notwendig sei, und im nächsten Moment schmettert er als der arrogante Braunländer: *Gruuuss Gott, e-liebes, u-Publikum! Wir e-lernen e-jetzt eine neue Vo-kabull!* Pankrazius, der chronisch betrunkene Wiener Assistent, lallt und gröhlt dazwischen: *Da Broonlända is' a Gupf!*

Später, viel später, zwei Tage vor dem Ende der Geschichte, werde ich in einer ungeheizten Wartehalle des Flughafens Houston auf Pascha warten. Nach meiner Ankunft in Texas wird Pascha mich in der ungeheizten Wartehalle des Flughafens Houston umarmen. Später, auf der Autofahrt nach Fredericksburg, wird er mit der Knight-Rider-Kennmelodie eine Sendung einleiten und mir einige neue *Vokabull* nennen. Ich werde die Vokabeln, die er mir mit übertriebenem Akzent vorsagen wird, miteinander verwechseln und falsch aussprechen. Er wird in einen Ragezustand verfallen, noch ehe wir sein Fredericksburger Villendomizil erreicht haben.

Fredericksburg

Es ist zur Jahrtausendwende. Ich besuche Pascha alle zwei Wochen in Fredericksburg, nicht weit von hier, ehe ich in die Wohnung neben die meiner früheren Nachbarin ziehe. Pascha arbeitet seit dem Spätsommer an einer Klinik für Psychotherapie und Psychiatrie. In Fredericksburg gibt es das zweitgrößte Oktoberfest der Welt, was auf deutsche Einwanderer zurückzuführen ist. Ich werde mich irgendwann für Houston und gegen Fredericksburg entscheiden. Ich werde Österreich über Nacht verlassen, nicht lang nach dem Ende der Geschichte. Ich werde ausgerechnet nach Texas gehen, und ausgerechnet nach Houston, wo ich noch immer ganz in Paschas Nähe sein werde und innerhalb von wenigen Stunden erreichbar, zu meinem Yogalehrer. Ich frage mich immer, was will ich ganz allein hier in Texas; es kann wohl nicht nur mein Yogalehrer, es können wohl auch nicht nur meine Yogastunden sein, die mich dazu veranlaßt haben? Ich werde an einem schwülen Augustnachmittag meiner früheren Nachbarin in Houston begegnen. Ich lache und neige den Oberkörper weit zurück, als wollte ich umfallen. Wie eine Katze springe ich ihr in ihre Wohnung nach und lasse mich dort nieder. Die Zeit riecht nach feuchtem Laub, Herbststunde und ist getönt von schräg durch Blätter fallendem Licht und gepflastert mit Fallobst auf feuchten Straßen. Ich spreche von Hirnschlag, Faschismus und Mord. Ich erzähle vom Sekundenherztod meines Mannes vor Jahren und vom Sterben der Großmutter. Vielleicht komme ich nach Texas, weil mir Europa an Schrecken nichts mehr zu bieten hat. Vielleicht komme ich auch nur, weil Pascha und mein Yogalehrer am Ende der Geschichte in Fredericksburg und Houston sind oder weil in Texas mehr Todesurteile vollstreckt werden als in allen übrigen neunundvierzig amerikanischen Staaten zusammen.

Nina, oder: Auf der chronischen Station

Auf der chronischen Station, wo ich Pascha zum erstenmal begegnen werde, sind siebzig-, achtzigjährige Frauen in Schürzenkleidern. Die Frauen in Schürzenkleidern verbringen ihre Tage, Wochen, Monate, Jahre mit Auf- und Abgehen. Stundenlang bewegen sie sich durch den großzügigen Gemeinschaftsraum. An seiner Längsseite führen mehrere Türen in die Krankenzimmer. An die acht Betten sind in jedem Zimmer.

Alle Patientinnen *leben* hier, die meisten seit dreißig, vierzig Jahren. Irgendwann wurden sie hergebracht, meist von Verwandten, und sind nie mehr abgeholt worden. Seitdem gehen sie auf und ab. Am Ende der Geschichte wird die chronische Station aufgelassen werden. Die Klinik wird von *Psychiatrisches Krankenhaus* auf *Miesener Therapiezentrum nach Sigmund Freud* umbenannt, und die an jahrzehntelang eingeschliffene Rituale gewöhnten alten Frauen werden auf Altersheime der Umgebung verteilt werden. Viele von ihnen werden den Wechsel nicht überleben.

Hier sind die hoffnungslosen Fälle, heißt es. Hier sind die unglücklichen Frauen, die mit dreißig von ihren Angehörigen abgeschoben wurden. Hier sind sie chronisch gestört und schlucken ständig Psychopharmaka. Ohne die Gabe von Psychopharmaka wäre die Organisation so vieler Menschen auf derart engem Raum unmöglich, heißt es. Eine einzige Frau ist erst seit kurzem auf der Station. Man merkt es an ihren flatternden Bewegungen. Wie eine flügelschlagende Taube rennt sie zwischen den gleichmäßig marschierenden alten Frauen hin und her. Sie ist zum dritten Mal hier, Ende dreißig und trägt noch kein Schürzenkleid. Sie scheint sich noch gegen die Bestimmung zu wehren, für immer hier zu bleiben. Im Raucherzimmer wird sie mir sagen, daß sie von ihrer Familie hergebracht worden sei. Sie war als Reinigungsfrau beschäftigt, in dem mir bekannten Kloster in der Kalvarienberggasse. Sie wohnte bei der Familie ihres Bruders, bis es nicht mehr gegangen sei. *Sie haben mich abgegeben*, sagt sie zitternd: *Sie holen mich nicht mehr ab. Diesmal nicht mehr.* Sie bricht in Tränen aus. Ihr dürrer Körper knickt ein; ihre Ponyfrisur teilt sich in breite Fransen; ihre dicken Brillengläser geben ihr etwas von einem Clown, wenn sie den Mund wie ein plärrendes Kind nach unten verzieht. Jedesmal wenn ich ihr Feuer gebe, zuckt sie zusammen und schaut mich erschrocken an. Zu Hause bildete sie sich ständig ein, daß es brannte, und warnte vor dem Feuer, indem sie nachts plötzlich: *Feuer, Feuer!* schrie. Darum sei sie hergebracht worden, weil das für die Familie ihres Bruders nicht länger auszuhalten gewesen sei. Sie stört den gewohnten Ablauf.

Die alten Frauen in Schürzenkleidern dulden es. Sie haben sich in ihr Schicksal eingefunden und trotten auf und ab. Sie sprechen kaum miteinander, jede ist für sich. Man kann sie nur einzeln anreden, um eine Antwort zu erhalten. Geht man auf eine Gruppe zu, wird man enttäuscht, denn sie gehören nicht zusammen. Einige hocken im sogenannten Radiozimmer und lassen sich berieseln. Eines Tages werde ich eintreten und die alten Frauen begrüßen. Jede wird für sich sein, keine wird aufblicken. Ich werde ihnen vorschlagen, eine Märchenstunde einzurichten, da ich gehört habe, daß es so etwas schon einmal gab. Die einzige Abwechslung, die sie haben, ist der in einem Sesselkreis ausgeführte Sport. Einmal die Woche kommt ein vierzigjähriger muskulöser Bewegungstherapeut mit einer überaus frischen sympathischen Art und läßt die im Sesselkreis versammelten Patientinnen Streckbewegungen und Greifbewegungen machen. Das nennt er Sport, und am Ende jeder Übung applaudiert er seinen Schülerinnen. Sie stieren unbeteiligt vor sich hin, während sie mechanische und unvollständige Bewegungen ausführen, jede wie sie kann. Nach zwanzig Minuten ist der Spuk vorbei, werden die Sessel wieder an die Tische geschoben, verläßt der Bewegungstherapeut erleichtert die schwierigste Station der Klinik. Mein Vorschlag einer Märchenstunde wird abgelehnt. Eine der Patientinnen im Radioraum hebt auf einmal den Kopf, für einen Augenblick scheint Leben in den schlaffen Körper einzukehren, und faucht, daß sie keine kleinen Kinder wären. Abends werde ich sie mit leuchtenden Augen vor der Fernsehserie *Reich und schön* sitzen sehen.

Viele haben ihre angestammten Beschäftigungen, die sie roboterhaft erledigen. Jede einzelne Patientin hat ihr entsprechendes Ritual. Bei genauerem Hinsehen lassen sie sich also doch unterscheiden. Eine, die mir beim ersten Anblick einen Schrecken einjagte, so tänzelnd und mit versteinerter Miene bewegte sie sich, erzählt von ihren Kriegserfahrungen, als wäre es gestern gewesen. Sie ist die Botin der Station und bringt Krankengeschichten, Medikamente und Blutproben von einer Station zur anderen. Eine andere Frau setzt, wenn sie zum Einkaufen in die City fährt, eine auffällige Perücke auf. Sie erscheint ziemlich normal und bemuttert ihre Kolleginnen, indem sie ihnen Kleinigkeiten aus der Stadt mitbringt. Eine ungeheuer dicke etwa Fünfzigjährige im Schlafrock schleppt sich schnaufend auf und ab und muß jeden Morgen aus dem Bett *getrieben* werden, sonst stünde sie gar nicht auf. Sie wird vom Pflegepersonal mit *Frau Doktor* angesprochen.

Als ich zum ersten Mal durch die Zimmer geführt werde, fällt mir ein junges Mädchen in einem großen Gitterbett auf. Es liegt völlig verkrümmt, einen Teddybären an der Wange, angegurtet im Bett und blickt einem verloren aus großen Augen entgegen. Ich will wissen, was sie hat. Die Oberschwester kann nur den Kopf schütteln. Man weiß nicht genau. Später werde ich erfahren, daß es sich um eine seltene Erkrankung des Gehirns handelt, die jenes Mädchen, eine begabte Mathematikstudentin, von heute auf morgen in diesen hilflosen Zustand versetzte. Sie kann weder sprechen noch selbständig essen, ist kathederisiert, kann also auch nicht selbständig Wasser lassen, sitzt tagsüber im Rollstuhl oder liegt festgeschnallt im Bett. Im Rollstuhl wird sie wie eine hübsche Puppe unter den auf und ab schlurfenden alten Frauen in Schürzenkleidern sitzen und sich kaum bewegen. Einmal wird sie zu einer gynäkologischen Untersuchung abgeholt werden. Sie wird sich im Rollstuhl verkrampfen und gegen die Gurte wehren. Sie wird kaum zu bändigen sein und mit den Beinen ausschlagen. Sie ist achtzehn Jahre alt und heißt Nina.

Nina lebte bei mir um die Ecke in einer Studenten-WG. Über Nacht ist die Krankheit gekommen, nichts deutete darauf hin, Nina war Spitzensportlerin, wird mir ihr Vater, ein Hochschulprofessor für Astrophysik, erklären. Er kommt zu Besuch, bringt der Tochter Kissen und Plüschtiere und ein Tonband mit der Stimme der Mutter, das Nina, wenn sie im Bett liegt, mittels Walkman hört. Der Vater hat die gleichen großen dunklen Augen und überspielt sein Leid, indem er durch den Aufenthaltsraum flitzt, in die Teestube, um von Schwestern Informationen einzuholen und um Gefälligkeiten zu bitten, etwa das persönliche Kissen seiner Tochter dalassen zu dürfen. Ich sitze in der Teeküche und mache mir Notizen zu Fluoxamid. Ab und zu setzt sich jemand zu mir, ist es eine unbefugte Patientin, wird sie häufig von einer Schwester vertrieben. Pascha wird auch als junger Primarius hin und wieder freiwillig einen Nachtdienst versehen und wird auf seinem dienstlichen Rundgang auch auf diese Station kommen. Hier wird Pascha erstmals meine Stimme hören und mich flüchtig von der Seite sehen. Ich werde zum erstenmal seine Stimme hören. *Braucht ihr etwas vom Arzt*, wird er die neben mir sitzenden Schwestern fragen, ohne hereinzukommen. Er wird wissen, daß ich kurz vor der Versetzung zu ihm auf die Akutstation bin. Ich werde annehmen, noch wochenlang auf der chronischen Station zu bleiben. Pascha wird mir später sagen, überrascht gewesen zu sein, wie jung und hübsch ich war. Er wird sich, als ihm der Klinikdirektor von mir erzählt habe, etwas anderes unter mir vorgestellt haben. Er habe mich nicht angesprochen, da er gewußt habe, daß ich zu ihm versetzt werden würde.

Ninas Zustand macht einen ratlos. Während der Mahlzeiten, die an kleinen Vierertischen im länglichen Gemeinschaftsraum eingenommen werden, sitzt Nina mitten unter den Greisinnen und sabbert. Ihr Kopf hängt schief zur Seite, ihre

Arme sind schlaff, die Finger verkrümmt. Ab und zu schiebt eine junge Physiotherapeutin das Mädchen ins Raucherzimmer und trainiert mit ihm ein wenig. Die junge Physiotherapeutin gibt Nina einen Auftrag, etwa das rechte Bein zu heben, und wenn Nina den Auftrag ausführt, kann man darauf schließen, daß sie noch nicht völlig verblödet ist. Ninas Krankheit geht mit völliger Verblödung, einer totalen Gehirnzerstörung einher, die angeblich durch nichts aufgehalten werden kann.

Bei den Mahlzeiten werden die Patientinnen einzeln aufgerufen. Da das Kurzzeitgedächtnis der meisten nicht funktioniert, kann es sein, daß ein und dieselbe Patientin drei-, viermal aufgerufen werden muß, bis sie begriffen hat und zu der essenausgebenden Schwester taumelt. Zuerst erhalten alle eine Faustvoll Medikamente, jede ihre Ration, nehmen sie auf ihre großen Suppenlöffel und schlingen sie wie Raubtiere hinunter. Den Salat schaufeln sie am wildesten in sich hinein, viele von ihnen tragen ein Lätzchen, manches schwappt über den Tellerrand hinaus, und vor allem die aristokratisch aussehende Botin schlingt wie eine Verhungernde. Nina kann nicht mitessen, sie wird per Magensonde ernährt. Sie zeigt keine Besserung, hat epileptische Anfälle und erhält starke Medikamente. Einmal gehe ich in das verdunkelte Zimmer, in dem es einen Urinstich hat, beuge mich in ihr Bett und streiche ihr über den Kopf. Ich versuche, mit Nina zu sprechen, ein langes dünnes Bein ragt in einer Legging durch die Gittersprossen heraus; da kommt der Vater und packt sie in den Rollstuhl, und er und die Mutter fahren sie durch den angrenzenden Park. Die Schwestern werden mir erzählen, daß es sehr wohl Nuancen gäbe, daß das Mädchen manchmal erstaunlich gut beisammen sei, wenn etwa die jungen Männer aus der Wohngemeinschaft zu Besuch kämen. Bei jungen Männern, sagen die Schwestern, gehe es ihr überraschend gut, und man hat das Gefühl, sie würde alles verstehen. Sie hat eine helle Gesichtshaut und schwarzes, durch die Medikamente dünn gewordenes Haar. Ich werde sie ein dreiviertel Jahr später in der Straßenbahn wiedersehen, mit dichtem glänzendem Haar, sie wird schon wieder Skitouren mit ihrem Vater machen, aber, wie er mir sagen wird, nicht an den früheren Level in Können und Ausdauer herankommen. Sie wird gesund werden und die ihr gestellte Diagnose einer *neuronalen Ceroidlipofuscinose* widerlegen. Niemand erholt sich von dieser seltenen Speichererkrankung des Gehirns. Die Gewebeprobe, die ihr ein Neurochirurg entnehmen wird, wird zu einem falschen Ergebnis führen.

Ninas Vater wird mir in nahezu regelmäßigen Abständen in der Straßenbahn begegnen und mir jedesmal über ihre Fortschritte berichten. Vorher, als die Lage noch aussichtslos schien, werde ich ihn einmal an seinem Arbeitsplatz, im Institut für Astrophysik, besuchen. Er wird Ärmelschoner tragen, wie ein altertümlicher Prokurist, und in einer bizarren Expertensprache vom Krankheitsbild seiner Tochter sprechen, deren Kindheitsfoto ihm gegenüber an der Wand hängen wird. *Puella habilis* – wird unter einem kleinen Mädchen im Sandkasten stehen.

Aber Nina wird gesund werden und den medizinischen Prognosen trotzen. Merkwürdigerweise wird ihr Vater, je mehr sich ihr Zustand bessert, bei unseren Begegnungen in der Straßenbahn umso bedrückter und einsilbiger. Nina wird bei den Eltern und nicht in der früheren Studenten-WG wohnen. Ihre Freunde werden dem Vater sagen, daß Nina wesensverändert sei. Nina wird stur sein und sich einbilden, ungehindert weiterstudieren zu können.

Kurz vor dem Auftreten der Krankheit hat sie noch eine Mathematikprüfung mit Bravour absolviert und kann jetzt keinen Anschluß finden, sagt ihr immer in Trainingsanzügen auftretender Vater. Er scheint sehr besorgt.

Ich war auch schon skifahren mit ihr, tourengehen, wissen Sie. Da habe ich sie aber überschätzt, das muß erst langsam wieder werden. Meine zwei Mädchen, sagt er über Nina und seine Frau.

Ich betrachte Ninas Vater von der Seite. Ein ehrgeiziger getriebener Mann. Kurz vor Ausbruch der Krankheit war Nina mit ihrem Vater auf der Piste. Er hetzte sie umher, wie er selbst zugibt. Dann kam der Zusammenbruch. Er kündigte sich an, als Nina in der WG den Telefonhörer abnahm und mit ihrem Freund telefonierte, der gar nicht angerufen hatte. Noch in derselben Nacht wird sie mit der Rettung eingeliefert und kommt erst ein halbes Jahr später, nach einer Odyssee zwischen den Stationen, nach Hause. Und wird die erste Skitour mit dem Vater machen, der mit ihren Leistungen nicht zufrieden ist.

Akutstation A 2

Von der chronischen Station werde ich nach einer Woche auf die Akutstation A 2 versetzt, in Paschas Primariat, sagte die Rosa zu ihrem Yogalehrer.

Mehrmals die Woche versammeln sich die Ärzte, Schwestern und Pfleger wie Mitglieder eines Konzerns um den Küchentisch. Der Kopf dieser Versammlung ist der Direktor des Psychiatrischen Krankenhauses, den sie Chef nennen. Er hat es nicht nötig, seine Stellung durch einen weißen Kittel kundzutun, er braucht sich und ihnen nichts zu beweisen.

Die Patienten verrotten in ihren Betten. Manche und immer dieselben marschieren auf dem Korridor auf und nieder. Begegnet ihnen ein Weißkittel, halten sie ihn für ein paar Worte auf. Sie bitten um vorzeitige Entlassung. Sie bitten um Verlegung in die offene Abteilung. Einmal bat einer um Rückverlegung von der offenen in die geschlossene Abteilung, weil sein Bettnachbar schnarche. Sie versprechen in der Maltherapie Bilder zu malen und dem auf dem Korridor Aufgehaltenen zu vermachen. Sie charakterisieren sich als Pazifisten, wenn sie wegen Schlägereien hereingekommen sind, und als trocken, wenn sie Alkoholiker sind, und als ruhig, wenn sie cholerisch sind. Sie geben hundert Versprechen und legen Schwüre ab. Sie suchen den Körperkontakt mit der angesprochenen Person oder vermeiden ihn geradezu. Die ihn vermeiden, sprechen niemanden an, sondern bilden die andere und der vorigen entgegengesetzte Patientengruppe. Die in sich Zurückgezogenen, meist gescheiterte Selbstmörder, werden ihrerseits von den Weißkitteln angesprochen. *Wie geht es? Geht es besser? Na, sehen Sie! Es wird!* Sie nicken oder zucken zusammen, um die Belästigung so kurz wie möglich zu halten. Dann geben sie sich in gleichförmigem Trott durch den Korridor ihren erstickenden Gedanken hin. Manchmal läuft einer einem Weißkittel nach und fleht ihn um ein Praxiten an. Er gibt an, daß es ihn innerlich zerreiße, um der Forderung Nachdruck zu verleihen, der stets stattgegeben wird, obwohl Praxiten süchtig macht. A 2 ist U-förmig angelegt. Hier die Geschlossene, dort die Offene. Zu jeder Tür paßt ein und derselbe Stationsschlüssel. Der Direktor der Anstalt; niemand weiß von ihm, ob er einen Schlüssel hat oder so durch die Tür kommt, ob es ihm nicht möglich ist, ohne Umschweife ungehindert zu wirken.

Die gängigen Diagnosen auf A 2 sind Psychosen, Depressionen, affektive Störungen und Schizophrenie. Bis auf einen Physikdozenten namens Böck, der immer ein Unterhemd und eine Trainingshose am dürren Körper hat, bei dem die Medikamente ausgeschlichen werden, sind alle Insassen von A 2 langfristig auf kombinierte Psychopharmaka gesetzt. Es wird beobachtet, wie sie auf wieviel Lithium und dieses und jenes Präparat ansprechen, es wird darüber geurteilt, ob sie den behandelnden Ärzten auf der Visite gefallen. *Heute gefallen Sie mir schon besser als gestern,* heißt es. Nur Herr Dozent Böck spricht auf sämtliche an ihm ausprobierten Antidepressiva nicht an. Er blickt stets gleich teilnahmslos in die Welt und zeigt jeden Tag gleich wenig Interesse an seinem früheren aktiven Leben. Von einer die Visite begleitenden Sozialarbeiterin wird der Physikdozent zur Post mitgenommen. Der Cousin eines Augenarztes hat ein durch eine schlimme Erbkrankheit stark vermindertes Sehvermögen. Autistisch und einzelgängerisch war Böck schon immer, aber seit der Augensache hat es sich verstärkt. Er verlor das Interesse an seinem Beruf; er wollte nicht mehr leben. In seiner Krankengeschichte findet sich das Zitat von ihm, daß er nichts mehr zu erwarten habe. Die Krankengeschichten der Patienten sind, alphabetisch geordnet, in grünen Faltmappen im Zimmer des Oberpflegers. Böcks Krankengeschichte ist zu entnehmen, daß er fünfzig Schlaftabletten genommen hat, ehe er hierherkam. Er erbrach sich in der Nacht auf die Tabletteneinnahme. Er verständigte am Morgen einen Bekannten, der darauf die Einweisung des Patienten veranlaßte. Seitdem ist Böck auf A 2. Einmal schnitt er sich auf einem Waldrundgang auf dem Anstaltsgelände die Pulsadern auf. Er hätte zu einer außerstationären Therapie gehen sollen. Auf der Rückseite seines ihm mitgegebenen Therapiepasses bat er schriftlich um Verzeihung für die Umstände, die sein Selbstmord bereite. Blutend kam er gelaufen und machte sich Vorwürfe, da es ihm wieder mißlang. Böck ist auf der Geschlossenen. Seine Augen, mit denen er immer noch lesen kann, wirken verschleiert. Seine Miene ist unberührt, unberührbar. Er ist hinter einer unsichtbaren Mauer. Er ist in Gefahr. Er bewegt sich roboterhaft. Er hält den Körper in der Geraden. Er ist ein wandelndes Ausrufungszeichen, ein Warnsignal. Seine Stimme kommt aus dem Hinterhalt. Er sagt fast nur ja und nein. In seine Wohnung will er nicht mehr. Seine Post interessiert ihn nicht. Er beginnt sie zu ordnen. Es ist viel Post, die er mit der Sozialarbeiterin abgeholt hat. Sein grauschwarzes Stoppelhaar ragt auf. Böck wird es wieder versuchen, soviel scheint klar. Er will nichts anderes. Der Tod ist sein Ziel. Alles andere ist zu beschwerlich, ihm lästig. Böck ist nicht frei. Die Anspannung seines Körpers, die Sehnen treten durch die Haut, das Kinn unterm Kinnbart, der Unterkiefer zum Brechen starr. Er ist, weil als therapieresistent eingestuft (er sprach auf kein Medikament an), für ECT vorgeschlagen, soll elektrogeschockt werden zu seiner Heilung. Laut Krankengeschichte lehnt er die Behandlungsform ab. Dennoch werden bereits die letzten beiden Präparate ausgeschlichen, erhält Böck von Tag zu Tag eine geringere Dosis, ist bald vollends clean und bereit für die erste Schockserie.

Gehen wir durch die Krankenzimmer. Komm. Im ersten Raum liegt Herr Gleichbreit. Siehst du den alten Mann mit dem weit offenen Mund? Siehst du die breite Zahnlücke oben? Sein Radio läuft. Immer mag er nicht Radio hören, sagen die Schwestern von ihm. Die Visite dreht lauter, damit er was hört. Herr Gleichbreit hat eine Lungenentzündung. Die Schwester verschränkt die Hände in seinem Nacken und zieht ihn mit einem kräftigen Ruck nach vor. So kann man ihn abhorchen. Es rasselt schön. *Danke, Herr Gleichbreit! Was hören Sie denn da immer im Radio, mmh?* Er bekommt alles mit, nicht wahr? Er ist jedes Jahr hier, wenn die Verwandten auf Urlaub fahren. Vierzehn Tage diesmal. Dann werden wir ihm ein Antibiotikum geben! Hängst du ihm die Infusion an? Mal sehen, seine Beine. Ödeme. Die Füße stehen vollends nach innen, sieh nur diese Füße an, unglaublich sehen sie aus, rot und gelblich und geschwollen. Die Zehen sind aneinandergedrängt, aneinandergeschweißt und wie Krebsscheren diese Füße. Der Oberarzt klopft ihm darauf. Er wäscht sich die Hände. Die Visite schreitet voran. Herrn Gleichbreit später bitte umdrehen, sonst liegt er sich wund. Er hat eine Hirnverletzung, daher das …

Gehen wir ins andere Zimmer, in das neben Herrn Gleichbreits. Gleich neben der Tür liegt eine Frau, in der Ecke steht kerzengerade eine etwas ältere Patientin, die man auf den ersten Blick wohl für eine Besucherin hält. *Frau Peters, wie geht es? Gelt ja, Frau Peters, im Bett liegen müssen Sie.* Eine schwere Depression hat Frau Peters. Dreißig Jahre alt. *Gelt ja, Frau Peters, und wie geht es Ihnen heute? Schon besser? Immer gleich? Na, immerhin nicht schlechter, nicht wahr, wir sind bescheiden geworden! Tun Sie nur schön im Bett liegenbleiben, ich hänge Sie abends an Ihre Infusion. Später, nach der Visite reden wir. Grüß Gott, Frau Gruber! Wie geht es Ihnen? Gut? Na, sehr schön, Frau Gruber. Und Ihr Schmerztagebuch? Haben Sie Eintragungen gemacht?* Sie sagt, es ist alles normal in der Familie. Woher der Schmerz kommt, weiß sie nicht. Sie kann nicht schlafen. Im Gespräch kam heraus, daß ihr Mann seit zwanzig Jahren Alkoholiker ist. Er wurde kürzlich trocken. Seit zwei Jahren ist sie von ihm getrennt. Früher hat sie alles mit einer Arbeitskollegin in der Fabrik ausgeredet, deren Mann ebenfalls Alkoholiker war. Diese Möglichkeit fehlt ihr jetzt. Sie sagt, daß sie stärker war als ihr Mann und immer alles für ihn richtete. *Frau Gruber, was macht Ihr Punktschmerz?* Bei der Diagnose sind wir uns nicht einig. Der Primarius plädiert für eine Depression. Aber sie lacht und ist freundlich. *In der Früh geht es Ihnen am schlechtesten, nicht? Werden wir schauen, Frau Gruber, schreiben Sie bitte auch auf, wie lang der Schmerz anhält.* Ihre Tochter ist depressiv, nimmt Fluctine. Ihr Schwiegersohn ist Arzt. Sie bekommt Tegretol, hat ihr der Schwiegersohn verschrieben. Ihre Probleme verleugnet sie. *Gut, Frau Gruber, wir reden dann noch!*

Im nächsten Zimmer sind zwei Männer. Herr Rausch war schon mehrmals hier, ist freiwillig hereingekommen. *Warum eigentlich, Herr Rausch? Ihre Oma ist gestorben, nicht? Und, bearbeiten Sie noch die Relativitätstheorie? Ach, das Eulersche Prinzip diesmal! Was ist das denn?* Wenn man ihn fragt, wie es ihm geht, erklärt er einem das Universum, die Zusammenhänge zwischen Kosmos und Welt. Er hat sehr klare und präzise Gedanken. Ingenieur ist er. Er muß um den Titel ansuchen. Er macht Hochrechnungen. Seine Bank soll ihn betrogen haben. *Um wieviel denn, Herr Rausch?* Achte bei ihm auf den rasierten Streifen auf seinem Kopf, links! Sieht er nicht aus wie ein Tier? Er hat ein Reinkarnationsproblem. *Sie waren einmal eine Hyäne? Um zehn Schilling hat Sie die Bank betrogen? Und um das herauszufinden, haben Sie seitenweise Hochrechnungen durchgeführt?* Er liest nur mit Korrekturstift in der Hand. Er korrigiert Bücher. Zu fünfzig Prozent will er eine Frau sein. Seine letzte Einlieferung erfolgte, als er dabei war, sich vor dem Hauptbahnhof eine Damenstrumpfhose anzuziehen. *Gut, Herr Rausch, was erwarten Sie sich von uns? Wie lange wollen Sie bleiben? Ihren Ausschlag zeigen Sie mir später, okay?*

Guten Tag, Herr Blum. Wie geht's? Herr Blum ist sechsundzwanzig und hat noch nie mit einer Frau geschlafen; er kam freiwillig zu uns. Seine Eltern, besonders die Mutter, pflegen für ihn zu sprechen. *Stört Sie das nicht, Herr Blum, wenn Ihre Mutter für Sie redet?* Nicht besonders, aha. Er muß jede Stunde aufs Klo. *Wie geht's mit der Blase? Schon besser? Sehen Sie, das richtige Medikament! Wie?* Hör, wie er stottert. *Zur Maltherapie wollen Sie nicht, ist das richtig? Sie wollen lieber etwas formen? Dann schicken wir Sie zur Ergotherapie! Da kann man was gestalten.* In der Gruppe fühlt er sich wohl. *Da blühen Sie auf, was?* Er tut sich schwer beim Reden. Er ist gehemmt. *Sie wollen, daß sich was ändert, daß Sie lockerer werden, gelt, Herr Blum? Na, dann werden wir sehen, was wir für Sie tun können.*

Die Ärztin pflegt, gestreckt wie ein Feldwebel bei ihrer kleinen Statur, sich am Fußende der Patientenbetten aufzubauen, neben welchen die Patienten Habtacht stehen und auf die

Ärztin hinunterschauen, die zur Sicherheit bei jedem aufmüpfigen Wort die Dosis gnadenlos erhöht.

Gelt ja, Herr Pieber, Ihre Depotspritze holen Sie dann jeden Monat ab, wenn Sie draußen sind, sonst ist das nichts mit Ihnen! Lebenslang brauchen Sie Ihre Spritzen! Seit dem Unfalltod des Bruders – die Gendarmerie hält es für Selbstmord – ist er wie ausgewechselt. Er wollte seine Mutter im Rollstuhl aus dem Fenster werfen, da er sie und alle anderen für Doppelgänger und Maskenträger hielt. *Nicht, daß Sie wieder alle Stromkabel kappen auf Ihrem Bauernhof! Von der Spritze sind Sie so müde geworden? Ja, aber, so ist das auch nichts mit Ihnen, Sie brauchen Ihr Medikament, Herr Pieber!*

Die Ärztin hat entweder einen nach innen gerollten Zopf oder – ab der zweiten Hälfte der Woche – offenes, leicht geföntes Haar. Immer gelackte Nägel, die sie, während sie zu einem Patienten spricht, mit den Fingerkuppen streicht. Verschafft es ihr Behagen, ihre pinkfarbenen Nägel zu fühlen, während sie Männern das Leben zerstört? Zerstört sie Männern das Leben? Bietet Sie Männern Hilfe an?

Er, der zum siebzehnten Mal hier ist, sozial geschädigt, sechsundzwanzig, ein Tier im Gitterbett. So stark sediert, daß er nur bellen kann, nicht sprechen, im Gittermaschenkäfig.

Die pinkfarbenen Nägel bohren sich zu ihm durch. *Was sollen wir mit Ihnen machen? Mmmh? Hat es nachts wieder ein Gerangel gegeben, hat der Pfleger erzählt, mmmh? So wird das mit uns nichts werden, gelt! So kann das aber nicht weitergehen!* Und nebenan der hübschgesichtige verhinderte Selbstmörder, jung, als Kind dastehend, die Komponistenbrille auf, sieht er uns fragend entgegen.

Nein, will mich nicht mehr umbringen. Wann kann ich raus? *Noch nicht, mein Lieber! Erst klären wir alles ab; internistische Prüfung. Einen epileptischen Anfall hatten Sie, wissen Sie gar nicht, gelt? – Was ist denn schon wieder? – Dann gebt ihm zu trinken, damit er deutlich reden kann! Ich verstehe ihn nicht!* Frau Doktor, Frau Doktor ... *Ich rede mit dem anderen Patienten jetzt, warten Sie!* Wie lange kann man jemand im Gitterkäfig halten? Sieh dir nur seine Fußsohlen an! Frau Doktor ... *Jetzt Ruhe! Was wollen Sie von mir?* Er hat schöne Lippen, ganz breite schöne Jungenlippen, einen schmalen blassen Kopf, aristokratische Gesichtszüge. In dem Heim, wo er war, hat er eine Angestellte krankenhausreif geprügelt. Er randaliert, er ist gefährlich. Das Pflegepersonal ist angehalten, nicht zu nah ans Gitter zu treten. Hier, dein Wasser! Die Pfleger sind mit Patienten per du. Sie sprechen, auch wenn sie sie anreden, in der dritten Person mit Patienten. Schöller wartet hier, sagen die Pfleger, wenn sie den Patienten Schöller auffordern zu warten. Die Ärztin tritt dicht an den Käfig heran. Besorgt belustigte Durchschau. Durchschaust du uns Genetzte? Junge, armer, hilfloser. Die Welt hat dich vergessen. Du warst schlimm. Jetzt mußt du büßen. Selbst schuld. Und auf Wiedersehen! Morgen wird er gleich daliegen wie immer, die Arme aufgestützt, das Patientenhemd offen, kein einziges Haar auf der Brust. Daneben der wiederauferstandene Komponist, der nach Hause will. Gehen wir weiter.

Und selbst wenn ihnen die Ärztin noch später am Korridor begegnet, nimmt sie von ihnen keine Notiz, sie hat sich bereits verabschiedet, sieht an den Männern vorbei oder durch sie hindurch.

Mir gehen diese Irren und die Irrenärzte auf die Nerven, sagte die Rosa zu ihrem Yogalehrer.

Wie Sprechpuppen leiern sie auf Knopfdruck bei jeder

Visite dasselbe herunter: *Mir geht es schlecht, mir geht es besser, mir geht es wirklich gut, Herr Doktor und Frau Doktor. Mir gefällt es hier nicht, die Atmosphäre paßt nicht. Na schön, dann schauen wir weiter. Geduld. Wie fühlen Sie sich? Tut Ihnen das Medikament gut? Ich bin schwindelig. Das waren Sie schon zu Hause. Sie müssen Geduld haben. Träumt Ihnen noch von Messern? Glauben Sie, von der Technik gesteuert zu sein? Was sagen Ihre Stimmen? Wie viele Stimmen hören Sie noch? Stehen Sie unter dem Einfluß Clint Eastwoods? Wissen Sie Ihren Namen? Wie heißt er denn wirklich? Wo tut es weh? Zeigen Sie mir Ihre Zunge! Spucken Sie die Tabletten nicht aus! Wir werden jetzt reduzieren. Wir schleichen Ihre Medikamente aus. Das müssen Sie zu Hause weiternehmen. Kein Bier, kein Alkohol, sonst wird's wieder schlimmer! Was werden Sie zu Hause tun? Dann gehen Sie am Wochenende auf Probe heim und kommen montags wieder! Glauben Sie, eine Frau zu sein? Wessen Diener sind Sie? Was sagt die Stimme jetzt? Wieso müssen Sie immer mit dem Zug fahren? Haben Sie schon daran gedacht, sich umzubringen? Aber umbringen wollen Sie sich nicht? Das Zittern kommt von den Tabletten. Stört es Sie denn? Dann wollen wir reduzieren. Wir haben schon reduziert. So schnell geht das nicht! Den Lithiumspiegel überprüfen wir noch. Er war bei Ihnen zu niedrig. Wir schicken Sie in die Arbeitstherapie. Alles Gute.*

Der Patient Eduard Rausch wird mich privat anrufen. Er sei ein Detektiv gewesen, habe meine Nummer ausgekundschaftet, doch wenn ich es wünsche, lege er auf. Er werde am Montag entlassen. Er wird mir von seiner Zeit und den Erfahrungen im Sicherheitsbett erzählen. Im Sicherheitsbett zu sein, sei gewesen, wie sich kurz vor einem Ziel eingeklemmt zu haben.

Zu viele Gedanken gefährden mein Selbstverständnis, mit dem ich morgens in den weißen Mantel schlüpfe, nahtlos, während die Krüppel von innen an die Stirn klopfen, durch das Dunkel im Kopf irren, ausrutschen, zertrampelt werden, sich wieder aufrappeln. Das Leben wäre ein anderes, verrückteres, hätte ich weitergedacht. Die Beziehung zu Tieren. Ich fange den Gedanken und lege ihn auf meine Geschichte. Er dringt in die Geschichte ein, der flüssige Gedanke. Die Geschichte wird kalt und läuft blau an. Die Geschichte kehrt mir den Rücken. Ich entledige mich der Geschichte über der Klosettmuschel. Daß es eine, nicht meine, bloß eine zufällige Geschichte ist, ist ebenso zufällig wie ich und kann sich ebenso schnell ereignen wie der Aufstieg eines Primarius oder Oberarztes oder der Abstieg eines Menschen von der Straße, der Patient auf A 2 wurde.

Jeden Morgen ist Morgentalk, Besprechung genannt, im Kreis lauter Eingeweihter. Einer, eine spricht. Einer, eine wird vorgeführt und besprochen.

Am Beginn der Geschichte werde ich die Ärztin, die Sozialarbeiterin und einen gescheiterten Selbstmörder in ein aufgelassenes Hotel begleiten, das als Wohnheim für psychisch Kranke dient. Die viertelstündige Fahrt im Irrenhausbus ist lang genug, um alles über das Privatleben der Ärztin zu erfahren. Die Ärztin ist zugänglich und unterhält sich mit der Sozialarbeiterin und mir über Kochrezepte. Bei ihr gibt es jeden Tag Fleisch, denn ihr Mann haßt Gemüse. Sie wirkt jünger und netter außerhalb der Stationsmauern. Indem sie A 2 verläßt, kehrt sie zu sich selbst zurück. Die Eltern eines Neuzugangs, der im Sicherheitsbett liegt, haben bei Pascha vorgesprochen. Eduard Rausch hat sich selbst entlassen. Er soll in ambulanter Behandlung bleiben und regelmäßig seine Tabletten abholen. Herr Blum mit dem Blasenproblem nimmt an allen verfügbaren Therapien teil und wird von Pascha gebremst. Der randalierende Junge mit dem Aristokratengesicht ist jetzt nicht mehr im Sicherheitsbett. Er hat in dem aufgelassenen Hotel gewohnt, jetzt wird er ausgesiedelt. Die anderen Bewohner würden beunruhigt durch einen wie ihn. Der leitende Arzt des Heims ist steif und nüchtern. Er wirkt gedrückt und unnahbar, als ginge ihn das alles kaum etwas an und falle ihm lästig. Die Sachen des Jungen stehen gebündelt und gepackt im Hotelvorhaus. Ein riesiger Vogelkäfig ist darunter; in so einem ist er jetzt selbst. Man will ihn nicht mehr. Er spricht auf Beruhigungsmittel paradox an, wird noch unberechenbarer. Ein früherer Krankenpfleger torkelt übermüdet zum Aufzug. Die Tabletten. Man könne einen Neuroleptika einnehmenden Menschen an den Bewegungen erkennen, erklärt die Ärztin.

Der in das Wohnheim einzuführende Patient von A 2 sei kein klassischer psychiatrischer Patient und falle mehr in die Kategorie der Asozialen. Er war früher Zuhälter, bis er einmal Spiritus trank und in einem Breigemisch fünfzig Rohypnol-Tabletten schluckte. Ich habe alles verloren, gibt er an. Er kann als Koch im Hotel anfangen, das keines mehr ist. Die Hotelzimmer sind jetzt Krankenzimmer. Auf mancher Tür klebt ein mit Filzstift geschriebener Name. Auf mancher Tür steht ein Wort wie *Untersuchungszimmer*, und es riecht nach Arznei. Der Seminarsaal ist jetzt der Turnsaal der Bewohner. Die Rezeption hat nur noch Haken ohne Schlüssel. Die von ihren Medikamenten Gezeichneten schieben sich speichelnd und gebuckelt, mühsam umher. Dem neuen Bewohner wird ein Zimmer gezeigt. Einen Koch könnten sie gut gebrauchen.

Rausch

Menschen wie dem Schizophrenen Rausch gegenüber empfinde ich eine große Nähe, sagte die Rosa zu ihrem Yogalehrer.

Von solchen geht eine Anziehung aus, als könnte man damit seine Sehnsucht stillen. Ich stürze mich auf Rausch, der mir wie ein König unter den Patienten erscheint, und achte auf den Klang seiner Worte. Eduard Rausch hat etwas an sich, das die Vorstellung unmöglich macht, er könne *ohne Ich* aus Indien zurückgekehrt sein und seine Großmutter mit einem Messer bedroht haben, wie in seiner Krankengeschichte zu lesen ist. Den Ärzten, die zwischen offener und geschlossener Abteilung über sein Schicksal verhandeln, ist nicht zu trauen. Ich habe Rausch erkannt. Es ist sein letzter Aufenthalt in der offenen Abteilung der Akutstation. Er kommt freiwillig, weil seine Großmutter gestorben ist. Er erzählt auf einem Balkon über dem Irrenhausgelände vom Mund der Toten, der ihn an eine Sexpuppe erinnert habe. Allein wie er auf dem Balkon der Geschlossenen thront, um den Ausblick auf die Gartenanlagen zu genießen, wo er in der Beschäftigungstherapie arbeitet, wie er die Lippen verformt, wie sein karamelfarbener Blick mich berührt und minutenlang auf mir liegt und wie er mir Feuer für Zigaretten gibt, dessen Körper in tiefgefrorenem Zustand aus Pula zurückkehren und verbrannt werden wird, überzeugt mich davon, es mit einem außergewöhnlichen Menschen zu tun zu haben.

Vier Wochen später wird Rausch mit schwarzlackierten Fingernägeln aus dem Meer gefischt. Pascha wird später, viel später einen Kongreß in Pula besuchen und dort seines Patienten gedenken. Für Rauschs Mutter werde ich ein Beweis dafür sein, daß es nicht Selbstmord war. Das Gesicht von Rauschs Mutter nimmt wieder Farbe an und wirkt mädchenhaft und jünger, als sie von unseren Gesprächen auf der Akutstation erfährt. Von da an wird sie mir helfen wollen, da ich ihr ein Symbol für Rauschs Lebenswillen bin. Sie wird sich an mich als Eduards *letzter Liebe* klammern und mir einen Verdienst in einem Lokal in der Universitätsstraße vermitteln, wo sie selbst, nur um sich abzulenken, Crêpes zubereitet. Bei der Gelegenheit werde ich von Rauschs Mutter als

Beinahe-Schwiegertochter eingeführt. Zuerst wird man mich in der Küche beschäftigen wollen, ich soll frittieren und schneiden und schälen, Salate marinieren und Gerichte garnieren, aber als mich der Lokalinhaber sieht, findet er, daß es besser sei, mich nicht zu verstecken. Neben dem Job in der Werbeagentur werde ich eine Woche lang Kellnerin sein. Rauschs Mutter plant, mir bei der Urnenbeisetzung einen Ehrenplatz einzuräumen und mich ihren Verwandten vorzustellen, wie um die Schaulust derer zu vertreiben, die nur kommen, um an der Verabschiedung eines Selbstmörders teilzunehmen. Die Geschichte zwischen Rauschs Mutter und mir hat keinen Anfang und dauert nur eine Woche. Ist sie zuerst schnell zu begeistern, wird sie sich umso schneller entfernen. Wann immer ich in der Gegend sein werde, werde ich mir neben dem Fenster den Beistelltisch mit der Urne denken. Die Urne erinnert mich an eine Zuckerdose, die bei Großmutter auf dem Küchenkasten stand, und ist von Familienfotos umgeben: Rausch als Kind, Rauschs Großmutter.

Befremdend ist, mitten in eine unheimliche Familienkonstellation zu geraten; zwei übermächtige Frauen, Mutter und Großmutter, gegen den schmächtigen feinfühligen Eduard Rausch, der beide am liebsten umgebracht hätte, was er nicht schaffte und schizophren wurde. Und sich in einer Privatwohnung zu finden, dort, wo sich Rauschs von ihm auf der Akutstation nur angedeutetes Drama abspielte und wo vielleicht der Grundstein zu seiner Krankheit gelegt wurde.

Jetzt hat die Alte meinen Edi, sagt Rauschs Mutter über die Großmutter. Sie streichelt mir über die Oberschenkel, während ich vor einem fetten getigerten Kater zurückweiche, den auch der Edi immer gehaßt habe, sagt sie. *Ihr könntet Geschwister sein*, ist etwas, das sie jedem nachsagt, so auch Eduards langjähriger Freundin Bertha, die sie seinen *Zwilling* nennt. Selbst mein Sohn wird sie an Edi erinnern. Am Ende der

Geschichte wird seine Mutter beschließen, die Urne von Rausch bei sich zu behalten und nicht beizusetzen, damit ihn ihre Mutter nicht zu sich ins Grab bekommt.

Der Edi bleibt bei mir, gelt Edi, wird sie sagen.

Sophie

Pascha und ich sind auf sozialpsychiatrischer Ausfahrt quer durch die Steiermark. Ich folge ihm in ein schäbiges Haus. Wind weht durch das Vorhaus. Wir sehen Risse und Sprünge, Ziegel, Stromleitungen. Ich trete in ein abgedunkeltes Zimmer, das von einer übergewichtigen Frau in einem schmalen Bett beherrscht wird. Neben ihr auf dem Boden sind Teller mit Resten eines Huhns. Hier Sophie, nebenan Marie. Sophie schlürft Methadon aus der Flasche. Ich schenke ihr eine Packung Fluoxamid, das mir die Pharmafirma als Muster gab. Sie schluckt sofort einige der Tabletten und schlägt in einem Verzeichnis für Medikamente die zu erwartende Wirkung nach. Später wird Pascha mir das Heroin-Substitutionsprogramm erklären. Methadon habe eine äußerst lange Wirkzeit und mache träge und fettleibig. Während Sophie auf Wirkung wartet, kann ich feststellen, wie unglaublich aufgeschwemmt sie ist. Plötzlich wird sie rege und verteilt riesige Tortenportionen auf drei Teller. Sie zeigt uns Fotos. Man sieht sie im Bett, eine Katze zwischen Händen und Stricknadeln. Ich bin in dem, was Stillstand heißt, sagt Sophie: So heißt meine Zeit. Ab und zu springen mich noch andere Zeitfetzen an, die ich von meinem Schutzhandschuh abschüttle und die Reißzähne aus dem Stoff entferne.

Später, viel später wird der Notarzt und Schamane Balthasar Glück ständig imaginäre Staubkörner von mir entfernen. Als ob ich von Fusselchen übersät wäre, wird er an mir zupfen, und meiner Freundin Evamaria wird auffallen, daß seine Hände zittern. Ich werde die roten Fleischhackerhände der Schwester Gertrud, die mich zum Tor der Hölle zerrte, an ihm wiederfinden. In Pascha werden mir meine Mutter und Schwester Merita begegnen. Auch die heroinsüchtige Sophie ist ein Teil von mir. Wenn man die Zeit leugnet, murmelt sie lächelnd vor sich hin: Was können Minuten sein? Gibt es statt Zeit nicht nur Abstände? Ich sehe Großmutter vor mir. Rausch, der Psychiatriepatient, hätte seine Großmutter am liebsten umgebracht. Von Schizophrenen heißt es, sie hassen ihre Mütter und Großmütter. Und wenn es ihnen nicht gelinge, sich von ihnen zu befreien, erlägen sie ihnen. Sophie trinkt aus der Methadonflasche wie aus einem Säuglingsfläschchen, die Beine im Küchenvorhang.

III
Die Geschichte der Liebe

Die Frau

Meine Vorgängerin ist die Frau aus Paschas Geschichte *Die Frau* und hat noch mit vierzig den Körper eines Mädchens, sagte die Rosa zu ihrem Yogalehrer.

Sie stammt vom Land, ist Maltherapeutin und trifft sich einmal im Monat mit Pascha in seiner Praxis. Sie sei seine erste Liebe gewesen, wird er später sagen. In der Geschichte *Die Frau* schildert er die Eroberung ihrer einzelnen Körperteile. Von dieser Geschichte, die ich auf meinen letzten Urlaub mit Siegfried mitnehmen werde, werde ich gefesselt sein, besonders von der Geigenkastenszene. Auf einer Bühne entsteigt eine Frau unter den Anweisungen eines kahlen Meisters einem Baßgeigenkasten. Sie wird von zwei Knaben an den Gliedmaßen gebunden und hochgezogen, so daß sie mit gespreizten Beinen und ausgebreiteten Armen in den Zuschauerraum schwingt. Am Ende der Geschichte wird sie vom kahlen Meister mit einer Schere aufgeschlitzt und gefressen.

Später, viel später wird *die Frau* Pascha verlassen und zu ihrem behinderten Freund zurückkehren. Pascha wird mich zur Nachfolgerin der Frau trainieren. Er nennt es Sklaverei und *Rahmenwerk der Liebe*. Ich werde nichts zu erwarten haben und soll weder Wut noch Trauer zeigen. Ich sei zu seinem Vergnügen geschaffen, wird Pascha mich nachsprechen lassen. Später, viel später, am Ende der Geschichte, wird er mich als *Racheengel* bezeichnen. Er wird brüllen, wenn ich ihm nicht freundlich genug bin oder die Beine falsch übereinanderschlage, so daß ich mich gegen ihn zu verschließen scheine, was er mir als Erpressungsversuch auslegen und deshalb verbieten wird.

Die Geschichte verlassen

Pascha wird sich bis zur Scheidung mit mir in seiner Praxis und in Hotelzimmern verabreden, sagte die Rosa zu ihrem Yogalehrer.

In der Salzburger Pension *Falkenhof* werde ich den Zimmerschlüssel entgegennehmen und in den ungelüfteten Oberstock stapfen. Eine mich lichtende und zugleich bezwingende Kühle hüllt mich ein. Ich strecke mir im Spiegel die Zunge heraus und entkleide mich vollständig. Ich mustere meinen Körper und prüfe, was er an mir hat. Ich denke, daß das jetzt noch mir gehört, was für ihn bestimmt ist, und fasse auf die andere Hälfte des Bettes, die sich bald anwärmen wird. Noch sitzt er im Auto, tritt sein rechter Fuß auf das Gaspedal. Ich werde mich bereithalten. Ich drücke das Gesicht ins Kopfkissen und verschlucke die Idee, zu entkommen. Ich warte unter der Bettdecke, wie als Kind auf Vater. Er ist einer jener römischen Hausväter, denen man die Neugeborenen zu Füßen legt, um sie entscheiden zu lassen, ob das Kind behalten wird. Beugt sich der Hausvater hinunter und hebt das Kind auf, ist es gerettet, wenn er sich abwendet, wird es sterben. Meine Mutter ist es, die mich forträgt und in die Wildnis legt. Mein Vater liebt alle Frauen, die nicht ich sind. Dreieinhalb Seiten lang, in Mutters Tagebuch, bin ich ihm lieb.

Pascha wird von einem Kongreß aus München kommen. Er wird in dem Salzburger Hotelzimmer auf die Toilette gehen, furzen und ins Bett steigen. Er sieht sanft und liebevoll aus, während er mich betrachtet. Er sagt *Inbesitznahme*, ob ich wohl wisse, was das heißt. Er bohrt mir seine Zunge hinein und peitscht mich mit dem Gürtel. *Du mein Eigentum*, sagt er, sprich mir nach: *Ich bin dein Eigentum, Herr.* Er will mich zerhacken, mit dem Schnabel aufpicken. Es ist Mord. Ich puste ihn an. Ich liebe dich. Schon gut, sagt er. Mein Hintern sei in Ordnung. Am Anfang der Geschichte gefällt es mir, sein Instrument zu sein. In Paris, sagt Pascha, durftest du noch Grenzen haben. Im Pariser Hotel gilt erstmals Paschas unsittliches Gebot, mir den Slip übers Gesicht ziehen zu lassen. Ich gucke durch die Beinausschnitte auf seinen satten zufriedenen Blick. Die Sklaverei sei ein unendlich weites Feld, murmelt Pascha im Bauernbett der Pension Falkenhof. Im Grunde wollen alle Frauen versklavt werden, das sei von Natur aus so und archaisch vorherbestimmt. Um Mitternacht verlassen wir das Gebäude und vertreten uns in den Straßen die Beine. Wir sind hungrig und finden eine beleuchtete Tankstelle. Pascha erzählt mir von der Geschichte *Istanbul*, an der er schreibt.

Schlagwörter mit Pascha

Pascha und ich entwickeln eine eigene Sprache, sagte die Rosa zu ihrem Yogalehrer.

Ich erzähle ihm einmal von einer Geburtstagsfeier und erwähne dabei einen Mann, der später in mein Hotelzimmer kommt. Ich will nicht mit ihm schlafen, es passiert, werde ich sagen, und daß auch die Schauspielerin Sonja Kirchberger dort gewesen sei. Ehe ich weiterreden kann, wird er mich unterbrechen. Er wird sagen, daß nebensächlich sei, wer noch auf der Party gewesen sei, und daß ich dort weitererzählen solle, wo ich den Mann in das Hotelzimmer einlasse. Später, viel später wird *Sonja Kirchberger* ein Signal für ausschweifende Rede sein. Dann gibt es das Hohlstraßen-Syndrom. Wenn Pascha: *Hohlstraße* sagt, muß ich mich einkriegen. Im Unterschied zu *Sonja Kirchberger* bedeutet *Hohlstraße*, daß ich, nachdem etwas gesagt wurde, an das Gegenteil des Gesagten anknüpfe. Das Hohlstraßen-Syndrom geht auf ein Erlebnis zurück. Im Rotlichtviertel Zürichs, in der Hohlstraße, besichtigen wir einmal ein Zimmer, und Pascha verspricht, ohne meine Zustimmung dort keinesfalls einzuziehen, worauf ich verkünde, daß er ruhig einziehen könne, aber ohne mich. Wenn Pascha *Hohlstraße* sagt, ist davon auszugehen, daß er sich mißverstanden fühlt. Ein anderes Beispiel unserer Privatsprache ist das Evamaria-Syndrom für grundlose Eifersucht. Eine Mischung aus Hohlstraßen- und Evamaria-Syndrom ist möglich, während das Sonja-Kirchberger-Syndrom immer allein auftritt. Beim Wort *Evamaria* gehe ich davon aus, daß Pascha sich zu Unrecht verdächtigt fühlt und daß ich hysterisch war wie meine Freundin, nach der das Syndrom benannt wurde. Wenn Pascha *Typ* sagt, meint er die Chirurgin Karla. *Ich habe die Phantasie*, sagt er häufig, oder: *Ich habe das Bild.* Seine Psychologensprache ist merkwürdig. Alles wird gelüftet, um dahinterzusehen. Aber man kommt nie dahinter, Vorhang für Vorhang wird umsonst gehoben.

Fremd in der Stadt

Mehrmals bin ich mit Pascha in Salzburg. Überall, wo wir fremd sind, irren wir umher. Wir können uns nur im Laufschritt und einander üble Worte zurufend zurechtfinden, erst allmählich beruhigen wir uns und gewöhnen uns an die Umgebung. Wir haben zunächst immer in irgendein Lokal gefunden, wenn wir an einem Ort fremd gewesen sind. Wir haben nicht gesucht, sondern sind aus Pensionen und Hotels gesprungen, in eine undurchschaubare feindselige Fremde, und haben uns erwartet, draußen stehe eine Art Fremdenführer bereit, der uns die Gegend zeige.

Wir hüpfen hintereinander her durch die Altstadt von Salzburg und finden die Salzburger Menschen häßlich, auch die Salzburger Touristen erscheinen uns häßlich, und ganz Salzburg ist finster und häßlich, wir finden in kein Lokal. Wir prallen vor Stehimbissen und Konditoreien zurück und lästern über Salzburg, und als wir uns schließlich im berühmten *Tomaselli* eingefunden haben und durch die Glasfront die Fußgängerzone mit alten und körperbehinderten Menschen beobachten, schließen wir uns in unserer Meinung Thomas Bernhard an. In *Der Keller* lästert Bernhard über Salzburg und die Salzburger Menschen, und in der Scherzhauserfeldsiedlung, erzählte ich Pascha, war ich, um den Keller zu sehen, einmal nur einen Blick in den Keller geworfen zu haben. Dort war ich mit Klaus, der am Herztod sterben würde, und Klaus hatte im Auto gewartet, während ich die paar Stufen zu einem Keller in der Salzburger Scherzhauserfeldsiedlung hinuntergestiegen bin, um durch eine halbdurchsichtige ramponierte Tür in eine ramponierte Bruchbude zu blicken, die ich für die Gemischtwarenhandlung des Kaufmannslehrlings Thomas Bernhard hielt. Später, als ich die Adresse mit der Adresse im Buch verglich, erkannte ich, daß der Keller von Bernhard anderswo gewesen sein muß, aber dennoch bin ich dabei geblieben, daß der Keller, in den ich geblickt hatte, der *richtige* Keller gewesen war. Und er ist bis heute der richtige Keller geblieben, wenn sich auch ein Gefühl in die Erinnerung mischt, das ich nicht wahrhaben möchte, nämlich daß es der falsche Keller war und daß ich noch einmal dorthin und in der Scherzhauserfeldsiedlung nachforschen müßte, bis ich den richtigen Keller finde. Ich will es mir aber ersparen und belasse mich in dem Gefühl, daß es der richtige, nicht der falsche Keller war, den ich besichtigt habe.

Ich war auch mit Klaus in Ohlsdorf und habe nach Bernhards Tod durch die winzigen Fenster des Ohlsdorfer Vierkanthofs auf die Ohrensessel, Kachelöfen und schwarzen Gummistiefel einen Blick werfen können, was mir viel gegeben hat, erzähle ich Pascha im Tomaselli. Und ich erzähle ihm, daß ich zu fünfzig Prozent bereit sei, ihm nach Fredericksburg in Texas zu folgen. Pascha schaut mich an, als wäre ich ihm mit einemmal fremd. Ich schaue auf die Fußgängerzone und frage ihn, ob er mit der Frau im Rollstuhl Sex haben wolle.

Pascha springt auf und reißt seinen Mantel vom Haken. Wir hasten nach draußen. Er rennt schon wieder.

Ein Fehler, rast es mir durch den Kopf, ich habe einen Fehler gemacht, habe ihn verstört, verärgert, was für ein Triumphgefühl. Und zugleich will ich ihn zurückgewinnen, *es war nicht so gemeint, ich habe noch keine Anstellung in Texas, natürlich will ich mit dir gehen. Liebster.* Und als es nichts hilft, schalte ich auf dringlich, flehentlich, auf fast schon verrückt. Wie auf Eisplatten oder Schienen bewege ich mich, während er gegen den Horizont fuchtelt. Er prallt an einen Passanten und gibt an ihn seinen Haß weiter. Häuser, Plakatwände, Kinder, Hunde, Schaufenster, Fratzen, und mir wird übel.

Warte, Pascha, schreie ich.

Er hört nicht. Er zuckt, schlägt aus, wenn ich nach ihm hasche. Es ist eine Mischung aus Lust und Schrecken, und wie an einem unsichtbaren Band bewege ich mich im Laufschritt mit.

Pascha, warte! Ich kann nicht mehr! Nicht so schnell!

Er will nicht stehenbleiben. Er will auswandern. Mich weiter lieben, aber mich verlassen. Susanne verlassen, mich verlassen.

Ich habe ihm Lanzen gesetzt.

Immer neue Lanzen, brüllt Pascha. Du bist ein Racheengel und tötest uns Männer!

Okay, okay, beruhigen wir uns, sage ich. Bitte hör auf zu rennen, Pascha! Du bringst mich sonst um. Stehenbleiben, bitte, bitte!

Ich bin auch in Wien so vorgegangen wie in Salzburg. In Wien war ich auf der Suche nach der Ungargassenwohnung der Ingeborg Bachmann gewesen, Jahre bevor ich mich aufgemacht habe, den Keller von Thomas Bernhard in der Scherzhauserfeldsiedlung auszumachen. Es war nach einem Besuch des Zentralfriedhofs. Klaus, der mich in einem Jahr heiraten und in zwei Jahren im Bett sterben würde, hielt meine Hand. Das heißt, ich habe seine Hand ergriffen und mich beschwert, daß nicht er begonnen habe, und Klaus beklagte sich über den Schweiß auf meiner Handfläche. Aber ich war aufgeregt, weil ich ihn unendlich geliebt habe! Und mein volles Zulassen der Liebe bringt mit sich, daß ich zum Beispiel schweißnasse Hände habe. Oder andauernd klage und fordernd bin. Denn dann will ich andauernd bewiesen haben, daß die Liebe ein Recht hat und nicht vergeudete Munition ist. Siegfried hat mir am meisten entsprochen und ist manchmal sonntags auf das stundenlange Spielchen eingestiegen, mir zu sagen, wie sehr er mich liebe.

Mehr als der Himmel weit ist? frage ich.

Ja, sagt Siegfried.

Und um wieviel mehr?

Da schweigt er. Ich helfe ihm weiter und sage: Du liebst mich doch mehr, als Sternschnuppen zu allen Zeiten gefallen sind, oder Regentropfen, oder als Sterne am Himmel sind, zu allen Zeiten und je?

Ja, sagt er lächelnd.

Ich bin also in die Ungargasse und habe auf irgendeiner Höhe instinktiv den Weg zu einem Hinterhof eingeschlagen und dort bei geschlossenen Augen tief eingeatmet, in der Einbildung, hier habe sich alles aus dem Roman *Malina* zugetragen.

Die Chirurgin Karla wird mir auf der Intensivstation ein Hörspiel der Bachmann empfehlen. Die Stelle, an der geschildert wird, wie sich Liebende in Gebein und Staub auflösen und wie er sie selbst da noch liebt und begehrt, ist herzzerreißend. Schönes und Häßliches hat mich immer angezogen. Das Schöne, das zugleich häßlich war, macht mich am meisten betroffen. Zum Beispiel Friedhöfe, schäbige Hinterhöfe, auch der Anblick ausrangierter Gegenstände, verlassener überfüllter Mülltonnen, die für mich immer etwas Amerikanisches haben, der Anblick verstreuter Knochen, weggeworfener Büchsen und Plastiktüten, menschenverlassene Plätze, Spielplätze, zertretene Zäune und verlorene Knöpfe oder Münzen. Alles, was Geschichte hat, macht mich beklommen, und wenn es nur eine Haarspange in Handkes Aphorismensammlung *Das Gewicht der Welt* ist. Ich liebe das schmutzige Leben. Es ist authentisch. Wir sind schmutzig, Pascha und ich. Anstatt es uns gutgehen zu lassen, reiben wir uns aneinander und schließen verhaltenstherapeutische Verträge, um es noch irgendwie zu überstehen.

Mission der Kargheit

Was sich Paschas Kontrolle entzieht und ihm unstrukturiert erscheint, ist ihm bedrohlich, sagte die Rosa zu ihrem Yogalehrer.

Er schlägt darauf ein und zerstört es oder formt es sich zurecht. Als Modas hat er gelernt, zuzuhören. Zunächst redet man den Leuten nach dem Mund, und irgendwann, so die Hoffnung, kehrt es sich um. Ich meine, in Pascha noch immer den Missionar zu erkennen, war er ja seine Jugend hindurch quer durch die westliche Welt als solcher unterwegs. Pascha hat in Australien und Amerika Verwandte mit den abenteuerlichsten Lebensgeschichten. Ein australischer Onkel wird von einem Aborigin erschlagen werden. Später, viel später wird er sich beklagen, daß ich ihm nach dem Verbrechen kein Trost gewesen sei. Ein anderer Onkel, der vor Jahren nach Kanada auswanderte, gilt als verschollen. Seit Pascha aus der Modas-Gemeinde austrat, hält er sich nicht mehr an die strengen Regeln, obwohl er noch immer *die Kargheit* sucht. Vorübergehend, aus Ersparnisgründen, im *Miesener Lebenshilfeheim* mit seinen schlichten Zimmern zu wohnen, wird ihm wegen dessen Kargheit gefallen. Die Frage, ob Leib und Seele miteinander korrespondieren, beschäftigt Pascha, oder ob die physische und die psychische Sphäre völlig voneinander getrennt sind. Und nach dem Ende der Geschichte wird er mir bei seinem letzten Besuch in das Buch *Das heiße Raubtier Liebe – Erotik und Surrealismus* eine Widmung schreiben, durch mich habe er erfahren, daß Sinnlichkeit und Liebe, so wie Leib und Seele, zusammengehören *müßten*. Pascha wird in Texas Philosophie studieren, was durch seine nur sechzigprozentige Beschäftigung an der Fredericksburger Klinik möglich wird. Er wird sich philosophisch mit Leib und Seele in ihrem Verhaltnis zueinander beschäftigen. Wir waren doch schon weiter, klagt Pascha, wenn ich nicht gehorche, und *so* könne er mich nicht gebrauchen. Er beharrt darauf, daß ich jeden Satz mit *Herr* beende. Wenn ich nicht will, nennt er mich *widerständig* und fragt, ob ich meine, daß es ihm Spaß bereite, mich zu bestrafen.

Vor dem Ende der Geschichte werden wir Paschas Eltern besuchen, die einer türkischen Restaurantkette in Österreich vorstehen. Bei der Gelegenheit wird mir Pascha das von seiner Schwester, einer Architekturstudentin, geplante Haus zeigen. Die Mutter wird uns, als wäre sie nur für sich und von äußeren Einflüssen unberührbar, in ein helles emporstrebendes Gebäude vorausgehen, und ich werde staunen vor soviel

Sinn für Wohnlichkeit. Von Kargheit wird nichts zu spüren sein, und ich werde mich fragen, was Pascha damit meinte.

Paschas Mutter

Paschas Mutter ist eine zarte und entschlossene Frau. Sie wird mir, unmittelbar nach Paschas Scheidung, erstmals begegnen und nicht wie eine Sechzigjährige erscheinen. Sie hat halblanges schwarzes Haar, das frisch gebliebene Antlitz einer Jugendschönheit und die Gewohnheit, halblaut vor sich hin zu sprechen. Sie spricht von uns weg, als könnte ihr die unsichtbar versammelte Modas-Glaubensgemeinde zuhören. Wir werden in Gerasdorf, im Ort seiner Kindheit, wie zu einem offiziellen Anlaß ein Chinarestaurant besuchen, und mir wird auffallen, zum Essen keinen Pflaumenwein gereicht zu bekommen. Bei heimischen Chinesen ist es ein ungeschriebenes Gesetz, daß Pflaumenwein gereicht wird, wieviel ist unterschiedlich, aber daß einem welcher angeboten wird, ist Sitte. Weil Paschas Familie dem Modas-Glauben angehört und das in der Ortschaft hinlänglich bekannt ist, bekommt niemand, der mit einem von ihnen unterwegs ist, alkoholhältige Getränke oder Speisen. Wenn ich zum Dessert gebackene Früchte flambieren lasse, wird Paschas Mutter nur ein klein wenig davon kosten. Pascha wird unser beider Hände halten und seiner Mutter hektisch den Puls fühlen, sobald sie ihren niedrigen Blutdruck erwähnen wird. So harmlos sie wirkt, so gefährlich ist sie für ihn, der sie beim Vornamen nennt. Am Ende der Geschichte werde ich zu Pascha sagen: Du sagst, daß sie die Herrschaft über deinen Vater hat, die schöne Lotusblüte. Jetzt jagst du meiner Liebe nach und kannst mich nur versklaven.

Seine Mutter spricht fließend Deutsch, doch merkt man, daß sie nicht von hier ist, aber Pascha, der akzentfrei spricht, leidet. An der Art, wie seine Mutter in der Straße eine Frau grüßt, und daran, wie sie sich bewegt und ihr zuwinkt, ist zu erkennen, daß sie sich hier zu Hause fühlt. Aber Pascha scheint rastlos, als hätte er nie eine Heimat gehabt. Er spricht von seiner Heimat wie vom Himmel, der überall gleich ist. Paschas Heimat gibt es nicht. Er hat keine Türkei, auf die er zurückblicken könnte und die ihm Halt gäbe. Er kennt seine Geschichte nur aus Überlieferungen der Eltern und weltweit verstreuter Onkel. Pascha weiß nicht, was es heißt, nach Hause zu kommen.

Ich frage: Du sprichst von Istanbul, als wärst du gestern dort gewesen! Warum gehst du nicht zurück?

Ich bin bestens über die Türkei informiert, behauptet Pascha und verweist auf den regelmäßigen Zeitungs- und Gedankenaustausch mit seinen Landsleuten. Daß ältere Türken wie Harkan erstaunt darüber seien, wie gut sein Türkisch sei, obwohl er nur wenig Gelegenheit habe, türkisch zu reden, freut Pascha. Daß *ich* seine Türkei sei, sagt er manchmal. Und manchmal, wenn ich ihn nur sehe, ist es wie ein Blick auf den Schmerz. Und umgekehrt erkennt er in mir seinen Schmerz. Und wir küssen uns, um die Schmerzen zu lindern.

Kalte Lippen

Du hast kalte Lippen, wird Pascha sagen, sagte die Rosa zu ihrem Yogalehrer.

Nach der Geschichte mit Karla werde ich häufig kalte Lippen haben. Kurz bevor er nach Texas geht, wird Pascha eine Geschichte mit dem Titel *Auswandern* schreiben. Ich treffe ihn bei strömendem Regen im Opernpavillon. Er bückt sich unter den Tisch, als eine Pflegerin von der Akutstation auftaucht, die uns nicht zusammen sehen soll. Vor ihm liegt seine erste *Houstoner Geschichte*, in der schon Paschas Kollege, der Houstoner Eric vorkommt. Vor wenigen Tagen kehrten wir von einem ersten Besuch aus Texas zurück, schon schreibt er darüber. In seiner Houstoner Geschichte wird er seinen psychoanalytischen Kollegen Eric wegen dessen Schweizer Abstammung *Houstoner Urs* nennen. Er schreibt von Österreich als *dort, wo ich herkomme*, und behauptet, daß die Österreicher argwöhnisch, neugierig, distanzlos, pietätlos und fremdenhasserisch seien. Pascha wirkt auf mich wie einer, der lang etwas hingenommen hat und plötzlich aufspringt und geht. Ich glaube, für ihn auch zu den abgewerteten und verhaßten Menschen zu zählen. Es scheint ihn zu vergnügen, das Land, das ihn noch immer beheimatet, schlechtzumachen. Seine dunklen Augen leuchten. Seine Vorlesestimme bleibt mir erspart, auch sein prüfender Blick. Pascha beschreibt den Houstoner Eric, wie auch ich ihn beschrieben hätte; mit einem Katzenblick und der hochgezogenen halben Augenbraue. Auch über die *Gangarten* und *Arschhaltungen* der Houstoner Menschen wird er schreiben. Ich werde sagen, daß es mich verletze, sein *Auswandern* zu lesen. Am Nebentisch sitzen zwei Mütter mit Kindern. Die beiden sehen zu kurz gekommen aus, ihren vierjährigen Kobolden ausgeliefert. Mich wundert, daß jedes Kind weiß, zu welcher der beiden es gehört und immer die richtige anspricht.

Eine halbe Stunde später, in der finsteren Praxis, wird er mich ins Nebenzimmer schicken. Ich soll mich ausziehen, so weit es mir *angemessen* erscheint. Wenn ich fertig bin, soll ich klopfen. Ich räume ein, daß ich in der bestimmten Stellung nicht klopfen könne. Noch ehe ich rufen kann, geht die Tür auf. Sobald er mich sieht, weicht er zurück und schließt die Tür wieder. Gleich darauf werde ich rufen, *praktisch nackt* und bereit zu sein. Pascha läßt mich noch warten.

Später wird er in seinem blauen Therapeutensessel sitzen. Ich blicke, auf allen vieren, zu ihm auf und vollführe kreuzhohl kreisende Bewegungen. Ich schaue in sein dunkles Gesicht. Er nimmt mein Gesicht in die Hände und befiehlt mir, meinen Blick nicht von ihm abzuwenden, sonst geschähe etwas Schreckliches. Er befiehlt mir, mich hinzulegen. Ich liege und recke ihm den gewünschten Körperteil entgegen. Ich grätsche die Beine und ziehe sie an. Ich spreche ihm Sätze nach und versuche, ihre Bedeutung nicht zu spüren. Später wird er mir erklären, meinen Willen brechen zu müssen.

Er weicht zurück, steht auf, sagt, daß es zu spät sei, verschwindet und kommt mit einem Kleiderbügel wieder. Ich werde mich auf den Bauch legen. Ich werde den Kopf zur Seite wenden und sehe ihn im Mondlicht neben meinen Füßen knien. Er ist nur oben bekleidet und richtet mich mit einer Hand und dem Unterarm ein, wie Holz, das man auf dem Hackstock schlichtet, ehe man es hackt. Er schlägt, ich soll mitzählen und *danke, Herr* sagen. Nach einem Dutzend Schlägen bringe ich ihn dazu, sich umarmen zu lassen. (So hätten sich damals die weißgekleideten Teufel im Krankenhaus von mir blenden lassen sollen, die mich auf den hohen Stuhl banden.) Während des Beischlafs wird er Geschichten erzählen.

Ich soll mir etwa vorstellen, er wäre ein anderer Mann. Ich wäre eine Sklavin und damit rechtlos; ich hätte auch keinen Stolz, alles an mir würde ihm gehören. Er erzählt, mich verschleppt zu haben, als ich unterwegs zu einem Liebhaber gewesen sei, um meinen Freund zu betrügen. Auf das philosophische Leib-Seele-Problem anspielend, sagt er, daß sich dieses Problem bei einer Sklavin im besonderen darstelle, denn sowohl Leib als auch Seele gehörten ihrem Herrn. Wenig später bemerkt er, daß seine erste Patientin in der Fredericksburger Klinik eine Magersüchtige sei.

Auf mich wartet dort nichts, werde ich sagen. Pascha springt auf und brüllt, daß ich immer alles zerstören müsse. Meine Entschuldigungen nützen nichts. Später werde ich ihn heranziehen und küssen, und er wird sagen, meine Lippen seien kalt. Pascha küßt mich vorwiegend bei geschlossenem Mund. Sooft er die Lippen spreizt und mir den entsprechenden Befehl erteilt, mutet es mir seltsam an. Ich öffne ihm den Mund nicht weit genug. Nur auf Kommando darf ich die Zunge einsetzen. Seit Paris, wo wir Bonbons von einem Mund in den anderen gleiten lassen, die er mir auch zwischen die Augenbrauen klebt, liegen Fisherman's Friend gegen schlechten Atem bereit.

Die Hölle von Verona

Kurz vor Weihnachten werden Pascha und ich nach Italien reisen.

Er verspricht es mir nach dem Film *Das Leben ist schön* von Benigni. Wir sind im Kino und anschließend auf der Terrasse des Opernpavillons. Bei Kerzenlicht kündigt er an, mir den Regisseur und Hauptdarsteller von *Das Leben ist schön*, Benigni, vorzustellen. Ich glaube ihm nicht und rücke beleidigt ab, wie ich immer vorsorglich abrücke, wenn ich mich vor Enttäuschungen fürchte. *Schutzmechanismen*, meint Pascha abfällig.

Augenblicke später gerät er in Rage. Ich will mich rechtfertigen, doch er hört nicht mehr zu. Weil ich ihm nicht glaube, daß er mir Benigni vorstellt, beschimpft er mich als Nazihure, nennt mein Kind einen Hurensohn und Siegfried einen Zuhälter.

Wochen später schreibt Pascha im Bett eines Veroneser Hotelzimmers über seine Schulzeit in Istanbul. Pascha wird in Verona einen türkischen Bildatlas unter den verschränkten Armen haben. Immer ist er mit Büchern unterwegs, als wären es Eintrittskarten ins Leben. Ich springe auf, das Bild einer blonden Frau in mir, einer anschwellenden Frauengestalt, die sich zu mir hinunterbeugt. Unmittelbar zuvor werde ich auf dem Veroneser Klodeckel hocken und weinen. Ich sehe mich in einem Kerker, ein Gedichtfragment von Celans *Das Geschlecht der Geliebten* auf dem Gesäß. Ich sehe Pascha und mich in *Hatschi Bratschis Luftballon* verschleppt werden. Wir sitzen mit Kindern aus allen Nationen um eine Tafel.

Am Veroneser Klo kann ich spüren, wie die Frauenstatue in mir auf mich hinunterweint. Ich kann in diesen Augenblicken keine Zukunft sehen, keinen Regenbogen über der Landschaft. Die Endstation einer langen Fahrt ist erreicht. Die Reisenden steigen aus, in wildem Gedränge, und spannen Regenschirme auf. Darauf stehen Wörter wie: *Liebe, Treue, Begehren, Haß, Macht, Opfer, Ritual, Gewohnheit, Untreue.* Sie steigen in eine Öde hinaus, während die Eisenbahn, alle Waggons, wie Teile eines Körpers, verbrennen. Die Landschaft steht in Flammen, die Bettdecke, Nachtkästen, Kästen, Vorhänge, Fensterläden, Bücher, unsere Koffer, Gesichter und Haare, das Hotelzimmer, alles brennt, brennt lichterloh, und er brüllt und spuckt, ihm klebt weißer Schaum in den Mundwinkeln, seine Augen werden wagenradgroß. *Hatschi Bratschi*, den Pascha als Kind ins Türkische übersetzte, stürzt kopfüber in den Brunnen; wir ähneln den in allen Zeitungen abgebildeten, im benachbarten Kriegsgebiet entführten und mißhandelten UNO-Soldaten. Pascha wird mir am Morgen nichts vorwerfen, obwohl er nachts mit mir Schluß macht. Ich werde meine Blutergüsse hinter Sonnenbrillen verstecken.

In Verona schweigen wir über die Schläge der Nacht, ich berühre ihn zärtlich. Pascha gibt sich beamtenhaft freundlich. Ich küsse ihn mehr als sonst, mit dröhnendem Kopf von den Ohrfeigen während des Telefonats mit Siegfried, das er zu unterbinden suchte, brüllend und spuckend.

Pascha unterschreibt ohne mein Wissen für Fredericksburg

Da ich an Vater nicht herankam, gab ich mich später Männern hin, sagte die Rosa zu ihrem Yogalehrer.

Freud spricht von *Nachträglichkeit*, wenn einem erst im nachhinein bewußt wird, wie etwas war. Wenn Pascha auswandert, tröste ich mich damit, ihn erst nachträglich zu lieben. Und wenn Sie mir so gut wie Pascha sind, werde ich ihn nicht verlieren. Während ich mit Pascha zusammenbin, ist er mir so gut wie ein anderer. Ich werde *Ihnen* und nicht Pascha folgen. Ich werde *Sie* lieben. In der Liebe zu Ihnen wird jede nur mögliche andere Liebe sein, selbst zu Menschen, denen ich nie begegnen werde.

Auf dem Weg zur Kirche, wo sich später, viel später die Geschichte in dem Notarzt und Schamanen Balthasar Glück fortsetzen wird, kocht Pascha vor Wut. Er brüllt, daß ich *nationalsozialistisch* sei, schickt mich zur *blonden* Karla und nennt uns und Österreich ausländerfeindlich. Später, unmittelbar nach Paschas Scheidung, werden wir in der Wiener Ringstraße einem blonden Oberstaatsanwalt aus Paschas Meidlinger Schulzeit begegnen, und mir werden seine Worte einfallen, daß er stets von blonden Menschen ausgegrenzt worden sei. Die Männer werden im Überschwang über ihr Wiedersehen ihre Führerscheine herausziehen und die Fotos vergleichen. Der darauf blond und engelsgleich abgebildete Jurist wird sich als Paschas *besten Freund* bezeichnen; sie werden sich an gemeinsame Tennisstunden und Jugendgruppenausflüge erinnern, und die Namen anderer österreichischer Schulkollegen werden fallen.

Pascha rennt die Asphaltwege entlang, pflastert den Boden mit Haß und läßt sich durch nichts befreien. Ich habe es mir zur Gewohnheit gemacht, ihn in diesem Stadium nicht ernstzunehmen. Ich betrachte es als vorübergehenden Anfall infolge frühkindlicher Verletzungen.

Ich will dich nicht, Drecksau, verschwinde!

Er rennt und rennt, ich eile ihm auf Sichtweite nach; vor der Kirche umarme ich ihn und flehe, daß er noch nicht gehen möge. Er flattert mit den Armen, wie Patienten auf der Akutstation, und beruhigt sich, als er merkt, daß ich fügsam bin. Wir setzen uns auf eine Bank. Er murmelt vor sich hin und bemerkt, daß er für Fredericksburg unterschrieben habe.

Meine Anläufe für Texas

Pascha wartet im Opernpavillon, gegenüber dem Columbia-Café. Wieder hockt eine rothaarige Patientin Paschas, die wir schon einmal hier sahen, mit langem Hals ein paar Tische weiter. Pascha sagt, wann immer sie ihn sehe, fürchte sie, daß er sie einliefern lasse. Er hat das Buch *Wittgensteins Neffe* vor sich, in dem eine texanische Lokalzeitung vorkommen soll. Während er auf der Toilette ist, finde ich eine Stelle, die besagt, daß eine Stadt, in der es nicht die aktuelle Ausgabe der *Neuen Zürcher Zeitung* zu kaufen gebe, ganz und gar unwesentlich sei. Pascha kommt zurück und sitzt gleich giraffenhaft da wie seine Patientin. Unmittelbar zuvor traf er den Anstaltspsychologen Faber, dessen Adressenetikett in Paschas Geldbörse klebt. Seit neuestem spielt Faber mit Selbstmordgedanken. Die längste Zeit wollte er seine Freundin verlassen und gab vor, nur wegen des gemeinsamen Kindes bei ihr zu bleiben, seit sie einen anderen hat, will er sich umbringen. Später, viel später wird Faber eine Psychiatrieschwester heiraten, die er seit drei Wochen kennen wird. Und sich kurz darauf wieder scheiden lassen, wenn sie sich als Alkoholikerin entpuppt.

Die Anmeldungsgebühren für die *American International*

School in Houston betragen zweihundert Dollar. Später werden wir die Schule besichtigen, und Pascha wird davon träumen, selbst hier zu studieren. Wir werden wie ein Elternpaar auftreten und von einer freundlichen Amerikanerin unterwiesen werden.

Meinen Sohn in keine Privatschule zu geben, liegt mir fern, erkläre ich Pascha, texanische Schulen haben den Ruf, stark patriotisch zu sein. Mein Sohn würde in einer öffentlichen Schule von vornherein ausgeschlossen werden. Leider sind die Schulgebühren viel zu hoch. Dann eben nicht, sagt Pascha und lehnt sich zurück. Er könne mir den Betrag nicht geben, sagt er, er müsse noch für die Berggassen-Wohnung zahlen. Seine Frau werde weiter dort wohnen, bis ein Nachmieter gefunden sei. Später, viel später wird er sagen, sich nicht für die Anmeldungsgebühren verantwortlich gefühlt und es unangemessen gefunden zu haben, daß ich es von ihm erwartet hätte. Der Name eines Mannes fällt ihm ein, wegen dem es immer wieder Ragezustände gab und dessen Unterstützungsgelder *mittelfristig einzustellen* wären. Er wolle mit keiner Frau zusammensein, die von Männern Geld erhalte, mit denen sie ein Verhältnis gehabt habe. Es ist ein französischer Geschäftsmann, der mich mit zwanzig an einem Tresen auflas und in sein Hotel mitnahm. Es ging mir dreckig, und ich schnorrte jeden Fremden an. Pascha wird mir drohen, mich zu verlassen, falls ich mir ihn nicht mittelfristig abgewöhne. Als es um das Schulgeld geht, schlägt er mir vor, ihn zu kontaktieren. Er gähnt und streckt seine Finger durch, bis sie knacken. Paschas Patientin späht immer wieder über die Ränder ihrer Sonnenbrille zu uns.

Obwohl ich mich elend fühle, da er sich so schnell damit abfindet, daß ich und mein Sohn nicht nach Texas können, schmiege ich mich an Pascha. Später werde ich erkennen, daß ich mich anschmiege, wenn es am schrecklichsten ist. Wie um das Hereinbrechen von Mutter und Bruder mit dem Schraubenzieher zu verhindern, springe ich aus der Badewanne und werfe mich ihnen entgegen. Mutter ergreift mich und gießt mir heißes Wasser aus meinem Bierschaumkrug über den Kopf. Der Teufel glotzt aus dem schwarzen Loch in der Decke auf meinen Leib. Ich schaue sehnsüchtig und verlangend zu ihm hinauf, der mich retten soll. Er ist mein Verbündeter, während ich unter den schnellen Griffen meiner Mutter in der Badewanne liege. Sie hantiert an mir, wie später, viel später Pascha und wie am Ende der Geschichte der Notarzt und Schamane Balthasar Glück in der Millenniumsnacht, der es damit erklären wird, *besitzergreifend* und *kein Softie* zu sein.

Die Armstütze des Stuhls im Opernpavillon drückt sich in meinen Unterleib. Ich stöhne, Pascha sagt: *Gut so*, und zieht mich an sich heran. Das Schulgeld ist augenblicklich vergessen. In der Praxis hole ich gehorsam auf allen vieren die Matratze. Die Fensterläden krachen. Durch die Balkontür kündet Wind von einem Gewitter. Immer wieder drohte uns ein Mann vom Nachbarbalkon aus mit der Polizei, wenn Pascha tobte. In einem Fenster gegenüber sind zwei Gestalten, Mann und Frau, von denen Pascha behauptet, sie zu kennen. Er löscht das Licht, um nicht gesehen zu werden. Das Blinken eines Flugzeugs hält er für einen Stern. Später will er wissen, wo ich mit meinen Gedanken bin und fragt nach meiner Seele.

Ich habe keine, sage ich zu Pascha.

In der Finsternis sehe ich ihn ungläubig lächeln:

Bist du denn eine … lebende Tote?

Nein.

Aber wo ist deine Seele?

Das mußt du wissen, dir gehört sie doch!

Es kann einem ein Schiff gehören, das irgendwo auf offener See treibt.

Als ich angekleidet bin, verkündigt er, mich noch auspeitschen zu müssen, nicht um mich zu strafen, sondern um mir meinen Status klarzumachen. Später werde ich bei einem Nasi Goreng mit Tintenfischstückchen Karlas von Desinfektionslösung ausgetrocknete Haut spüren. Und viel später nach einem Wollfussel in Siegfrieds Bauchnabel fingern, wie in einer anderen Geschichte.

Vor dem Umzug nach Texas

Pascha telefoniert am frühen Nachmittag von der Praxis aus mit der Houstoner Schulbehörde und ersucht um Zusendung von Informationsmaterial. Anschließend gehen wir auf den Platz zwischen Praxis und Schule. Das Schulgebäude wurde unmittelbar nach meinem Abgang renoviert. Mit blau-rosa Streifen erscheint es mir wie eine riesige Toilettenanlage. Es wird immer wärmer und nieselt leicht. Eine junge Physiotherapeutin, mit der Pascha ein paarmal in der Praxis war, überquert den Platz, ohne uns zu bemerken. Mir wird erst vor dem Ende der Geschichte auffallen, daß sie häßlich ist, und ich werde mich dadurch entwertet fühlen, wenn ihm *so etwas* gefällt. Wir bestellen Cappuccino. Ich spreche von Siegfrieds Verhältnis zu meinem Sohn. Pascha springt auf. Als er zurückkommt, sage ich, daß es nicht leicht für mich sei, nach Texas zu gehen. Du hast Arbeit, sage ich, ich nicht. Auf dich wartet eine Magersüchtige, deine erste Patientin, das ist dein Glück!

Sich über das glänzende Winnetou-Haar streichend, springt er auf. In einem Buch über Körpersprache steht, daß Männer, die sich über das Haar streichen, zeigen möchten, daß man sie gern haben soll. Als er zurückkommt, wirft er mir vor, daß ich in der Stimmung *gekippt* sei. Kurz vor dem Ende der Geschichte wird seine Mutter feststellen, daß wir zu sensibel füreinander seien. Ich frage ihn, ob er vielleicht jemand bemerkt habe, der uns nicht zusammen sehen solle, und deswegen zweimal hintereinander abrupt weggerannt sei. Pascha versteht es als Angriff.

Du bist schon wieder gekippt, kann man nicht zweimal aufs Klo müssen, wenn man noch Restharn hat?

Mir fällt ein Patient der Akutstation ein, den ich im Zuge meiner Feldstudien über Fluoxamid kennenlernte, Herr Blum mit dem Blasenproblem. Pascha fragte ihn bei jeder Visite, ob es ihm mit der Blase schon besser gehe, und der verklemmte junge Mann gab an, innerhalb von vier Stunden nur noch dreimal gegangen zu sein. Das sei doch ein Fortschritt, meinte Pascha, der selbst während des Geschlechtsaktes und unmittelbar nach dem Höhepunkt hinaus muß.

Zwischen den Telefonaten nach Texas liegen wir auf der Matratze in der Praxis, und er will mir ein paar Sätze mit *Herr* und *Meister* abringen. Wie schön es gewesen sei, wird er später brüllen, und umso betroffener mache ihn meine Zickigkeit. Er brüllt, daß er *so etwas* nicht brauchen könne. Er beklagt sich, *alles* zum Gelingen unserer Liebe getan zu haben, aber ich hätte sie *erschlagen*. Und brüllt, was er immer brüllt, wenn ich nicht gehorche: *Erst erschlägst du das Kind und dann wunderst du dich, wenn es tot ist! Zu spät, zu spät!* Am Ende der Geschichte wird er behaupten, daß ich ihn nur eine Weile in Ruhe lassen hätte müssen, und er hätte sich beruhigt. So habe er mich verflucht, beschimpft und verstoßen, weil ich ihm keine Luft gelassen hätte. Auch diesmal bekommt er keine Luft, obwohl ich ihm schwöre, ihn zu lieben und daß alles nicht so schlimm sei, ich sei nur irritiert gewesen, als er zweimal hintereinander wortlos verschwunden sei. Die Leute an den Nebentischen werden auf uns aufmerksam.

Pascha verhängte einmal das Verbot, daß einer dem anderen davonläuft. Es wird auch ein Punkt im künftigen verhaltenstherapeutischen Vertrag kurz vor dem Ende der Geschichte sein: *Laufen*, wird Pascha in seinem Fredericksburger Villendomizil in sein Notebook tippen, wird bei Mißachtung (wenn einer dagegen verstößt und wegläuft) Strafgeld kosten, das einer Hilfsorganisation zu spenden ist. Ich muß zur Yogastunde. Später wird Pascha behaupten, daß ich weggelaufen sei. Ich hole aus dem Hinterhof des Praxisgebäudes mein Rad und fahre zu ihm auf die Straße, wo er sein Rad besteigt. Er nennt es immer *Teufelsrad* wegen des von seiner Physiotherapeutin verordneten geschwungenen Lenkers, mein Waffenrad nennt er erotisch. Paschas dunkle Augen glühen. Er holt Luft und schickt mich *zum Teufel*. Am nächsten Tag ruft er unter einem Vorwand an und will sich mit mir treffen. Als ich nicht will, bezeichnet Pascha es als *offene Aggression* und weist mich darauf hin, daß er sich nie entzogen habe, bis ich nachgebe.

Hysterisches Fieber

Pascha sitzt im Wiener *Café Eiles* und schaut mir entgegen. Meine schwarze Kunstlederhose gefällt ihm, so wie im Kindergarten Schwester Merita mit bestimmten Kleidern und Samtschleifen zu betören war. Der erste Kuß gelingt, die Unterhaltung verläuft zivilisiert, gemeinsam blättern wir in großformatigen Zeitungen, kommentieren die Weltnachrichten und vorübereilende Kellner. Pascha schwebt die Idee eines psychoanalytisch orientierten Etablissements in Texas vor. Menschen sollten enthemmt und in der Liebe unterwiesen werden. In seiner Phantasie stehen er und ich dem Etablissement vor, das auf den Prinzipien der Psychoanalyse und des Leib-Seele-Problems aufbaue. Das war doch nur Spaß, versucht er sich angesichts meiner Miene zu retten. Später wird er mir sagen, daß meine Stimmung die Ups and Downs unserer Beziehung diktiert hätte, weshalb ihm stets daran gelegen sei, mich bei Laune zu halten. Wir kommen auf Hysterie zu sprechen. Seine Schwester, die in seiner Geschichte über *Den, der sterben wird*, als Architektin vorkommt, dient ihm als Beispiel für den seltenen Fall einer *nicht hysterisch agierenden Frau*. Sonst sind fast alle Frauen davon betroffen, besonders Betty, die Freundin des Houstoner Eric, psychiatrische Oberärztin und Kandidatin der Psychoanalyse, sei unkontrolliert hysterisch und weine aus geringstem Anlaß. Der Houstoner Eric habe sie neulich geschlagen, was er, Pascha, verstehen könne, bei soviel Hysterie. In der Pension *Lehrerhaus* lege ich mich hin und beginne zu quengeln, was Pascha *klagen* nennt. All seine Patienten klagen. Pascha kündigt an, die Sklaverei versuchsweise wegzulassen. Anlaß dazu gab die Nacht. Ich wollte nicht gehorchen und suchte nach einem Ausweg. Pascha duldet es nicht und fragt sich, woher meine Allüren kämen. Später werden wir uns das Codewort *panties* ausmachen, um meine Grenzen zu verteidigen. Bei einem Türken an der Ecke drohe ich ihm damit zu gehen. Pascha verweist auf die Vereinbarung, daß Weglaufen verboten sei, und schreit und spuckt wie schon bei einem Miesener Inder. Bei dem Inder bespuckte er mich und bewarf mich mit Fleisch aus seinem Teller. Ich kann den Ragezustand in dem türkischen Lokal in der Josefstädter Straße nicht aufhalten und kann nur bei dem verunsicherten Kellner bezahlen, während Pascha auf der Toilette seiner Blase huldigt. Unmittelbar darauf ereilt mich in der Pension Lehrerhaus ein Fieberschub. Pascha stopft mir, bevor er zu seinen Verwandten fährt, oben und unten je eine Nylonsocke hinein. Er könne es ab nun nur noch kalt und gefühllos mit mir treiben, doch er glaube nicht mehr an uns, denn ich sei *determiniert* und *destruktiv, imprägniert von meiner neurotischen Mutter*, ich sei *bedauernswert* und gehörte *neuroleptisch behandelt*, ich sei *psychotisch* und existierte in einer *hermetisch abgeschlossenen Welt*. Ist Pascha bei Nazibeschimpfungen und österreichfeindlichen Parolen angelangt, ist sein Blick starr geradeaus gerichtet, sind die Extremitäten angespannt, so daß Adern und Blutgefäße hervortreten.

Paschas selbstgewähltes Exil

Pascha verläßt Österreich. Er wird in den ersten Monaten am Fredericksburger Klinikgelände eine Dienstwohnung beziehen. Es wird eine ländliche Gegend sein, Wald, Wiesen, kaum Menschen, und Pascha wird als Großstadtmensch leiden und nach einer anderen Wohnmöglichkeit suchen. Die letzten Wochen nimmt er Abschied und will, daß ich, wenn ich gefragt werde, ob auch ich auswandern werde, Wien angebe. Seine Frau soll nicht erfahren, daß es geplant sei. Es soll nach etwa einem halben Jahr wie eine schicksalhafte Fügung aussehen, wenn wir wieder zusammen sind.

Er legt sich vor dem Abschied auf mein Bett, das mir Karla kaufte.

Liebst du mich? frage ich und ob seine Liebe so tief wie meine sei.

Ja, darum versklave ich dich!

Er sagt, daß ich sein Besitzstück sei.

Wenn du immer so wie heute bist, wird es klappen, sagt er. Er notiert mir seine Telefonnummer zweimal in den Kalender. Als er fort ist, lese ich einen Artikel über das menschliche Mienenspiel. Das Gesicht einer Frau ist zweimal abgebildet. Einmal *lügt* ihr Lächeln, einmal lächelt sie und hat Krähenfüße. Ich überlege, wie Paschas Lächeln war. Er wird übers Wochenende im billigsten Hotel von Houston sein, im *Zick Zack Rock*, und dann die Fredericksburger Dienstwohnung beziehen. Im Zick Zack Rock wird er davon träumen, wie wir dort hinter einer Tür mit der Aufschrift *Led Zeppelin*, bei offenem Fenster und Regen, einmal miteinander lachten.

No Love

Eine Patientin, Medizinerin, die zweimal die Woche in seine österreichische Praxis kommt, wird Pascha mit Selbstmord drohen, falls er auswandert. Er nennt sie wegen des Datenschutzes *No Love*, deren Namen ich aus seinem Timesystem kenne. Auch ihr schlägt er eine telefonische Fortsetzung der Therapiegespräche vor, sie wird aber ablehnen. Am Ende der Geschichte wird Pascha regelmäßig mit einem türkischen Kebabstandbetreiber und Taxichauffeur telefonieren. Auch nach der verheerenden Nacht im Fredericksburger Villendomizil werde ich ihn türkisch reden und manchmal ein deutsches Wort einflechten hören. Von dem *türkischen Patienten*, den er auch so nennt, wird er mir leidenschaftlich berichten, wie kontrolliert er sei, viel weniger verrückt als wir beide. Die No Love, sagt Pascha, sei ganz betroffen von seinem Weggehen. Sie habe keine schlimmere Mutter als ich, aber auch eine *sehr schlimme* Mutter. Mit ihr sei sie als Kind nach Neuseeland gereist, um den verschwundenen Vater aufzuspuren. Unverrichteterdinge seien sie wieder zurückgekehrt. Psychoanalytisch betrachtet wiederhole er jetzt für seine Patientin den traumatischen Verlust, sagt Pascha. An Neuseeland werde ich mich später erinnern und daß die No Love mit der Mutter dort auf Vatersuche war. Und an das Wort *Kulturschock*, als sie wieder zurück in Österreich war. Warum *No Love*? – Sie ist im Sommer in Griechenland und verliebt sich in einen Griechen. Als sie heimkommt, will sie ihn wiedersehen und ruft bei ihm an. Erst wird sich niemand melden und später eine ältere Frauenstimme, die ihr zuraunt: *No love, no love!* Sie wird es noch einige Male versuchen, doch jedesmal wird die Stimme: *No love, no love* raunen.

Seine Patientin No Love liegt Pascha sehr am Herzen. Für mich ist sie nicht mehr als eine Kunstfigur, wie meine Eltern für Pascha nur Romanhelden sind und keine realen Menschen, bis er einmal meine Mutter sieht. Er wird überrascht sein, wie harmlos sie wirkt. Er wird sagen, daß er mir glaube, daß meine innere Mutter schrecklich sei, die reale Mutter sei harmlos. Freud und die Psychoanalyse nennen die Geschichte eines Menschen sein *Material*. Die Narrativisten unter den Psychoanalytikern glauben, daß es nicht viel ausmacht, ob etwas tatsächlich und real passierte oder bloß auf der Couch phantasiert wird, auf die Erzählweise, Darbietung, den Ton, sich wiederholende Phrasen und Muster kommt es an, nicht auf den Inhalt. Und es geht darum, bestimmte Erzählmuster, Wiederholungen, konstante Wendungen aufzudecken und nicht, wie es wirklich war. Es kommt nicht darauf an, herauszufinden, ob eine Vergewaltigung wirklich erfolgte oder nicht. Was der Patient daraus macht, wie er davon berichtet, in welchen Worten, Stimmlage, Haltung, nur das ist bedeutend.

Der Verhaltensvertrag

Daß seine Susanne rein sei und ihn nie betrogen habe, sagt Pascha, als wir uns nach mehrwöchiger Trennung am Innsbrucker Hauptbahnhof wiedersehen. Immer werden mir Paradefrauen vorgehalten.

Sitz aufrecht, befiehlt er mir. Gerade und aufrecht wie seine Klavierlehrerin, Frau Streber, soll ich sitzen. Frau Streber sieht aus, als ob sie ein Lineal verschluckt hätte, hat eine Frisur wie ein Helm und erinnert mich an einen Wiedehopf. Wenn er mir zeigt, wie ich sitzen soll, schluckt Pascha, und sein Kehlkopf wandert von oben nach unten. Das passiert auch, wenn er mir böse ist und ihn mein Anblick erweicht. Es passiert zum selben Zeitpunkt, und davon kommt die Bewegung im Adamsapfel oder was das Spitze in Männerhälsen ist. Es beruhigt mich jedesmal, das zu sehen. Da kann er mir noch so böse sein, wenn er mir böse ist und sein Kehlkopf dabei ruckt, kann ich beruhigt sein. Ruckt sein Kehlkopf nicht, ist er mir nicht nur böse, dann erregt ihn auch nichts mehr an mir. Und das heißt Alarmstufe Rot, und man kann nur noch die Flucht ergreifen. Gerade das kann ich dann nicht. Denn wer vor Pascha flüchtet, verliert. Er ist derjenige, der wegläuft, mir steht das nicht zu, und vertraglich geregelt haben wir, daß Weglaufen Strafgeld kostet. Wir zahlen das Strafgeld für SOS-Kinderdörfer oder den Tierschutzverein ein. Und weil ich kein Geld habe, kann ich mir Weglaufen nicht leisten. Pascha leistet es sich manchmal. Doch im Vertrag, den wir zu unserer Rettung schlossen und schriftlich festsetzten, und den jeder von uns unterzeichnete, steht, daß der Läufer innerhalb einer Stunde zurückkehren muß, sonst werden ihm zusätzliche Geldstrafen aufgebrummt. Pascha ist einmal gerade noch rechtzeitig auf dem Baseler Bahnhof erschienen. Wenn er *Basel* sagt, weiß ich, wovon er spricht. Das Wort Basel versetzt mich in Panik. Ich will nicht daran denken, was in Basel war, ehe er weglief. Sein Kehlkopf war ohne Bewegung gewesen, vollkommen starr. Und ich war dafür verantwortlich mit meiner scheußlichen Art. Meine scheußliche Art hat Pascha in die Flucht geschlagen. Ich war nicht auszuhalten, eine Landplage war ich, und bin nicht mit ihm in Kontakt gewesen. Du bist nicht da, sagte Pascha, du bist nicht erreichbar. Und mir flirrte es vor den Augen, und ich war voller Haß gegen ihn und alles um mich her, und ein riesiger Trotz hatte damit angefangen, mich von innen zu verzehren und zugleich auszufüllen.

Nach dem verhaltenstherapeutischen Vertrag werden

Pascha und ich ständig: *Rote* oder: *Grüne Laterne* rufen. Rote Laterne heißt *Vorsicht, du bist auf dem Weg in einen gefährlichen Ragezustand,* und Grüne Laterne soll bewirken, daß der Angesprochene die Hand des Sprechers ergreift und fragt: *Was ist dein emotionales Anliegen?* Auflegen des Telefonhörers kostet einen bestimmten Tarif, Beschimpfen, Schlagen sind weitere Punkte des Vertrags. Wenn es am Ende der Geschichte um Käsebrot und Joghurts geht, werde ich vergeblich: *Grüne Laterne!* rufen. Daß Pascha später dafür sein wird, den Vertrag nicht aufzulösen, und alles daran setzt, die Nacht in Fredericksburg nicht das Ende sein zu lassen, erklärt sich aus seinem Wunsch, daß ich, nicht er die Geschichte zerstört haben soll. Er wird sagen, daß er *derzeit nicht in der Stimmung* sei, Schluß zu machen, und daß im Vertrag stehe, wir würden es nur einvernehmlich tun.

Pascha rennt.

Kreuz und quer durch Straßen und über Plätze, ungeachtet der Passanten, und ich renne atemlos hinterher, flehend, heulend: Pascha, bitte, bleib stehen und hör zu! Einmal noch, Liebster, nur das eine Mal!

Und, rufe ich, als er langsamer wird, ich weiß ja, Susanne ist besser als ich! Du liebst sie noch, ich weiß das!

Pascha, am ganzen Körper angespannt, brüllt: Du wirst mir nie glauben!

Die Beziehung zu Susanne ist tot!

Ich nehme auf seinen Wink hin die gestreckte Haltung ein. Pascha wendet sich um, sein Adamsapfel ruckt, er bemerkt den Gehorsam, verlangsamt und bleibt stehen. Laut unserem Vertrag mußt du zahlen, denn du bist fortgerannt, sage ich ruhig. Er sieht mich verblüfft an. Jetzt rennt er nicht, sondern setzt sich langsam in Bewegung, geht jetzt, bald wieder gleichmäßig schneller werdend. Einmal ist ein Schulkollege auf Pascha zugesprungen. Es ist der berühmteste Pianist des

Landes, der um einige Klassen höher und in Paschas Jahrgang gewesen war. Er kam auf Pascha zu mit den Worten: *Der schönste Mann von Miesen!* Er würdigte Pascha mit dem Etikett, der schönste Mann von Miesen zu sein, und grinste dabei unverschämt, und ich erkannte nicht, ob er ihn wirklich bewunderte oder ihn lächerlich fand. Selbst Pascha wußte mit dem Ausruf seines Schulkollegen nichts anzufangen.

Hundertmal getrennt

Wer mit wem Schluß gemacht habe, wird am Ende der Geschichte gefragt, sagte die Rosa zu ihrem Yogalehrer.

Pascha will es gewesen sein. Ich beharre darauf, daß sein jüngster Abschiedsbrief *reaktiv* und nicht ernstgemeint gewesen sei. Wo *er* immer alles als reaktiv betrachtet haben will, wird er diesmal darauf bestehen, daß es der Entschluß zur Trennung *nicht* gewesen sei. Wir werden hundertmal Schluß gemacht haben, und jedesmal werde ich davon überzeugt gewesen sein, daß es das Ende der Geschichte sei. Und jedesmal wird die Geschichte kurz aussetzen und wieder von neuem beginnen. Das Ende der Geschichte wird erst in Fredericksburg sein, später, viel später mit Käsebrot und Joghurt. Immer wieder werde ich, wenn ich längst wieder in Österreich sein werde, daran zurückdenken. Ich werde mich in der Küche und Paschas Arm vor mir sehen, wie er um den Türstock langt und wie seine Hand nach dem Lichtschalter tastet. Ich werde immer wieder auf das Ende der Geschichte zurückkommen und mich erinnern. Wann immer ich es zu vergessen drohe, werde ich wieder in der Küche sein.

Die nächste Szene ist auch in der Küche. Diesmal ist der Inhalt des Kühlschranks verstreut und bin ich über und über voll Joghurt, liegen Scherben auf dem Boden, springt Pascha auf mich zu. Ich werde nachvollziehen, wie er die Frau ins Bad zerrt, wie er sie an der Hand vor den Spiegel zerrt und sie sich betrachten läßt und zu ihr sagt: *Sieh dich nur an, du siehst aus wie ein Clown!* – Ich werde die Frau nicht bedauern. Sie wird sich nicht retten, aber ich rette sie später, viel später.

Sie wird von ihm zu einer Telefonzelle geführt, vor der er auf und ab geht, während sie ihrem Sohn durchgibt, sich einen Tag zu verspäten. Morgens, während er mit seinem türkischen Patienten telefoniert, darf sie mit etwas Geld hinaus. Sie darf sich eine Hose kaufen, ihre wird voll Joghurt sein. Sobald sie auf der Straße ist, wird sie sich mit der vereinigen, die sie war, als sie am Abend zuvor mit ihrer Reisetasche Paschas Haus verließ.

Männer werden hinter der Glasfront einer Imbißstube sitzen. Sie wird ihre Blicke als anerkennend erleben. Sie wird in ein Großkaufhaus gehen. Sie wird in der Kleiderabteilung des Kaufhauses neue Jeans kaufen und meinen, die Verkäuferin müsse ihr ansehen, was nachts geschah. Pascha wird währenddessen sein therapeutisches Telefonat mit dem türkischen Kebabstandbetreiber beinah zu Ende führen. Sie wird in der neuen Hose zurückkehren und noch die letzten Worte erhaschen. Ihre alte Hose wird in der Badewanne liegen, verschlungen in Paschas Hose, und das kalte Wasser wird sich vom Joghurt verfärben.

Abschied von Österreich

Am Abend wird er sich verabschieden, um die letzte Nacht in der Berggasse zu verbringen. Nach dem Abschied fährt Pascha zum Flughafen. Montags, an seinem Geburtstag, beginnt sein Dienst in der Fredericksburger Klinik für Psychiatrie und Psychotherapie. Ab diesem Zeitpunkt muß ich ihn anrufen. Denn wenn ich es sei, die anrufe, sei gewährleistet, daß ich es auch wolle, sagt Pascha. Später, viel später werden wir noch einmal dort sein, und die Wohnung wird, bis auf zwei aneinandergeschobene Matratzen, ausgeräumt sein. Paschas Frau wird bei mir um die Ecke einziehen. Auf ihrem Anrufbeantworter wird sie jedoch weiterhin *unsere* Nummer sagen. Er wird aus Texas kommen, um seine letzten Sachen zu holen. Pascha wird, auf Besuch in Österreich, in der geräumten Ehewohnung in der Berggasse sagen, das Verhältnis zwischen uns sei klar, er müsse meinen Willen brechen, wenn ich mich widersetzte, erst wenn ich gehorchte, dürfe ich zu ihm auf die Matratze. Er wird mich nachts von den Matratzen stoßen, und ich werde die Stimme hören, die am Ende der Geschichte in Fredericksburg zu mir sagen wird: *geh*. Die Stimme wird aber noch zu leise sein, und ich werde erst im Morgengrauen die Berggassen-Wohnung verlassen.

IV
Geschichten in Fredericksburg und Houston

Bald werden Pascha und ich philosophieren.
Suizidologen sind über das Leben erhaben.
Liebe beruht auf Anziehungskraft.
Mir ist kalt.

Pascha will in meiner Geschichte nicht *Pascha* sein, sagte die Rosa zu ihrem Yogalehrer.

Er ist in der Geschichte ein Chinese und Schlappseiltänzer. Zuerst nenne ich ihn Li. Er soll mir nicht vorwerfen können, ich hätte ihn nicht verfremdet und schlechtgemacht. Später nenne ich ihn Pascha. Nicht diesen Namen, wird er sagen und mir andere vorschlagen: Nazim, nach seinem Vater, Harkan, Bülent, Osman, Mahmud und Halil nach Freunden. Selbst schreibt er an seinem *Istanbul*, schreibt von mir als Alice und Veronika und zeigt mir eine Liste geschriebener und noch zu schreibender Geschichten.

Eine Geschichte mit dem Titel *Der Trompeter* wird von dem Psychoanalytiker Eric handeln, bei dem wir die ersten Male in Texas wohnen. Eric ist leidenschaftlicher Trompeter und hat eine Jazzband, mit der er wöchentlich probt. Er ist verheiratet und lebt von seiner Familie getrennt, seine Geliebte ist Paschas Kollegin und Seelenfreundin Betty, die zwischen Wien und Houston hin und her pendelt und sich nicht entschließen kann, ihre Oberarztstelle am Wiener Steinhof aufzugeben und nach Texas zu emigrieren. Sie stammt aus Vorarlberg, ist in meinem Alter, schon grauhaarig, zart und sehr lebhaft. Daß sie eine *Aufgabe* sei, wird der Houstoner Eric über sie sagen. Er lernt sie bei einer psychoanalytischen Großgruppenveranstaltung in Pula kennen, die er leitet. Als erstes wird er ihr einen Bikini kaufen, da sie ihr Badezeug vergessen hat. Er wird es zunächst für eine Affaire halten, aber dann sei es *erotisch mehr* gewesen, sagt der Houstoner Eric. Pascha wird sagen, Betty sei noch chaotischer als ich, gerade deshalb liebe sie der zwanghaft veranlagte Eric. Pascha und Eric werden über Frauen reden. Sie sind sich darin einig, zu ihren Ehefrauen ein nach wie vor gutes und konstruktives Verhältnis zu haben, doch seien sie erotisch nicht interessant. *Erotisch interessant* wird Pascha mich nennen und mich mit wiegendem Kopf betrachten, während er es zu Eric sagt. Daß Betty erotisch sei, könne er sich nicht vorstellen, wird er später sagen.

Der Houstoner Eric

Wir erzählen dem berühmten Gruppenanalytiker, dem Houstoner Eric, von den Ragezuständen und ihrer Entstehung. Der Anstoß kommt von Eric. Eric war ursprünglich Urs und stammt aus Basel. Mit zwanzig wanderte er aus und ist seither Eric, weil die Amerikaner *Urs* nicht aussprechen können. Er hat ein hellrosa Gesicht, feine englische Züge und ist italienischer Abstammung. Sein Vater sei Weinhändler, er habe sich immer dafür geschämt und sei deshalb Psychiater geworden, sagt er. Als Pascha ankündigt, eine Geschichte über Eric als den Trompeter zu schreiben, fürchte ich die noch ungeschriebene Geschichte und daß er sich Eric vor mir zu eigen machen könnte.

Unsere Beziehung sei *konfliktreich*, gestehe ich dem Houstoner Eric auf der Ledercouch in seinem straßenseitigen Wohnzimmer. Hier steht er abends, nach seinen analytischen

Sitzungen, am Fenster und spielt zu Stereojazz auf der Trompete. Später, am Ende der Geschichte werden Pascha und ich beschließen, unsere Rivalität auszuräumen, indem wir eine gemeinsame Geschichte schreiben. Wir werden uns in Kaffeehäuser begeben und, jeder für sich, in ein Notizbuch schreiben. Die Zwischentitel werden einzeln ausgeführt, nach jedem werden wir einander vorlesen. Als Endergebnis liegen je zwei Versionen zu jedem Zwischentitel vor. Die Zwischentitel beschreiben die Metamorphose des Houstoner Eric. Wird er uns anfangs harmlos erscheinen, geradezu kontrolliert und durchschnittlich, entwickelt er sich vom *Bläser* über den *Schläger* zum *Sexmonster*. Am Ende der Geschichte erhält er eine künstliche Hüfte und kann nur mit einer Krücke gehen. Wegen des Personen- und Datenschutzes wählen wir seinen schweizerischen Vornamen Urs.

Klinik Fredericksburg

Ich sitze am Friedhof in Fredericksburg, sagte die Rosa zu ihrem Yogalehrer.

Nicht weit von hier, unter den Hügeln jenseits der Straße, beginnt das psychiatrische Klinikdorf. Es wirkt wie ein Feriendorf. Bunte Schilder, Wegweiser, Lagepläne und Skulpturen. Die Landschaft ist geometrisch und grün. Fredericksburg erscheint ausgeräuchert wie ein überfallenes Wildwest-Dorf, als dürfte man hier nur flüstern und machte sich sonst eines Vergehens schuldig und als wäre alles aus der Welt gerissen und woanders hinversetzt, wo andere Gesetze gelten; die Hausordnung der Klinik von Fredericksburg. Doch wenn man an den Gebäuden entlanggeht, bemerkt man einen wundersamen Druck und wird überrascht von einer Schwere und Enge, vom an die Landschaftssonne gehaltenen Leid. Das der texanischen Landschaftssonne entgegengehaltene

Leid ist in den Mauern der schöngefärbten Einfamilienhäuser und in den villenartigen Gebäuden der erhöht gelegenen Jugendpsychiatrie. Gleich wie in österreichischen Irrenanstalten sieht man hier bei prachtvollem Wetter kaum eine Maus. Sie sind zurückgezogen und verschlossen, in den dumpfen Erkern ihrer erkrankten Seelen. Pascha wird auf der Fahrt vom Fredericksburger Bahnhof sagen, daß die Menschen am Straßenrand Patienten seien, buntgekleidete junge Leute auf Inlinern. Ich begleite ihn zu einem einstöckigen Fachwerkhaus mit Ziegelfassade. Es riecht nach Farbe, als wir eintreten. Ich bestaune Paschas Namensschild an der Tür und seine bereits nach einer Woche ins Regal gestellten Bücher.

Ich gehe zu Pascha, der Tag kann ein Abgrund sein. Wir haben Ecken und Kanten, wenn uns Beischlaf nicht rettet.

Erics Hüfte

Wir werden den Houstoner Eric mit seiner neuen Hüfte im Krankenhaus besuchen. Ich werde, während die Männer sich vor dem Chirurgiegebäude unter einem Sonnenschirm unterhalten, zu Hause anrufen. Mein Sohn wird berichten, daß seine Großeltern schon wieder von Facharzt zu Facharzt mit ihm zögen. Immer wenn ich weg bin, wird er krank oder finden sie etwas an ihm auffällig und führen ihn Ärzten vor. Ihr ungebrochener Rekord sind fünf Fachärzte in sieben Tagen. Mein Sohn sei gefährdet, *homoerotisch* zu werden, wenn ständig eine Öffnung seines Körpers in den Blickpunkt gerückt werde, sagt Pascha. Nachdem mir der Eric aufmerksam zuhören wird, wird er die Arztkonsultationen als *verdrängten Wunsch* meiner Mutter, daß mein Sohn doch *endlich verrecken möge*, interpretieren. Pascha wird Erics These später bezweifeln. Er wird sagen, daß es die klassische Art der Auslegung sei, daß alles, was man fürchte, in Wahrheit ein verdrängter Triebwunsch sei. Daher sei Ekel immer mit einem Wunsch, einer Sehnsucht verbunden.

Paschas Schläge

Ich besuche Pascha in Fredericksburg und Houston und fahre weiter nach San Antonio zu meiner Nachbarin, die dort ihren jüngeren Sohn besucht, sagte die Rosa zu ihrem Yogalehrer.

Als Kind wird sie von ihrem Stiefvater vergewaltigt. Später, viel später wird sie ihn heiraten. Knapp vor ihrem fünfzigsten Geburtstag wandert sie nach Texas aus. Am Ende der Geschichte werde ich mich in ihrer Nähe einmieten, worauf wir wieder Nachbarinnen sind.

Pascha meidet die Sonne, um nicht noch dunkler zu werden. Im Badezimmer steht Biershampoo für feines Haar. Er kaufte es noch in Österreich, was man an der Preisetikette erkennt. Ein Brief an seine Frau, den ich auf einer Computerdiskette entdecke, beginnt mit: *Liebste Susanne* und endet mit: *Ich liebe dich*. Er gibt ihr darin zu verstehen, daß sie sein Leben und seine Heimat sei, er jedoch ohne sein Leben und seine Heimat besser zurechtkomme. Er nennt es Bestimmung und beruft sich auf seinen Spürsinn. Nachts drückt er mir ein Messer zwischen Nase und Oberlippe, läßt mich knien und Dinge heranschaffen. Im Kinosaal sage ich beim Küssen *Autobus*, um mich über den Schienenersatzverkehr zwischen Houston und San Antonio zu beklagen. In der Sprache der Psychologen ist eine erhöhte Vulnerabilität das gesteigerte Risiko, verletzt zu werden. Pascha kann, wenn er einmal begonnen hat, vulnerabel zu sein, nicht aufhören. Du bist der Anstifter zum Chaos, brüllt er. Mitten im Kuß sagst du Autobus! Deine Mutter in dir ist schuld! Du zerstörst die Liebe!

Warum läufst du mir nicht nach, brüllt er auf dem Houstoner Bahnhof. In der Eisenbahn schließe ich die Augen. Ein Mann wird, während Pascha mich schlägt, bespuckt und mir am Bahnsteig Geld für das nächste Flugticket gibt, nicht den Blick von mir wenden. Sein Blick haftet an mir, und als ich in den Schienenersatzbus umsteige, harrt er so lange draußen aus, bis der Bus losfährt. Die anderen Passagiere halten ihn für meinen Begleiter.

Die Psyche

Auf einer Wiese in Houston werden wir schreiben und lesen, sagte die Rosa zu ihrem Yogalehrer.

Pascha wird das psychiatrische Fachmagazin *Psyche* studieren. Ich liege quer über seinen Schenkeln. Er findet keine geeignete Stellung mit der *Psyche* und mir. Ich richte mich auf und blättere in einem anderen Exemplar der *Psyche*, das ich in Erics Wohnung fand, während Pascha sich seinem fast vollendeten *Istanbul* zuwendet.

Auf den ersten Blick ist Pascha harmlos und jung. Schon auf der Akutstation werde ich beobachten, daß er immer wieder die Bügel seiner Brille am Kopf hinaufschiebt. Später wird man ihn in der Fredericksburger Klinik darauf aufmerksam machen, daß seine Brille schief sei, und er wird auf eine ältere graugefaßte Brille zurückgreifen. Mit der grauen Brille wird er nicht älter, aber ernster wirken. Pascha befiehlt mir, mich auf ihn zu legen. Irgendein Unbehagen ist zurückgeblieben. Er nennt es *Stachel* und behauptet, daß ich ihm, indem ich mich abwandte, unbewußt eine *Lanze* gesetzt hätte. Mir wird der Hollywoodfilm *Before Sunrise* einfallen, wo sich auf einer Bahnfahrt zwei junge Menschen ineinander verlieben. Sie verbringen einen Tag und eine Nacht zusammen, ehe sie sich für immer trennen. Einmal sagt der junge

Mann, daß er in seinem Leben sich selbst immer dabeigehabt habe, *er sei immer dabeigewesen*. Argwöhnisch sind Paschas dunkelbraune Augen, die mich an die Augen meiner Kindheitsfreundin Irmtraud erinnern, der späteren Lesbierin. Bei Jungen war nur ich willkommen, und Irmtraud, mit ihrem später mittels Wasserstoffsuperoxyd aufgehelltem Bartflaum, unerwünscht. Manchmal erscheint Pascha mir auch wie mein Bruder oder meine Mutter. Die Psychoanalyse nennt es *Übertragung*, wenn man auf Menschen der Gegenwart Eigenschaften erster Bezugspersonen überträgt. Daß die Liebe einen starken Übertragungsanteil habe, sagt Pascha. Immer ist er in etwas vertieft, in alles faßt er mit seinen entschlossenen Fingern hinein. Seine Finger kennen kein Zögern und sind immer bestimmt. Er wird sie bei den Ritualen junge Herren nennen, denen ich dienen müsse. Er sucht mit vorgestülpten Lippen nach einem Wort, um in der Geschichte *Istanbul* seinen Freund Harkan zu beschreiben. Dazu vollführt er so lange eine charakteristische Geste Harkans, bis ihm das passende Wort dazu einfällt.

Uni Houston

Während wir im botanischen Garten einer Außenstelle der Universität Houston auf Steinbänken sitzen, gestalten Studenten die Wiese für ein Semesterabschlußfest, sagte die Rosa zu ihrem Yogalehrer.

Ein Mädchen wird den jungen Männern beim Tragen von Getränkekisten, Tischen und Bänken zusehen. Ich werde Pascha unterstellen, das Mädchen verlangend anzustarren. Nein, sagt Pascha, sie gefällt mir nicht. Pascha wird mir, damit ich an meiner Geschichte weiterschreiben kann, Kalenderblätter mit Wintermonaten, die seiner Meinung nach Unglück bringen, aus seinem Timesystem reißen. Als hätte ich nichts gehört, werde ich sagen, daß er sich das Mädchen nehmen könne. Er schluckt, sein Adamsapfel geht auf und ab. Er sagt, daß er das Mädchen für eine *Tussi* halte. Eine Spannung ist zwischen uns, und beide haben wir nur eines im Sinn: die Geschichte.

Paschas Geschichte *Istanbul* handelt von den Jahren zwischen sechs und zwölf, bis zur Aussiedlung. Er sucht nach geeigneten Schlußworten und fragt mich nach einer Frage, die er am Ende der Geschichte seinem väterlichen Freund stellen kann. Harkan, der Teppichverkäufer, ehemaliger Linker, Marxist, wegen der Modas-Verfolgung aus seinem Land geflohen, seit Jahren in Österreich, kündigt am Ende der Geschichte seine Rückkehr an. Eines Tages, sagt Harkan, kehre ich nach Istanbul zurück. Pascha beschreibt ihn und vor allem Harkans Hände in ihrem Spiel. Wie eine üppige Frau ihre Brüste mit zu Schalen geformten Händen stützt, seien Harkans Gesten. Ich beneide Pascha um sein Ausgestoßensein und werfe ihm vor, es schamlos auszuschlachten. Das sei so in der Kunst, entgegnet Pascha. Ich hätte auch gern ein namhaftes Leid vorzuweisen und wäre auch aus der Heimat vertrieben worden, wäre im Exil gelandet und hätte es verdammen und die verlorene Heimat verherrlichen können. Ich wäre lieber zwischen den Kulturen zerrieben worden, und der Schrecken hätte ein Gesicht gehabt. Mein Schrecken ist schlimmer.

Bei einem unserer ersten Aufenthalte besuche ich ein Forschungslabor der Universität Houston, das im botanischen Garten ist. Hier werden noch nicht zugelassene Produkte der Pharmaindustrie getestet. Zwei Männer empfangen mich, um mir Auskünfte über Fluoxamid zu erteilen. Doch sind es nur die halben Männer, mit ihren anderen Hälften sind sie woanders, während wir in einem Raum mit hohen Fenstern in einem verregneten Garten sitzen. Der jüngere der beiden sitzt mir gegenüber und mustert mich. Der ältere sitzt neben mir. Kurz zuvor begegnet mir auf der Toilette eine lächelnde Frau. Später, viel später wird mich im überheizten Warteraum des Fredericksburger Bahnhofs eine Frau beunruhigen. Was mich dazu bringen wird, sie für verrückt zu halten, wird ihr Lächeln sein. Später, wenn sie aufschauen und verstohlen lächeln, mich jedoch in Ruhe lassen wird, wird der erste Eindruck gemildert. Die Putzfrau im Toilettenbereich der Houstoner Universität wird nicht mit mir rechnen. Meine Erscheinung, Kleidung, Gestik, Mimik, meine Ausstrahlung – der Notarzt und Schamane Balthasar Glück wird es *die Farben meiner Aura* nennen – haben nichts Beunruhigendes. Ihr Lächeln wird der Situation angemessen, nur im Anflug ein Lächeln sein. Das Lächeln der Frau im überheizten Warteraum wird dagegen unangemessen sein, als wollte sie mich herausfordern. Das spätere Lächeln wird mir vermitteln, mir zu schaden, ließe ich mich darauf ein. Ich werde das Lächeln meiden und nicht hinsehen und eine verschlossene Miene ziehen, bis Pascha hereinbricht.

Die Männer im ersten Stock der Houstoner Universitätsaußenstelle empfangen mich und geben sich so, als ob ich ihnen gerade recht käme. Daran denke ich, während ich für Pascha und mich aus dem Gebäude Wasser hole. Wie die beiden Männer bei meinem Besuch in der Universität Houston nur halb und nicht ganz anwesend sind, ist mein Glaube an Pascha nur halb. Und halb bin ich bereit, ihm nach Texas zu folgen, mit der anderen Hälfte bleibe ich in Österreich.

Wenn ich am Ende der Geschichte den Zug nach Houston wegfahren sehe, werde ich spüren, daß Pascha kommt. Ich werde mich davon ablenken, indem ich mir sagen werde, womöglich ein Taxi zu nehmen. Ich werde ruhig und gelassen sein, obwohl ich ahne, daß er kommt. Ich werde die Nase in ein Buch stecken, das ich in Salzburg gestohlen habe. Cees Nootebooms *Allerseelen*. Die Frau wird mich lächelnd beobachten. Später werde ich das Gefühl haben, sie hätte einschreiten und ihn davon abhalten sollen, mir Buch und Fahrkarte zu entreißen.

Maschinenmodell

Wenn Pascha in den Straßen Houstons von *echten Metaphern* spricht und auf Freuds biologischen Ansatz anspielt, verstehe ich ihn nicht, sagte die Rosa zu ihrem Yogalehrer.

Auch den *Ödipuskomplex* erfasse ich nicht, so oft er ihn mir auch erklärt. Ich achte nicht auf die Bedeutung von Worten. Worte streifen mich und vergehen, ich nehme sie nicht ernst. Darum nehme ich nur Geschichten ernst, die mehr sind als Worte.

Maschinenmodell, sagt Pascha. Es handelt sich um ein Modell, das Setting der Psychoanalyse zu beschreiben. Analytiker und Analysand blicken von außen auf die Geschichte des Analysanden und auf ihn als Objekt. Als er mir das Maschinenmodell zum ersten Mal erklärt, sind wir zum ersten Mal in Texas, im Tiefparterre des Zick Zack Rock, in einer riesigen menschengefüllten Halle mit mehreren Tresen und lauter stampfender Musik, und trinken an einem gemeinsamen Cocktail. Pascha, der als Ex-Modas nicht viel verträgt, setzt mir unter Schluckauf, mit gespieltem Akzent seiner Landsleute, das Maschinenmodell auseinander. Ich denke an Siegfried, für den es das richtige Ambiente wäre, und Amsterdam, wo ich mit Siegfried durch die Grachten zog. Pascha merkt nicht, daß ich schon wieder in Amsterdam bin. Unweigerlich bin ich vom Betreten des Zick Zack Rock an nach Amsterdam und zu Siegfried versetzt. Ich behalte meine Amsterdamgefühle und Siegfriedsehnsucht für mich.

Ich schrecke auf, als Pascha einen Kuß einfordert. Seine Stimme ist heiser, sein Oberkörper schwankt. Wie oft erzählt er davon, *spannende* Patienten auf der Station zu haben. Ein kleiner Mann vergewaltigt seine Frau und bedroht die Kinder, ein anderer soll zwei Frauen lustgemordet haben. Pascha ist der Arzt solcher Menschen, Pascha, der nach etwas Alkohol türkisch singt und sich an die Hose faßt.

Paschas Nachträglichkeit

Pascha schreibt immer erst nachträglich seine Geschichten, sagte die Rosa zu ihrem Yogalehrer.

Jahre nach seiner Affaire mit der Maltherapeutin schreibt er in der Geschichte *Die Frau* über sie und Jahre nach Istanbul, in Österreich und Texas, die Geschichte *Istanbul* und nach Wien und Miesen, in Fredericksburg und Houston, in *Auswandern* über Wien und Miesen, und am Ort X werde er über Fredericksburg und Houston schreiben.

Und nach mir über mich, frage ich Pascha.

Schwöre beim Leben deines Sohnes, daß du nicht mißtrauisch bist, sagt er. Ich möge ihm *Glauben schenken.*

Pascha betont, wie viele Jahre er der Behandlung seiner Patienten geopfert habe, weil er als Mitglied des Modas-Glaubens verpflichtet gewesen sei, sozial zu wirken. Er habe in der geriatrischen Abteilung des Psychiatrischen Krankenhauses mit dem Ausstellen von Totenscheinen und Verordnen von antibiotischen Mitteln Jahre seines Lebens verloren. Die Gier, die ich ihm vorwerfe, beruhe auf Neid. Und Neid sei eines der niedrigsten Gefühle, da sei Eifersucht noch niveauvoller, sagt Pascha. Ob es etwas gebe, das ich ihm gönnen würde, fragt er mich. Die Wörter *selbstbezogen* und *engherzig* schreibt er in seinen Rechtfertigungsbrief an den Direktor des Psychiatrischen Krankenhauses. In Texas herrsche eine große Freundlichkeit, er sei dort mit offenen Armen empfangen worden. Die Österreicher seien engherzige

Fremdenhasser, Amerikaner seien anders als Europäer, Texaner anders als Österreicher. Ich liebe die in Texas herrschende Strukturiertheit, die Gemütsart der Texaner. Ich hasse Österreich, wird er vor der Übersiedlung behaupten. Ich liebe Österreich und habe Heimweh nach Wien, sagt er in Texas. Wenn ich ihn auf den Widerspruch hinweise, wird er sagen, alles habe immer mehrere Aspekte. Alle Gefühle seien ambivalent. *Hochambivalent*, wird er sagen. Der Liebe liege immer auch Haß zugrunde. Warte, ich muß dort hinspüren, wird er sagen, und: Ich kann jetzt keine Liebe spüren, momentan bin ich kalt, vielleicht morgen. Und er wird sagen: *Du* machst das mit mir! *Du* erzeugst unsere Stimmungen! Je nachdem, wer ihm gegenübersteht, behauptet er, Österreich zu hassen oder zu lieben, und nennt in seiner Geschichte *Fredericksburg* und auch in der davor geschriebenen Geschichte *Houston* (er wird damit brechen, über alles erst nachträglich zu schreiben) Texas sein selbstgewähltes Exil.

Paschas Nachbarin

Wir werden uns heute noch sehen, zuerst im Kino und später bei Eric, bis ich müde bin, zu müde, um noch die Augen offenzuhalten und Pascha beim Aufstellen des Regals in seiner neuen Fredericksburger Jugendstilwohnung zu helfen. Mit einem Hammer werde ich auf Mutter einschlagen, mit Wucht in ihren Oberbauch. Ihr Oberbauch wird eine Delle haben. Mutter wird aus Kunststoff sein, wie die ganze Welt und die Welt in Paschas Geschichten Plastik ist; für Siegfried und feuchte Muscheln wird kein Platz sein, Sanddünen, Salzwasser, klebrige Schläfen.

In der Jugendstilvilla wird es läuten, eine Nachbarin wird im Treppenhaus stehen und unter einem Vorwand eintreten. Ich werde ihr keinen Anlaß geben, sich bei Pascha Chancen auszurechnen. Ich werde in der Fredericksburger Jugendstilküche am Fußboden die Kaffeemaschine bedienen und die blonde vierzigjährige Frau aus Buchsbaum bewirten. Nach ihrem Auftritt und saurem Kaffee, denn die Milch, die Pascha in eine Porzellankanne aus seiner Ehe gießen wird, wird schlecht sein, werde ich an ihr Problem mit der Waschmaschine denken. Später wird Pascha mich darauf aufmerksam machen, wie viele Probleme sie angeschnitten und wieder abgetan habe. Ich werde laut stöhnen, damit sie es unter uns hört. Ich werde ihr wehtun mit meinem Gestöhn, die sich um nichts anderes sorgt als die Frage, ob die Waschmaschine im Keller gemeinschaftlich verwendet werden darf, ob sie sich über die Musik des Mieters über uns beschweren und mit der Hausverwaltung sprechen sollte. Ich werde in ihr ein verlassenes Mädchen sehen und kein Mitleid haben. Ich werde mich im ersten Augenblick, wenn sie im Treppenhaus steht, mit ihr verbünden und mich entschuldigen für mein zu lautes Auftreten, das sie durchgehört haben wird. Später werde ich sie köpfen. Ihr Kopf wird die Treppen hinunterrollen bis vor ihre Tür und wird daran schlagen, und sie wird erschrecken vor dem dumpfen Geräusch.

Der Mut einer Schwarzfahrerin

Ich fahre schwarz, sagte die Rosa zu ihrem Yogalehrer.

Mit meinem Schwarzfahren werde ich in Wien meine Freundin Sigrun schockieren. Sigrun ist wasserstoffblond und macht in den USA die Bühnenreife. Sie kehrt nach Wien zurück, um als Schauspielerin zu arbeiten, wird aber noch nicht einmal zum Vorsprechen zugelassen worden sein, wenn ich sie in ihrer Wohnung am Naschmarkt besuche. Sie wird mit mir Bus fahren und mich mustern, als wäre ich ihr fremd, weil ich kein Ticket kaufe.

In ihrem Zimmer über dem Naschmarkt wird mir Sigrun, einmal ohne schwarze Federboa, vom eigentlichen Grund ihres Umzuges erzählen. Sie wird mich auf eine Fotografie hinweisen. Männer, die auf einer Bank in der Sonne sitzen. Eigentlich sind es zwei Kinder und drei Männer. Die Kinder sind Mädchen und sehen lebendig aus, die Männer wirken düster, tragen Hüte und haben Pfeifen in der Hand; sie sitzen von den Kindern abgewandt. Ich werde nicht verstehen, was an diesem Dreißiger-Jahre-Bild dran sein soll.

Sigrun wird von einer TV-Sendung über zeitgenössische Kunst erzählen, in der ein Galerist interviewt worden sei. Der Galerist sei ein kleiner dunkler Mann vom Typ *Al Pacino* gewesen. Sie sei kurzentschlossen in seine Galerie marschiert und habe ihm das Bild abgekauft, die Verhandlungen dazu hätten anderthalb Stunden gedauert. Sie habe ihn am nächsten Tag angerufen und mit ihm vereinbart, das Bild abends abzuholen. Äußerst aufgedonnert sei sie erschienen, vor Aufregung schweißnaß, worauf er sie gefragt habe, ob es draußen regne. Er habe hinzugefügt, daß sie sich gewiß nicht für ihn so zurechtgemacht habe. Sie habe das Bild um teures Geld erworben und sich Kataloge zeigen lassen. Anschließend habe sie im Treppenhaus des Galeriegebäudes losgeheult. Sie sei mehrmals zu Vernissagen gegangen, und jedesmal habe er sie persönlich durch die Ausstellung geführt, und wenn andere an ihn Fragen gerichtet hätten, sei er nach kurzem wieder zu ihr zurückgekehrt. Sigruns Augen werden glänzen. Später huscht ein Schatten über ihr bleiches Gesicht, und sie wird sagen, er wisse noch nicht einmal, was sie beruflich mache, da er sie nie gefragt habe: Sie könne ja Bäuerin oder Kellnerin sein!

Warum sie nicht mehr hingehe, werde ich sie fragen.

Eines Tages sei eine etwa fünfunddreißigjährige und schrecklich langweilige Frau am Eingang gesessen, die der hinzukommende Galerist mit einem Kuß verabschiedet habe.

Sigrun sei in einem Winkel zu den beiden gestanden, der ihr nicht erlaubt habe festzustellen, ob es ein Kuß auf Wange oder Lippen war. Ein halbes Jahr sei sie nur damit beschäftigt gewesen, hoffnungsvoll in die Galerie zu gehen und enttäuscht abzuziehen. Warum hast du ihn nicht einfach gefragt, werde ich einwerfen. Ich weiß nicht, wird Sigrun sagen, und: Ich habe nicht *den Mut einer Schwarzfahrerin*.

Wer nicht die Ausstrahlung eines Betrügers hat, betrügt auch nicht wirklich. Ich habe kein Geld, um die Fahrt zu bezahlen, nur großes Geld, Scheine, und solches beim Busfahrer zu wechseln, ist mir zu aufwendig.

Der Busfahrer verabschiedet sich von jedem Fahrgast, der aussteigt. Um nicht verdächtig zu wirken, grüße auch ich. Wenn ich es nicht tue, bringe ich ihn darauf, daß ich eine Schwarzfahrerin sein könnte. Ein untersetztes, etwa zwanzigjähriges Mädchen, das mit mir in Houston aussteigen wird, wird mir eine falsche Straßenbahn nennen. Die richtige wird sie vorbeifahren lassen, und ich werde zu höflich sein, um es sie spüren zu lassen. Ich finde in einer Aufschrift im Inneren der Straßenbahn bestätigt, daß das Mädchen unrecht hatte, und winke ihr zu. Es ist ein linkisches Winken. Die Finger greifen klimpernd durch die Luft. Es ist kein herkömmliches Grußwinken. Wer so winkt, will etwas anderes ausdrücken.

Das Mädchen, das mir die falsche Tram nennen wird, trägt ein zweiteiliges quergestreiftes Sommerkleid. Als ich ihr sage, daß es mir in Houston von Anfang an gefallen habe, erzählt sie von Farbigen, vom Dealen und der Polizei. Sie spricht mir zu schnell. Sie behauptet, mit einem Farbigen verheiratet zu sein. Ihr Kind sei mit ihrer Mutter zur Schwiegermutter nach Afrika unterwegs. Es sei neun Monate alt und werde für drei Monate dort bleiben. Sein Vater wisse nichts davon, sagt sie und schippt sich mit einer Plastikgabel Salat mit Joghurtdressing in den Mund. Am Bahnhof werden wir aneinanderstoßen und uns an einem jungen Mann im bodenlangen Kaftan belustigen, der, zwei Koffer nachschleifend, vor uns geht. Sie erkennt nicht, daß es ein Jude ist und hält ihn für einen Mönch. Am Straßenbahnhalt ist ein Schwarzer. Wie der Schwarze zu ihr schaut, verdächtige ich ihn eines Signals. Ein Inder, mit eingebundenem Arm und Hakennase, könnte ein weiterer Komplize sein. Eine verwahrloste Frau plappert zwischen dem Schwarzen und mir, worauf meine Begleiterin mit der Hand eine vielsagende Klappbewegung vollführt. Später werde ich mit meinem neuen Notebook vor dem Houstoner Bahnhof sitzen. Das Notebook werde ich in der Halle auf einer Toilette aufladen. Ich werde im Waschbeckenbereich, neben der Steckdose, im Buch *Alles oder nichts* lesen. Es geht um *Nekrophilie* und wie Erich Fromm und Sigmund Freud darüber denken, während sich Frauen über mir die Hände waschen und in den Spiegel blicken, kämmen und schminken. Am meisten beeindruckt mich die Stelle über den dreißigjährigen Mann, der mit einer ermordeten Fünfzehnjährigen Analsex treibt. Später führt er ihr einen Schlauch in die Harnröhre ein und trinkt ihren Harn, wobei der Autor den Schlauch psychoanalytisch als Nabelschnur deutet. Der nekrophile Mann geht in seinen Verschmelzungsphantasien noch weiter und trinkt Mädchenblut.

Die Frauen auf der Toilette werden sehen, daß ich nicht zum Vergnügen hier bin. Um sie nicht zu stören, vermeide ich den Blickkontakt. Daß mein Platz ungünstig ist, werde ich merken, wenn später eine junge Asiatin sich bei mir entschuldigt, die mit tropfenden Händen, und gerade über dem Notebook, Handtücher aus dem Spender zieht. Eine junge pockennarbige Frau sieht wie ein mittelalterlicher Junker aus, der sich verneigt und mich von schräg unten ansieht. Sie wird mich nur einmal im Leben ansprechen.

Mit Engelszungen

Pascha wird uns in Fredericksburg ein Frühstück bereiten. Er wird Wert darauf legen, daß er alles für mich gekauft habe, wie er auch später behaupten wird, Streichkäse, Weißbrot und Joghurts exklusiv für mich besorgt zu haben. In Houston und Fredericksburg wird er sagen, daß es unterhaltsam sei, Speisekarten wie Reiseprospekte zu lesen und zu Hause zu essen. Ich werde sagen, wie großzügig Siegfried für mich gesorgt habe. Ich merke nicht, daß Pascha knapp vor einem Ragezustand ist. Später nennt er mich *selbstbezogen* und *gedankenlos agierend*, ich sei in einer *anderen Realität*. Den Vorwurf von der *Nichtzugehörigkeit zur Sprachgemeinschaft* werde ich vorwegnehmen. Auf dem Weg zum Auto betont er, wie vernünftig ich sei. Ich entgegne, daß ich mir von niemandem etwas wegnehmen lasse. Wir kommen zum Auto; Pascha fährt; sein Oberkörper neigt sich vor und zurück. Sein erstes Opfer wird ein anderer Autolenker sein, dem er den Stinkefinger zeigt. Er brüllt, daß er für seinen Schmerz keine Worte finde. Was er jetzt noch fühle, sei blanker Haß, doch sei der Haß erkaltet. Er behauptet, eine Stunde *mit Engelszungen* auf mich eingeredet zu haben, doch sei ich wieder gekippt. Nun sei es zu spät, habe er Herzschmerzen und Kopfschmerzen. Sein *Nicht jetzt, nicht deine Hand!* erfolgt, und: *Vielleicht in fünf Minuten!* Ich werde *Dreckstück* und *Dreckskübel* und *Nazischergin* genannt. Pascha prügelt während der Fahrt auf das Lenkrad ein und droht mir, uns umzubringen. Später zieht er sein Timesystem zu sich aufs Lenkrad. Ich werde die Fetzen in meinen Rucksack stopfen. Er jammert, sich nicht mehr beruhigen zu können, und: *Du bist so verrückt, das kenne ich nicht.* Er sei immer gut zu mir gewesen, raunt er, habe mir *alles gegeben*, seine ganze Liebe, ich würde ihm sein Leben mißgönnen, sei nur dazu da, ihn zu quälen. Was machst du mit mir, antworte, antworte, Dreckshure, Fotze, dreckige –

wo alles so schwer sei, er Existenzängste habe nach der Trennung von seiner Frau, um die er sich wie um eine Schwester sorge. Auf der Autofahrt brüllt er *Mama*, mit dem untröstlichen Mund eines Dreijährigen. In Fredericksburg werde ich ihm versprechen, mich umzubringen, sollte er wieder durch mich in Rage kommen. Er schlichtet Kleidungsstücke, streckt sich auf seiner Kamelhaardecke aus und studiert die Klinikordnung. Bei jedem Geräusch wird er aufschrecken. Er wird mich zu sich winken. Er wolle zärtlich sein und ertrage meine Stimme nicht, hasse und liebe mich und wisse überhaupt nicht, was los sei. Auf meinen Einwand, daß es nicht nur mit mir zu tun habe und er gewiß irgendwann arg verletzt worden sei, geht er nicht ein. Er wünscht mir einen *qualvollen Tod*, nach allem, was ich den Menschen antat.

Noch mehr Tage in Houston

Während Pascha in der Fredericksburger Klinik arbeitet, streune ich durch die Stadt. Ich werde vom langen Gehen schwitzen, Geld wechseln und in einem Amsterdam-Head-Shop nach etwas für Siegfried suchen. Ich werde überlegen, ob ich Hanftee, Hanfseife oder Hanfsocken kaufen soll und werde davon abkommen. Ich werde in Houston meine Freundin Geisha anrufen und ihr Paschas jüngsten Ragezustand schildern. Nach dem Ragezustand kündigt er mir an, mich irgendwann zu töten, und behauptet, daß Liebesmord weit verbreitet sei. Unter der mächtigen Glaskuppel der Lichthalle der Universität wölben sich aus dem Fries des *Altars von Pergamon* runde Zeusbäuche. Bis auf einen einzelnen Mann, der mit einem Schlüsselbund rasselt, bin ich allein. Später werde ich bemerken, daß alle Statuen und Reliefs kopflos sind. Im Hals spüre ich einen Knoten; Pascha nennt es *hysterisches Globusgefühl*. Ich betrachte ein Relief vom

Nereiden-Denkmal aus dem Jahr 591. Im ersten Stock sitzen zwei Männer. Ihr Anblick bringt mich auf ein New Yorker Hotel mit Siegfried, nach Weihnachten, als bereits alles von Pascha durchtränkt war. In einer Ecke der Lichthalle wird Billard gespielt, die Kugeln, die Stöße, von woanders ein Trampeln, Scheppern, Poltern, Sägen.

Während Pascha therapeutische Gespräche führt, durchstöbere ich seine Hardware. Pascha erscheint, in der Hosentasche das Piepgerät, und gibt vor, nach mir zu sehen, während er nur etwas für seine Fortbildung holt. Gegen zwanzig Uhr wird wieder vor dem Bistro in der Bahnhofshalle unser Treffpunkt sein. Pascha wird *die angemessene Begrüßung* als Kriterium einer guten Beziehung in unserem verhaltenstherapeutischen Vertrag anbringen. Ein Schwarzer wird vor dem Bistro sitzende Leute, teils englisch, teils deutsch, beschimpfen. Er wird sich unter großen Gesten als *kein Idiot* und die Bistrogäste als *Idioten* bezeichnen und dabei aus einer Bierdose trinken. Ich bin erleichtert, Pascha zu sehen. Wir machen uns auf den Weg zum Houstoner Eric, der seine Freundin Betty zu Besuch hat. In unserer später geschriebenen Geschichte vom *Houstoner Urs* kommt sie als *Erika* vor. Der Houstoner Eric steht im Türrahmen, mit großen Pupillen und käsebleich. Sie ist schon wieder weg, sagt er, hilflos lächelnd. Es habe Streit gegeben. Wegen seiner künstlichen Hüfte wird er eine Krücke bei sich haben. Er wird Weißwein ausschenken, den er wegen seiner Schweizer Abstammung *Wisse* nennen wird. Ich werde nicht auf das Verhalten der später aufkreuzenden neununddreißigjährigen Oberärztin für Psychiatrie eingehen, die uns mit ihren Launen stundenlang auf Trab hält, hinter ihren langen grauen Haaren verschwindet und mit dem Houstoner Eric auf der Stelle reden will. Später lasse ich mich am Seeufer von ihr anstecken. Beim Houstoner Eric werde ich mich darüber beschweren, mich nicht so verhalten zu dürfen. Ich sage, Pascha würde es niemals dulden. Pascha wird mir erklären, mit ihr nur befreundet zu sein, aber mich zu lieben. Du bist in mir, und deswegen, sagt Pascha.

Das Ende der Geschichte

Am Ende der Geschichte wird Pascha in der überheizten Wartehalle des Bahnhofs von Fredericksburg in Texas auftauchen. Es wird Winter sein. Doch es wird regnen, nicht schneien. Eine einzelne, verrückt vor sich hin lächelnde Frau wird mir gegenüber auf einer Bank sitzen. Er wird so oft brüllen, daß ich verschwinden möge, so oft in diesen Tagen, daß ich irgendwann eine Stimme sagen hören werde, *geh*. In seiner Wohnung wird er ankündigen, daß er mich die ganze Nacht schlagen und nicht fortlassen werde, wenn ich ihm nicht sofort erklären könne, warum ich behauptet habe, es gäbe bei ihm nur Käsebrot zum Frühstück.

Warum nur Käsebrot? wird er brüllen.

Und wenn ich nicht oder ungenügend antworten werde, wird es einen Hieb setzen. *Käsebrot*, wird er brüllen, und: Alles habe ich für dich gekauft, zwanzig Dollar, und du sagst, es gibt immer nur Käsebrot!

Stunden vorher werde ich sagen, morgens nichts gegessen zu haben, nur etwas Kuchen. Er wird fragen, warum ich nicht gefrühstückt habe. Und ich werde erwidern, nicht immer nur Käsebrot essen zu wollen. Daraufhin wird er zu hüpfen, zu springen und toben beginnen, erst auf offener Straße, dann zu Hause, und wird mich verfluchen und sich nicht beruhigen. Ich werde in der Küche stehen und warten, er wird mir in der Küche das Licht abschalten. Ich werde ihn hören, *Nazihure, scher dich fort*, und plötzlich eine Stimme, *laß es dir nicht zweimal sagen*. Er wird zugedeckt im Zimmer liegen. Ich werde sacht seine Hand berühren. Er wird sich halb aufrichten und darauf beharren, daß ich eßgestört wie eine seiner Patientinnen sei.

Ich stehe in der Küche und höre ihn draußen: *Nazihure, Miststück, ich will dich nicht!* Stunden später, wenn er mich vom Bahnhof zurückholen, schlagen, mit Joghurt überschütten und ins Bad vor den Spiegel zerren wird, mit den Worten: *schau dich an, du siehst aus wie ein Clown*, wird er mir verbieten, ihn *so* zu berühren, seine Hand müsse *über* meiner sein. Er wird mich mit einem Kleiderbügel schlagen und mir ankündigen, daß ich hier nicht lebend hinauskomme, denn *ihn* verlasse man nicht. Er wird nicht: Mich verläßt man nicht, sondern seinen Namen und: *verläßt man nicht*, brüllen. Er wird mich wieder und wieder fragen, warum ich das Frühstück, das er anläßlich meines Besuchs in Fredericksburg gekauft habe und bei dessen Kauf ihn das Kreuz geschmerzt habe, verschmäht habe. Als Fachmann müsse er mir mitteilen, daß ich eßgestört sei. Er wird sagen, Vegetarier seien in Wahrheit Menschenfresser. Ich werde vorher auf dem Sofa, das in seiner österreichischen Praxis als analytische Couch diente, mit heißem Bienenwachs verbrüht und zugleich geküßt worden sein. Die Kerze wird er selbst vor einem Jahr auf dem Wiener Christkindlmarkt gezogen haben.

Er wird, nachdem er mir in der Wartehalle Fahrkarten, Geld und Reisetasche entreißen wird, in seiner Fredericksburger Wohnung immer von neuem ausholen und zuschlagen. Und brüllen, daß es nicht mein Recht sei, *seine* Beziehung zu zerstören, und ich werde ihn anflehen, mich gehen zu lassen, worauf er mit dem Schlüsselbund nach mir werfen und mich an der Hand in die Küche, vor den gefüllten Kühlschrank, zerren wird. Er wird mich den Kühlschrank öffnen und sich zeigen lassen, was ich alles zum Frühstück essen hätte können. Ich werde hinzeigen und sagen: *Orange*, hinzeigen: *Apfel*, hinzeigen: *Maiskölbchen*, hinzeigen: *Silberzwiebelchen*, hinzeigen: *vegetarische Frühlingsrolle*, hinzeigen: *Tortellini*, hinzeigen: *Pampelmuse*, hinzeigen: *Käse*, und auf seine Frage, welche Käsesorten, sie ihm mit Namen aufzählen, dann werden wir zu den Joghurts, den Fruchtjoghurts kommen. Er wird, ehe ich ihm die Joghurts aufzählen kann, alle auf einmal herausfassen und mir ins und übers Gesicht schleudern und mich mit Joghurt und Marmeladen und Margarine überschütten und beschmieren und mir davon zwischen die Lippen und über den Körper schmieren. Und alles, der ganze Küchenboden, wird voll sein, und ich werde von oben bis unten voll sein, und mein Haar wird verkleben, und er wird von oben bis unten voll Joghurt sein. Zur Strafe wird er mich alles zusammenwischen lassen. Ich werde auf allen vieren, geduckt, alles säubern. Einen Eimer wird er mir hinstellen und ausholen und zuschlagen und mir ankündigen, daß es die ganze Nacht so weitergehen werde. Er wird mich zum Kochen schicken, sich zu den aufgetauten Tortellini eine Beilage wünschen, mich um Gewürze zurück in die Küche schicken und auffordern zu essen. Und wenn ich sagen werde, ich könne jetzt nicht, wird mich wieder der Schlüsselbund im Gesicht treffen. Meine Geldtasche wird ausgeleert auf dem Boden liegen, und er wird, sooft ich ihn anflehen werde, mich gehen zu lassen, zuschlagen und mir mit dem Umbringen drohen, so daß ich keine Wahl haben werde, als vorzugeben, die Geschichte gehe weiter.

Von seinen beiden Nachbarinnen, oben und unten, in Paschas Villa in Fredericksburg werde ich am Ende der Geschichte erfahren, daß sie sich nachts auf einen Kaffee zusammensetzten, als sie das Geschrei und die Geräusche aus Paschas Wohnung hörten. Anstatt nachzusehen, werden die Nachbarinnen sich gegenseitig beruhigen, Kaffee trinken und tags darauf Pascha davon berichten. Ich werde Pascha die ganze Nacht ausgeliefert sein.

Ich werde den Zug nach Houston wegfahren sehen und in die Wartehalle gehen. Dort wird jene Frau sitzen, die ich als lästig erlebt haben werde. Sie wird in der Wartehalle sitzen, ein Buch auf den Knien. Es wird in der Vorweihnachtszeit gewesen sein, daß ich ein Ansichtsexemplar von Cees Nootebooms *Allerseelen* in einer Salzburger Buchhandlung mitgehen lassen haben werde. Pascha wird mich dazu ermutigt haben und später vor dem Laden als Verbrecherin bezeichnen. Er wird mir das Versprechen abnehmen, es nie wieder zu tun und es zum Anlaß nehmen, mir in nächster Zeit nichts mehr zu schenken. *Einer Diebin schenkt man nichts.*

Ich werde daran denken, während ich mich in Gegenwart der Frau im Warteraum unbehaglich fühle. Menschen mit großen Blicken erinnern mich an Psychiatrieinsassen und damit an Pascha. Die seltsame Frau wird Zeugin eines Eifersuchts- und Beziehungsdramas. Sie wird Pascha die Reisetasche, das Buch und das zwischen den Seiten befindliche Ticket nach Houston an sich reißen sehen. Pascha wird nochmals zurückkommen und es nicht fassen können, daß ich ihm nicht folge. Er wird mir zunächst nur die Tasche und dann erst das Buch *Allerseelen* aus dem Salzburger Buchladen, in dem das Ticket sein wird, entreißen. Und erst nach dem Buch, nicht nach der Reisetasche, werde ich aus dem Warteraum stürzen. Erst da wird die Umgebung zersplittern, und ein flirrender eiskalter Regen wird meine Haut durchlöchern, und niemand, niemand wird mir zu Hilfe eilen.

Paschas Schritt wird immer schneller werden, seine Beschimpfungen werden sich im Regen verdichten, alles wird überschmiert sein von Haß, wie wenig später von Joghurt. Ich werde keinen Anlaß zu Gewalt geben, doch wird er in mir und der Bemerkung, bei ihm nur Käsebrot zu essen zu bekommen, obwohl der Kühlschrank voll Joghurts sei, genug

Anlaß finden. Ich werde ihn nur darin aufhalten können, indem ich ihm meine Liebe schwöre. Er wird mir, wenn ich wieder in Österreich bin, gestehen, durch mein Weglaufen *keinen Boden* gehabt zu haben. Ich dürfe nicht weglaufen, nur wenn er mich ausdrücklich zum Teufel jage, dann. Nach den Schlägen werde ich mit der Wange an seiner Schulter liegen und Schemen zerrissener roter Riesen sehen, seinen Herzschlag im Gesicht.

Notarzt und Schamane

Am Ende der Geschichte wird eine junge Frau von Houston nach Wien fliegen und von dort mit der Bahn weiterfahren, sagte die Rosa zu ihrem Yogalehrer.

Zwischen Mürzzuschlag und Miesen wird sich ein Mann zu ihr ins Abteil gesellen. Es wird sie ärgern, da sie die Vorhänge zugezogen haben wird, doch dann wird sie sich rasch damit abfinden und den neuen Passagier beim selbstverständlichen Anwärmen der Füße auf dem Heizkörper beobachten. Sie wird ihm zusehen, wie er in einem dicken Buch mit dem Titel *Mord aus Besessenheit* liest, und ihm mit halbgesenkten Lidern ihre Müdigkeit verständlich machen. Später wird sie ihm gestehen, es merkwürdig gefunden zu haben, daß er sich die Schuhe ausgezogen habe, unversehens mit einem Geruch konfrontiert worden zu sein, wie ihn sonst nur Menschen, die vertraut miteinander seien, zu riechen bekämen. Er wird das Buch weglegen und fragen, ob er das Licht löschen solle. Sie wird bejahen und es als Egoismus, nicht als Dienst an ihr verstehen, denn auch er wird sich ausstrecken. Sie werden jeder auf den drei Sitzen ihrer Reihe liegen. Sie werden sich den Rücken zukehren. Dann wird die Frau Lust verspüren, ihm gute Nacht zu wünschen und seine Hand zu halten. Sie wird ihn fragen, weshalb auch er so müde sei. Und er wird angeben, einen Nachtdienst versehen und in der folgenden Nacht stundenlang mit einer selbstmordgefährdeten Frau gesprochen zu haben. Die Frau wird die Gelegenheit ergreifen und eine Bemerkung zu ihrer Nacht in Paschas Wohnung fallenlassen. Sie wird sich mit dem Fremden gegen das, was geschehen sein wird, zu verschwören suchen. Der Notarzt wird eine Ausbildung zum Schamanen gemacht haben und ihr von *energetischen Feldern* erzählen, die er sofort an ihr erkannt habe. Und wird ihr Ratschläge geben, wie sie sich (mit seiner Hilfe) aus der unheilvollen Affaire lösen könne, und sie in seine Wohnung einladen, um einen elektrischen Griller einzuweihen. Sie wird einmal öfter darin bestätigt sein, daß ihre Wünsche erfüllt werden. Denn noch während der Notarzt Balthasar Glück in *Mord aus Besessenheit* lesen wird, wird sie sich wünschen, mit jemand ins Gespräch zu kommen. Und wird sich wünschen, es möge keiner jener primitiven Menschen sein, die für gewöhnlich Bücher wie *Mord aus Besessenheit* lesen würden, sondern eine Ausnahme. Der Notarzt Balthasar Glück wird erklären, den Namen Glück um dreieinhalbtausend Schilling in Österreich gekauft zu haben, da ihn sowohl der von seiner Exfrau übernommene Name als auch der Name seiner Mutter psychisch belastet habe, letzterer schon aus dem Grund, weil seine Mutter zwei Abtreibungsversuche unternommen habe, habe ihm die Hebamme und Engelmacherin erzählt. Sie wird sich trotz ihrer Neugierde vornehmen, nicht in die Geschichte mit dem Notarzt und Schamanen Balthasar Glück einzusteigen, ehe die Geschichte mit Pascha wirklich beendet ist.

Vertauschte Liebe

Wenn die Geschichte mit Pascha noch nicht ausgestanden ist und sich die junge Frau aus vertraglichen Gründen noch einmal täglich telefonisch bei ihm melden wird, wird sie bereits in einer anderen Geschichte sein, sagte die Rosa zu ihrem Yogalehrer.

Schon beim ersten Treffen, das sie vorsichtshalber in ein Café verlegt haben wird, wird er ihre Hände ergreifen und nach ihren Brüsten tappen. Kaum ist er mir zum erstenmal begegnet, fällt er schon über mich her, wird sie denken und viel eher als erwartet in seiner Geschichte sein. Später wird er per *short message* mitteilen, ihr Halt zu geben. Trotzdem sie noch täglich mit Pascha telefonieren wird, wird er ihr das Gefühl geben, das Ende der Geschichte anzuerkennen. Er wird ihr versichern, mit ihr energetisch so gut verbunden zu sein, daß es nicht nötig wäre, sich häufiger zu sehen. Später wird er mehr Zeit von ihr einfordern. Wann haben wir einmal länger als zehn Stunden, wird er nach der ersten Nacht fragen und sich als *energetisch tot* bezeichnen.

Die Frau wird wenige Tage vor dem Millenniumswechsel nach Wien fahren. Am ersten Morgen in Wien wird sie auf ihrer Mailbox eine Nachricht finden, in der ihr der Notarzt mitteilt, nach vierundzwanzig Stunden Meditation zu dem Ergebnis gekommen zu sein, daß sie eine andere Vorstellung von Beziehung habe. Er wird sich beklagen, daß alles andere wichtiger sei als er, und hinzusetzen, alle seine Beziehungen würden unter dem Motto: *Ganz oder gar nicht* laufen.

Die Frau, die sich nach dem Fredericksburger Vorfall frei glauben wird, wird einsehen, daß Freiheit nichts für sie ist.

Atme, sagt der Notarzt Balthasar Glück, drei Wochen nach dem Ende der Geschichte zu Rosa, wenn sie darauf vergißt. Die Frau wird sich fühlen, als würde die Geschichte mit Pascha kein Ende nehmen und davon träumen, die Geschichten zu verlassen. Und dazu einen Mord zu begehen, der alles aus dem Buch *Mord aus Besessenheit* an Schrecken übertreffen wird.

Er wird ihr in seiner kahlen, nach Duftöl riechenden Wohnung, die sie an Paschas Modas-Ideal der Kargheit erinnert, seine Bedingungen vorlesen, unter welchen er eine Beziehung einzugehen bereit sei, die *energetisch ausgeglichen* sei.

In der dunklen Straße hält der Notarztwagen. Er kommt ihr in einem hellblauen Anorak entgegen. Der Fahrer, der später von ihm als *ohne Selbstwertgefühl* beschrieben wird, zieht eine freundliche Miene. Sie steigen aus, und zu Knallgeräuschen und Feuerwerkfontänen bahnen sie sich den abschüssigen Weg über das Eis, bis zur entsprechenden Hausnummer. Es gefällt ihr, bei Balthasar Glück wie zu Hause zu sein. Wenige Stunden später, wenn er ihr seine Bedingungen dargelegt haben wird, wird er sagen, daß sie ihm *zu glitschig* sei, und zur Tür weisen, als solle sie gehen.

Später wird sie ihm nicht mehr zu glitschig sein. Er wird sie mit anderen Augen sehen und für ihre Hingabe loben und auch ein wenig verstört sein, wenn sie sich ihm in die Halsbeuge preßt und gerade recht ihre Lippen wieder abhebt, während sich ihre Finger bei ihm anklammern. In Männern erzeugt es ein unbändiges Lustgefühl, wenn eine Frau sich ihnen erschließt und, kontrollos, wimmernd wie ein Kind und darum flehend, gehalten zu werden, nach zahllosen Zuckungen und Stößen erschlafft. Später wird er ihr Schamhaar untersuchen, das sie kindlich vor ihm zu verbergen trachtet. Er belächelt es und kommt auf einen seiner vorher genannten Punkte zurück. Die Rosa solle sich zurechtstutzen lassen, er werde sie aus ästhetischen Gründen rasieren. Balthasar Glück befühlt und riecht die Stellen, die er zu gestalten plant.

Er ist das älteste von fünf Kindern. Die Eltern sind Nebenerwerbslandwirte. Der Vater erschien ihnen als Softie und Waschlappen. In Ermangelung echter Bestrafung seien sie dazu übergegangen, sich mit Unterarmen und Stirn auf den Hackstock zu legen, wo neben Holz auch Hühnerköpfe abgehackt wurden, und der jeweils so Postierte sei von einem der anderen verdroschen worden. Erst wenn er erraten habe, wer zuschlug, habe er mit demjenigen Platz getauscht. Er macht ihr die Stellung auf dem Hackstock vor. Er streckt ihr seine Handflächen entgegen. Die Lebenslinie auf der linken Hand sei ungewöhnlich. Die Rosa sieht, daß sie fast gerade verläuft. Normalerweise haben nur Affen und Mongoloide eine solche Lebenslinie. Balthasar Glück wird ihr seine Affenlinie zeigen und behaupten, daß er als behindertes Kind geplant gewesen sei, doch – er streckt ihr die andere Handfläche mit normaler Lebenslinie hin – habe er sich gesund entwickelt. So habe es ihm eine Wahrsagerin erklärt.

Er wächst in ärmlichen Verhältnissen auf, seine Mutter nimmt ihn nie in den Arm. Später, viel später wird er einen Babysitterjob annehmen und die zu betreuende fünfmonatige Maria *immer* im Arm tragen. Die kleine Maria habe nie geweint. Sein Nebenjob habe mit Eifersucht von Marias Mutter geendet, bei der das Kind immer geschrien habe. Wenig später habe er sich sterilisieren lassen, da es nach der kleinen Maria keine Steigerungsmöglichkeit gegeben habe. Man könne es wieder rückgängig machen, in achtzig Prozent der Fälle seien die rückoperierten Männer sogar zeugungsfähiger als normale Männer.

Die Tiere seiner Kindheit und Jugend seien zum Schlachten bestimmt gewesen. Er habe Schweine mit dem Schlachtschußapparat getötet, schrill quietschende Hasen zuerst mit einem Prügel betäubt, verkehrt aufgehängt und ausgenommen. Er kommt mit achtzehn nach Miesen, wird Arzt und durchsucht Mülltonnen und vor allem Glascontainer nach brauchbarem Abfall. Sämtliche Lampenschirme und eine Messingstehlampe, sowie Silberbesteck, fand er in Mülltonnen. Die Rosa kann nicht glauben, daß ein Arzt im Müll fremder Leute stöbert. Balthasar Glück erzählt, daß er hinter Kaufhäusern gestapelte Pfandflaschen sammle und woanders einlöse. Zwei Jahre habe er vegetarisch gelebt und sei jetzt überzeugter Fleischkonsument. Später wird er in ihrer Wohnung an einer Pfanne mit altem Fett riechen und sie dafür loben, weil es ein Fleischgericht gewesen sei. Sie wird ihm erklären, daß sie, nicht aber ihr Sohn, vegetarisch lebe. Er wird von der Arbeit erzählen; von hysterischen Frauen, die unmotiviert alle paar Stunden den Notarzt aus dem Schlaf reißen. Überhaupt seien Notärzte entweder als Lakaien oder Scharfrichter gefragt. Es gebe Leute, die auf einer Injektion beharrten, selbst wenn es nicht notwendig sei. Er verabreiche ihnen dann stets etwas Schmerzhaftes und vom Transport bei Wintertemperaturen Eiskaltes, um sie zu erziehen. Balthasar Glück wird den von Pascha gepriesenen Hintern der Rosa begutachten. Und meinen, ihr keine Injektion in ihren wunderbaren Hintern zu geben, sondern lieber etwas anderes anzustellen.

Wie Spiegeleier zuzubereiten sind, wird er ihr erklären: Ich mag sie in Butter herausgebraten. Das Gelbe muß weich und das Weiße fest sein. Zu gleichförmigem Derwisch-Gesang wird er ihr eröffnen, was er sich erwarte. Er fragt, ob sie erstens bereit sei, ihm als Vegetarierin einen Schweinsbraten zu machen. Zweitens will er ihre Freunde und Freundinnen kennenlernen und zu ihrer Treue befragen. Und drittens die Rasur. Im Laufe des Neujahrstages wird Siegfrieds Mutter anrufen. Das stundenlange Besetztzeichen von Siegfrieds Telefon wird sie beunruhigt haben. Die Rosa wird sich auf ihr Waffenrad schwingen. Auf der Hinfahrt, im kalten Fahrtwind, wird ihr auf einmal warm. Sie vermißt einen, dessen Geschichte nie zu Ende geht.

V
Die Geschichte des Mordes

Das Urteil

Die texanische Bevölkerung wird sich für eine rasche Abwicklung des Todesurteils aussprechen. Über siebzig Prozent sind dafür, daß man die Rosa hinrichtet. In einer TV-Pressekonferenz erklärt die Rosa, daß es kein besseres Ende der Geschichte gäbe. Und in ihrem Fall und bei diesem Verbrechen könne es nur die Höchststrafe sein. Kurz nach der Tat wird das Mordopfer öffentlich ausgeschlachtet. Sein Elternhaus am Starnberger See wird von allen Fernsehsendern gezeigt, und seine Laufbahn, bis zur Eröffnung einer österreichischen und später texanischen Privatpraxis, von früheren Kollegen kommentiert. Am Ende sieht man bei strömendem Regen einen Rohbau in Houston, mit einer zerzausten jungen Frau im Vordergrund, die ein Kind im Arm hält.

Pascha wird sich zum Medienkommentator für das unglaublichste Verbrechen aller Zeiten entwickeln, da er als einziger etwas über die Vorgehensweise und das Motiv für das abscheuliche Blutbad sagen wird. Er wird als vielgefragter Mann durch die Welt reisen. Daß er eine persönliche Geschichte mit ihr hat, wird er verschweigen. Er stellt die These auf, daß *das äußerste Verbrechen* der einzige Ausweg der Rosa gewesen sei. Sie müssen sich vorstellen, wird er sagen: Diese junge Verbrecherin hielt sich für nicht wirklich! Nicht wie ein Mensch mit Schizophrenie sich für eine Maschine oder seinen eigenen Doppelgänger hält, sie ahnte, wer sie unter günstigeren Bedingungen, mit anderen Eltern, anderen frühkindlichen Erfahrungen, anderen Abwehrmechanismen, hätte sein können. Sie schrieb anderen ihre Geschichten auf den Leib und wurde selbst, mit Musil, zu einer *Frau ohne Eigenschaften*. Sie mußte jeden Gedanken, jede Stimmung anderen anlasten. Und keines ihrer Erlebnisse erschien so einmalig, daß es nicht ebensogut von jemand anderem erlebt werden konnte. So gingen ihre Erfahrungen und Gefühle in andere ein und gingen verloren, und sie behielt nichts für sich, erzählte fortwährend Geschichten. Die Geschichten, die ihr Zuflucht und Trost gewesen waren, erwiesen sich als tückisch. Die spätere Mörderin konnte nicht mehr hinaus. Einmal ohne Geschichte zu sein, war ihr nicht möglich. Sie hoffte, sich durch ein Höchstmaß an Schrecken zu befreien.

Daß der texanische Gouverneur das Besuchsverbot für die Delinquentin aufrechterhält, ist absehbar. In den TV-Nachrichten sieht man den exotischen Suizidologen unter Apfelbäumen und in der nächsten Einstellung mit der jungen Witwe vor dem Portrait des Toten. Das Bild hängt über einer rotbefleckten Matratze aus heller Baumwolle.

Der Chinese Li

Im Traum ersteche ich Pascha mit einer Schere, sagte die Rosa zu ihrem Yogalehrer.

In einem anderen Traum stoße ich ihm drei Messer in den Rücken. Das dritte ist ein Besteckmesser. Es wird kaum gelingen, es ihm hineinzurammen. Doch er wird keines der Messer zu spüren kriegen. Die Messer bleiben stecken, denn er trägt einen mit Reis gefüllten Schwimmreifen um den Leib. Aber warum, werden Sie fragen, sahen Sie einen Tag vor dem Mord neben einem dunkelhaarigen Mann in der Fußgängerzone entspannt und glücklich aus? Der Mann an meiner Seite ist der Chinese Li aus meiner Geschichte. Wenn uns später Chinesen entgegenkommen, wird Li zwei weite Sätze machen und einen Wiegeschritt. Die beiden anderen werden sich verneigen und weitergehen. Später wird Li mir sagen, daß dies unter asiatischen Männern üblich sei.

Wir schweben. Allerdings weiß ich, daß es jeweils nur für den Augenblick ist. Zu Li gehört, daß er nach China gehen wird. Mein früherer Yogalehrer war der Typ *ewiger Junge*, der noch mit fünfzig durch ein Fenster auf Balkone steigt, um, ohne die Tür aufzusperren, in Wohnungen einzudringen. Später höre ich Schritte. Sie holen mich. Oder kommt Aufschub. Ich werde schweben. Ich werde Li und die anderen in mir tragen, alle aus der Geschichte. Niemand wird meine Geschichte erfahren außer Ihnen.

Rosas Verbrechen

Die Menschen in Texas hocken vor ihren Fernsehgeräten und schließen sich enger zusammen, während der Regen an die Fensterscheiben schlägt und die Geschichte der Rosa gezeigt wird. Das Ende der Geschichte, wo es liegt, kann niemand sagen, vielleicht auf der Schwelle zum Anfang.

Die Rosa erzählt das Ende ihrer Geschichte.

Die Geschichte hat kein Ende.

Am Ende der Geschichte werde ich meinen Yogalehrer ermorden und ein Scheibchen seines Gesäßes verzehren. Man wird mich zusammengekauert auf dem Fußboden finden. Ich werde den Kopf des Toten im Schoß halten und mit einer Haarspange zwischen den Zähnen stochern. Auf die Frage, warum ich das Fleischstück gebraten habe, werde ich antworten, daß ich ihn nicht gut genug gekannt habe, um ihn roh zu verzehren.

Wenn ich die Augen aufschlage, fahren die Bilder zurück. Der Yogalehrer richtet sich auf, Wirbel für Wirbel, zuletzt die Halswirbelsäule und den Kopf. Wir begeben uns jeder an einen Punkt im Raum. Erste Position. Er steht kerzengerade. Seine Füße stoßen mit den Fersen zusammen und schließen zwischen sich ein Dreieck ein. Fest verwurzelt wie ein Baum schwingen wir wie frischer grüner Bambus im Wind. Wir pendeln uns ein, wir zentrieren uns. Der Drehpunkt ist in den Fußgelenken. Der Kopf bleibt aufrecht. Unsere Hände schweben wie Seide im Wind, wie vom Wind bewegte Seide. Die Vokalreihe, wir begrüßen die vier Himmelsrichtungen mit einer großen raumbezogenen Geste. Wir gehen mit beiden Händen von einem Punkt unter dem Brustbein aus und strecken die Arme in den Raum, um sie in der Waagrechten nach den Seiten zu öffnen. Seitlich schwingen die Arme abwärts. Wie der Flügelschlag eines Vogels. Wir stehen auf einem Bein wie ein Kranich. Wir heben das linke Bein und kreisen, wir heben das rechte Bein und kreisen. Wir machen eine große raumbezogene Geste und schließen mit der Vokalreihe ab. Unser Blick ist frei und geöffnet. Die Marionette. Erste Position. Er streckt seine Arme und Hände bis in die Fingerspitzen, reckt sich aus der Hüfte hoch, läßt eine Hand mit den Fingern nach unten knicken, die andere Hand, einen Unterarm, läßt den anderen Unterarm fallen, einen Oberarm, und den anderen, beide Arme fallen an die Hüften. Er wiederholt es schneller, noch schneller. Er geht in die Hocke und führt die Fingerspitzen beider Hände zusammen. Der Yogalehrer stülpt die Lippen vor und macht: *sch-sch, ff-ff, ss-ss* und sagt: *Denken Sie an das Zwerchfell!* Wie bei einem Blasebalg springen die Silben hervor! Er rückt etwas näher und legt mir seine Hand auf den Bauch, um meine Atemstöße zu fühlen.

Ich begebe mich auf alle viere. Der Rücken bleibt gerade.

Die Zunge fällt heraus, ich seufze durch alle Tonlagen, von hoch bis tief, und lasse den Mund weit auf, die Gesichtsmuskulatur locker, wobei ich unaufhörlich den Kopf schüttle. Mir wird schwindelig, wie früher beim Ringelspielfahren mit Irmtraud und meinem Bruder im Volksgarten. Ein Kind geht innen im Kreis, schiebt das Gestänge, rot und blau. Wird es zu schnell, muß sich das Kind rasch hinaufheben und thront jetzt auf dem Gestänge. Ich werde an Mutters Nähkorb denken, in dem unter Zwirnspulen, Knopfschachteln und Maßbändern die große Schere blitzt. Das Yogarad. Mein Yogalehrer kniet auf der hellen Baumwollmatratze und neigt seinen Oberkörper zurück, so daß er einen Bogen bildet, er faßt mit den Händen nach seinen Fersen. Daraufhin neigt er sich nach vor und drückt die Stirn auf seine übereinandergelegten Hände. Ich betrachte ihn und beuge mich über ihn. Statt einer raumbezogenen Geste stoße ich ihm eine Schere hinein. Ich werde ans Fenster treten und mich hinausbeugen, der Regen und die Nacht werden mich verschlingen. Im Gefühl, mir werde der Kopf abgebissen, werde ich mich in den Raum zurückziehen und langsam bis auf den Slip entkleiden. Ich werde mich auf den wie unter Stromstößen zuckenden Leib setzen und genau beobachten, wie er die Augen rollt, heftig atmet, röchelt und die Augen verdreht. Ein kühler Sturm wird von draußen hereinwehen, die Vorhänge bauschen, mein Haar und das Haar des Toten durchwühlen. Später werde ich in der Küche eine Pfanne aufstellen und etwas Öl hineingießen.

www.deuticke.at

Umschlaggestaltung: Robert Hollinger

Umschlagfoto: © Stefan Badegruber

Druck: Wiener Verlag, Himberg

Printed in Austria

ISBN 3-216-30545-7